学園の魔王様と村人Aの事件簿

織守きょうや

角川文庫
24615

目次

第一話　村人A、魔王様と出会う

噂なんて無責任なものだ。

有名人に関するそれは特に、話半分に聞いておいたほうがいい。

そう思っている俺でも、呼びとめられ振り向いて、目の前に御崎《みさき》が立っていたときは、一瞬身構えてしまった。

御崎秀一《しゅういち》は有名人だ。

顔がよくて頭がよくて、そのほか、すべてにおいて秀でている。入学式で学年代表を務め、先生からも先輩たちからも一目置かれている。その割にいつも一人でいる。変人で、何をするかわからない。近寄らないほうがいい。

クラスが違い、話をしたこともない俺の耳にも、彼の噂は届いていた。

「これ、落ちたから」

「あっ」

彼は、赤い髪の美少女が表紙に描かれたライトノベルの文庫本を差し出している。勝気そうな目でこちらをにらみつける、その絵には見覚えがあった。

慌てて手に持った鞄《かばん》を確かめる。ポケットに入れておいたはずの、昨日買ったばかりの新刊がない。気づかないうちに落としていたらしい。

「あ、……ありがとう」

俺が文庫本を受け取ると、御崎はそのまま歩いて行ってしまう。

身長は俺と変わらないくらいなのに、姿勢がいいからか、随分スタイルがよく見える。

声までかっこよかったな、と思いながら後ろ姿を見送っていると、

「何か食って帰ろーぜ」

後ろから、同じクラスの竹内《たけうち》に背中を叩《たた》かれた。そのすぐ後ろに、橘田《たなだ》もいる。

俺が返事をする前に、橘田が「俺、ポテト食いたい」と意思を表明した。

「ていうか、今の御崎？　山岸《やまぎし》、知り合いだったん？」

「全然」

「だよなあ」

俺たちは並んで歩き出した。アプリの割引クーポンが今日までだと橘田が言うので、駅前のハンバーガーショップに寄っていくことにする。

歩きながら、話題は自然と、御崎のことになった。

「御崎って、あんな顔して、実は喧嘩《けんか》上等の超武闘派なんだろ？」

「あ、俺も聞いたことある。絡んできた先輩を返り討ちにしたんだっけ」

俺たちの通う光嶺《こうりよう》学園高校は、自由かつ穏やかな校風の進学校で、校内で殴り合いの喧嘩なんてそうそう見られない。だから、学年代表の一年生が三年生とやりあった、と

いうのはかなりセンセーショナルだった。御崎や相手の三年生が処分を受けたというような話は聞かないので、あくまで噂の域を出ないが、一年生にも目撃者がいるらしい。

「そうそう、眉《まゆ》一つ動かさずに相手をボコボコにしたとか……怖えー。見た目はそんないかつい感じじゃないよな。むしろイケメン」

「本を拾ってくれたんだ。意外と親切なのかも」

「いや、あいつ普段は静かなんだよ。いかにも優等生って感じなの。そういう奴がキレたらやばいから怖がられてるんだって」

三人の中で唯一、御崎と面識のある橘田が言う。

「俺、御崎と中学同じで、三年のとき一緒のクラスだったんだけどさ、一回目撃してめちゃくちゃびびったもん、茶碗《ちゃわん》叩き割るとこ」

「茶碗？」

どういう状況だ。

訊《き》き返した俺に、橘田は「茶碗」と答えて頷《うなず》く。

「中三のときの美術で、陶芸やったんだよ。美術の先生は陶芸部の顧問もしてて、自分でも結構真剣に陶芸やってる人でさ。授業でたった一回習っただけの御崎が作った器が、すげえ出来がよくて、その先生が興奮しちゃって、コンクールに出してみたらどうだとか、本人より盛り上がってたんだけど」

当の御崎は、誉められても全然嬉《うれ》しそうじゃなかった、と橘田は続けた。

「確か最初は、興味ないので、みたいなこと言って断ってたかな。けど、先生がコンクールの話を続けてたら、御崎、いきなり器を叩き割ってさ」

「えっ、怖い」

「な！　怖いよな！　もう、クラスの皆も先生も呆然《ぼうぜん》よ、ボーゼン。つうか、ドン引き？」

かなり過激だ。空気が凍りついただろう。その場に自分がいたらと想像するだけで震える。

引いている俺の横で、竹内は顔を輝かせ、「すげえ」と声をあげた。

「それで？　それでどうなったんだよ」

「御崎は、『納得いく出来ではなかったので』とか言って、眉一つ動かさないで自分でかけらを集めて捨てて床を掃除して、あとは何事もなかったかのようにしててさ。教室、しーん。怖えだろ。どんだけ完璧《かんぺき》主義なんだよって」

陶芸家じゃないんだから、と橋田は言ったが、陶芸家だって、普通は失敗作をいきなり叩き割ったりしないだろう。

現場を見た橋田が言うのだから、御崎は実際に、かなりエキセントリックな人物のようだ。クラスが違ってよかった。なるべく近づかないようにしよう、と心に決める。

「ていうかそれ、よっぽどその美術教師がうざかったんじゃねえの？　黙れ、って言ったようなもんだろ」

「どっちにしても怖えよ。叩き割るか普通？　笑わないし、なんでもできて、クラスで一人だけレベル99って感じで、何か近寄りがたい雰囲気だから、前から皆ちょっと遠まきにしてたけど、あれが決定的だったな。こっちからかまわなきゃ、だいたい一人で本とか読んでるから、害はないんだけどさ。魔王様って呼ばれてたもん、本人いないとこで」

橘田は、御崎に苦手意識があるらしい。一方で、噂を聞いただけの竹内は、彼に興味を持ったようだった。

「キャラ立ってんなあ。今度話しかけてみようかな」

「やめといたほうがいいって。なんかどっかの組の、組長だか若頭だかの孫？　隠し子？　って噂もあるし」

「さすがにそれは設定盛りすぎだろ。いつの時代だよ」

「いやそれがマジっぽいんだって。何か、見るからに堅気じゃなさそうなスーツ姿の強《こわ》面《もて》の男と一緒にいたとか……」

校舎を出ると、数メートル先を御崎が歩いているのが見えた。普通に話している声が届く距離ではないが、「やべ」と言って橘田が口をつぐむ。

正門へ向かって歩いている後ろ姿はぴしっと一本芯《しん》が通ったようで、目を引いた。

落とした本を拾ってもらい、初めて言葉を交わしたのが二日前のこと。

今後同じクラスにでもならない限り、話すこともないだろうと思っていた御崎が、何故かまた目の前にいる。

＊

下校途中に書店に寄った帰り道だ。梅雨入りにはまだ早いのに、朝から雨が降っていた。

御崎は紺色の傘を差し、不動産屋の前に、賃貸物件の見取り図が隙間なく貼られた壁のほうを向いて立っている。

高校一年生が部屋探し？ と不思議に思って、ビニール傘ごしに盗み見ると、御崎は不動産屋に用があるわけではなく、不動産屋と、隣に立つ喫茶店の隙間にある何かを見ているようだった。

二つの建物の間には、大人の腕くらいの太さの、木製の柱が立っている。街灯のようだが、今は電気はついていない。古そうなので、もう使われていないものかもしれない。

その柱と、不動産屋の壁との間に、一匹の猫が挟まっていた。俺の住むマンションの管理人が世話をしている半野良で、ぶちすけと呼ばれている、白と黒のぶち柄の猫だ。

その上半身が、壁と柱の間から突き出て宙に浮いていた。ううう、と低く唸《うな》るように喉《のど》を鳴らしている。

　御崎の肩ごしに見える街灯は電気の笠《かさ》部分の重みのせいか傾いて、下に行くほど、隙間の幅が狭くなっていた。ぶちすけはそこに挟まって身動きがとれなくなってしまったようだ。

「動かないでくれないか」

　こちらに身体の側面を向けたまま、御崎が言った。

　自分に言われたのかと思ってびくっとしたが、彼はこちらを見ていない。

どうやら、ぶちすけに話しかけているようだ。

「このままだと衰弱死する。それが嫌なら、三秒でいいからじっとしていてくれ」

　御崎は言いながら傘を閉じ、丁寧にベルトを留めて壁に立てかける。そして、ぶちすけに手を伸ばした。

　柱と壁に挟まれていると言っても、上部の空間には余裕があるので、持ち上げれば簡単に救出できそうだ。しかし御崎の手が近づくと、ぶちすけはしゃーっ、と威嚇する鳴き声をあげる。

　胴体が挟まっていても、前足は動く。鋭い爪で引っかかれ、御崎は伸ばした腕を引っ込めた。

　そして、無言で、引っかかれた手首と手の甲と、激しく威嚇を続ける猫とを見比べている。

普段は静かだけど、キレたらやばい——。

橘田の言葉を思い出した。

声をかけるべきか。でも怖い。

俺が迷っていると、御崎はおもむろに制服のブレザーを脱ぎ始めた。

何をする気かと一瞬慌てたが、俺が声をかける間もなく、彼は脱いだブレザーを広げ、無造作に、猫の上半身を覆うようにかぶせる。猫はさっきよりも激しく暴れたが、爪は届かなくなった。

御崎はそのまま間髪を容《い》れず猫の胴体を上下から挟んでブレザーごと持ち上げる。鮮やかな救出だった。

自由になったとたん、猫は御崎の胸を後ろ足で蹴《け》り飛ばし、脱兎《だっと》のごとく逃げていく。取り残された御崎の足元に、猫の毛にまみれたブレザーが落ちた。

命の恩人に対してのあんまりな態度に、俺のほうがいたたまれなくなり、

「だ、大丈夫?」

思わず声をかけてしまった。

「ちょっと引っかかれたくらいだから」

御崎は濡《ぬ》れたブレザーを拾い上げ、クールに答える。

しかし、俺の見たところ、結構激しく引っかかれていたようだったし、最後の猫キックも強烈だった。ちらりと見ると、御崎の右手の甲と手首には血が滲《にじ》んでいて、白いシ

ャツの胸にも、泥の跡がついている。

「あの猫、うちの近所の……っていうか、管理人さんの猫なんだ。半分野良みたいな感じだけど……」

今さらかな、と思いながら、傘を差しかけた。御崎のシャツは、泥の被害を免れた部分も色が変わりつつあったし、前髪からは水滴が滴っている。

「その、災難だったね。助けてあげたのに」

「相手が猫じゃ、仕方ないよ。動物にはあまり好かれないんだ」

御崎は壁に立てかけていた傘をとり、開いた。ありがとう、と言われ、数秒差しかけただけの傘への礼だと気づく。

「俺の家、そこだから。手当てしていきなよ」

気がついたら、そう口から出ていた。

御崎は不思議そうに俺を見る。

怪訝《けげん》そうではなく、不思議そう、だ。

あ、何か、あんまり怖くないかも——と思ったら、気が楽になった。

「あと、着替え貸すよ」

そう付け足すと、それまで思案しているようだった御崎は、濡れて泥の跳ねた自分のシャツと腕に掛けたしわだらけのブレザーを見下ろした。その動作で、御崎の前髪から雫《しずく》が滴る。

彼は指先で額を拭《ぬぐ》い、観念したように、「お言葉に甘えるよ」と言った。

共働きの両親は、どちらもまだ帰っていなかった。

俺は先に靴を脱いで洗面所の電気をつけ、朝脱いだパジャマがそのままになっていないか、見られて困るようなものが落ちていないかをさっと確認する。

大丈夫そうだったので、戸棚から新しいタオルを出して、まだ鞄も置いていない御崎に渡した。

御崎は礼を言って受け取ったが、そのまま立ち尽くしている。

戸惑っている様子なので、どうかした、と声をかけると、

「君がちょっと信じられないくらい親切だから、驚いているんだ」

今さらそんなことを言う。

「ついてきておいて何だけど、ほぼ初対面の人間を自宅にあげるのは不用心じゃないか」

それこそ今さらだ。思わず苦笑してしまった。

「まあでも、同じ学校の生徒だし」

本を拾ってもらったこともあるし——とは、彼は憶《おぼ》えていないだろうと思い口に出さなかったが、心の中で付け足す。

「俺は、君のこと知ってるし。御崎くんだよね」

安心してもらおうと思って言った後で、もしや、一方的に知っていたというほうが怪

しいだろうか、と思い至った。

しかし、幸い——自分が有名人だという自覚があるのか——御崎は特に警戒する様子はない。

「僕も知っているよ。C組の山岸くん」

え、なんで、という表情をしていたのだろう。俺の顔を見て、御崎は少し目元を緩めた。

「そう呼ばれているのを聞いたし、C組の教室から出てくるところを見たこともある」

「そうなんだ、記憶力いいね」

俺は彼のような有名人ではないので、認識されていたことはかなり意外だった。

ちょっと嬉しい。

王子様に名前を呼ばれて舞い上がっている村人Aの気持ちはこんな感じかな、なんて考えて、すぐに反省した。いくらなんでも卑屈すぎる。

御崎は結構濡れていたし、顔に泥も跳ねていたので、シャワーを使ってもらうことにした。俺は風呂場《ふろば》のドアを開けたところにある給湯器のスイッチを入れ、廊下に出て御崎を手招いた。

「どうぞ。脱いだものは洗濯機に入れちゃって」

「いや、持って帰るよ。乾くまでお邪魔するわけにはいかないし」

「そう？　じゃあ、持って帰る用の袋出しとくね」

「ありがとう」

俺の渡したタオルを持って、御崎は洗面所に入っていく。

後から、脱いだ服を入れる袋を持っていったら、汚れた制服はきちんと畳んで洗濯機の脇に置いてあった。俺は袋を洗濯機のふたの上に敷いて、御崎の制服を置き、その横に買い置きの新しい下着とスウェットの上下を並べる。

最後に自宅に友達が遊びに来たのがいつか、思い出せない。小学生のとき以来かもしれない。誰かを泊めたことは一度もないから、風呂場に家族以外の人がいるのは初めてだった。

居間で一人になると、急に緊張してくる。

成り行きとはいえ、御崎秀一にシャワーと着替えを貸すなんて。

猫に恩を仇《あだ》で返されているのを見て、なんだか気の毒になって——それから、実物は意外と怖くなさそうだ、と思って、もう少しちゃんと話してみたいという気持ちも湧いて、思わず声をかけてしまった。

色々な意味でドキドキする。

粗相があったらどうしよう。シャンプーは残り少なくなっていなかっただろうか。着替えはスウェットでよかったんだろうか。

そういえば、持っていた傘も靴もなんだか高そうだった。こんな安物は身に着けられない、と言われたら……。

まんまと噂に踊らされている自分に気づいて、頭に浮かんだ後ろ向きな想像を振り払う。御崎が雨の中、びしょ濡れになって猫を助けるのをこの目で見たというのに。

気を紛らわせるためにテレビをつけた。ちょうど、好きなアニメの再放送をしている時間だ。

おなじみの美少女探偵が画面の中を駆けまわるのを観ていると気持ちが和んで落ち着いてくる。

CMが明けて番組の後半が始まったころに、洗面所から御崎が出て来た。

「ありがとう。助かったよ」

同じくらいの体格だと思ったのに、俺のスウェットを着ると、丈が少し足りないようで、手首と足首が出てしまっている。

それだけが理由ではないと思うが、御崎はなんだか浮いていた。カジュアルな服を着ても、背景になじんでいない。妙に品があって、お忍びの王子様みたいだ。

御崎はまだ湿っている髪をタオルで押さえながら、ちらりと画面を見る。

「邪魔をしたかな。観ていたんだろう」

「あ、気にしないで、これ再放送なんだ。観たことある、ていうかブルーレイ持ってるし」

座ってて、と御崎に言い、キッチンへ行って冷蔵庫を開けた。

我が家では夏も冬も麦茶を作って冷やしている。

美少女もののラノベが原作のアニメになんて興味がないだろうなと思ったのだが、俺が麦茶のグラスを持っていくと御崎はテレビの前に座り、画面に見入っていた。

ライバルキャラクターに推理のミスを指摘されショックを受けた主人公が、大げさなポーズで地面に崩れ落ちるシーンだ。

「インバネスコートだね」

御崎は、彼女が身にまとった衣装を見て呟《つぶや》く。

「シャーロック・ホームズと何かかかわりがある設定なのかな。舞台はイギリスではないようだけど」

「あ、うん。ホームズが実在の探偵として活躍した設定の、架空の世界でね。探偵学校に通う女の子たちが、学校や町で起きる事件の謎を解くっていう……ラノベが原作なんだけど、御崎くん、ラノベとか読まなそうだよね」

「ライト文芸と呼ばれているようなジャンルなら、何冊か読んだことがあるよ」

あそこにあるタイトルは全部読んだ、と言って御崎はテレビの横にある木製の棚に目を向けた。ライトノベルは俺しか読まないので全部自室の本棚にあるが、ライト文芸の文庫本は、母さんがときどき「貸して」と言うので、俺が読み終わったら居間の棚に置くようにしている。今も、何冊か立ててあった。

「へー、意外。何か、海外文学しか読まないようなイメージだった」

「海外文学も読むけどね」

麦茶のグラスを渡すと、御崎は礼を言って受け取った。

「あ、お茶菓子……お祖母《ばあ》ちゃんが送ってくれた羊羹《ようかん》くらいしかないけど」

「おかまいなく」

御崎の返事を受けて、俺は浮かしかけた腰を戻した。

やっぱりお菓子くらい出したほうがいい気がしたが、友達に出すおやつとして、羊羹はちょっと渋すぎるかもしれない。俺が橘田や竹内とよく買い食いするのはコンビニの菓子パンやスナックだが、御崎が駄菓子を食べているところは想像できなかった。冷蔵庫に何かあっただろうか。スウェットを着させて麦茶を出してしまった時点で今さらだろうか。

冷蔵庫や台所の戸棚の中身を思い出そうとしていたら、

「羊羹は好きだよ。でも、時間が中途半端だし、お茶だけで十分だ」

御崎は麦茶のグラスを胸の高さまで持ち上げて見せ、お気遣いありがとう、と言った。ほっとすると同時に、そんなにわかりやすく表情に出ていたかな、とちょっと恥ずかしくなる。

俺が頰をかきながら横目でテレビを見ると、御崎も画面のほうへ目を向けた。

「この子が、山岸くんの好きなキャラクターかな」

「えっ、なんで」

画面の中では、主人公たちのライバルキャラクターである赤い髪の少女が推理を披露している。彼女は確かに俺の一番のお気に入りキャラクターだったが、御崎にはもちろん、誰にもそれを言ったことはなかった。

「前に読んでいた本の表紙も、こういう感じの子だったし……そこの棚のライト文芸に登場するヒロインの傾向からもなんとなく、髪が長くて気の強そうな女の子が好みなのかなと思って」

「俺ってそんなわかりやすいんだ……そのとおりなんだけど、指摘されるとなんだか恥ずかしいっていうか」

「それに、彼女のセリフが聞こえたときだけ、画面をちらっと観てたから」

「うわ、恥ずかしい！」

無意識だった。それが余計に恥ずかしい。

頭を抱えた俺に、御崎は「そんなことはないよ」と笑う。

「好きなものを目で追ってしまうのは当たり前だし、フィクションを楽しむとき、特定のキャラクターに思い入れがあるとさらに楽しめるというのは僕もわかるよ」

「うう……フォローありがとう」

御崎の態度に、俺を馬鹿にする意図はまったく感じられなかった。それで少し落ち着いてきた。

俺はぱたぱたと手で顔をあおいで、ほてった頬を冷ます。

「俺はもともとは箱推し、って言ってもわかんないか、えっと作品自体が好きで、キャラクターは全員好きで応援してるんだけど、その中でもこの子はイチオシなんだ。途中から出てきたキャラクターで、最初は対立してたんだけど、だんだん事件解決のために協力することも増えてきて……映画版がきっかけで最推しになった。あ、最推しって、最も推している、つまり応援しているキャラって意味なんだけど」

いたたまれなさをごまかすために話し始める。好きなものの話だと、いくらでも言葉がでてきた。話しているうちに、顔のほてりも引いていく。

「映画版は、一つの密室殺人事件について複数の探偵役が色んな推理をして、一つずつ可能性を潰《つぶ》していく感じの構成で、すごくよかった」

御崎は、多重解決ものか、と興味を惹《ひ》かれた様子で言った。

「謎解きは僕も好きなんだ。おもしろそうだね」

「おもしろいよ」

かぶせる勢いで言って、俺は彼の正面に膝《ひざ》をつく。そのまま腰を下ろすと、自然と正座になった。

「キューティーホームズ、興味ある？」

御崎は、この話題はこれで終わりくらいのつもりで言ったのかもしれない。わかっている。社交辞令だ。

しかし、ほんのわずかでも興味を示されると、作品の魅力を語らずにいられないのがファンというものだ。

「主人公はこの女の子で、ホームズリスペクトの探偵志望なんだけど、ホームズの血を引いてるのは実はこっちの金髪の子のほうでね。物語の縦筋もちゃんと作られてるんだけど、各話も結構ちゃんとミステリしてるんだ。この回は、『赤毛連盟《あかげれんめい》』をヒントに作られてるんだけど、バイト探しをしていた女子高生が……」

気がついたら、早口になってまくしたてていた。

竹内や橘田なら、「それもう聞いたよ」とか「ちょっと落ち着け」と適当なところで止めてくれるのだが、御崎は止めなかったので、俺のマシンガントークは続く。

御崎は、頷いたり、相槌《あいづち》を打ったりしながら聞いていた。

設定とシーズン１の見どころとイチオシのエピソードについて熱く語ったところでアニメのエンディングテーマが流れてきて、俺はようやく我に返る。

「ごめん、俺ばっかりしゃべってるね」

気づくの遅えよ、という橘田と竹内のツッコミが頭の中で聞こえたが、ここには失敗を笑いに変えてくれる気心の知れた友人たちはいない。

きっと呆《あき》れられた。これだからオタクはと思われたに違いない。

理性を取り戻したとたん、かーっと顔が熱くなった。

「いや、楽しいよ」

御崎は、うなだれている俺を見て、驚いたように言った。

とっさにフォローしたというより、俺が何故謝ったのか不思議に思っている様子だった。

「君が楽しそうに話すから、僕も楽しくなった。山岸くんは色んなことを知っているんだね」

優しい。

怖い人かもしれないと思っていたぶん、ストレートに胸に刺さった。

惚《ほ》れそうだ。

冴《さ》えない男子がスクールカースト上位の女の子に思いがけず優しくされて、恋に落ちる漫画を思い出す。これか。この感じか。

「御崎くん、それ通常運転なの？　すごすぎるんだけど」

「山岸くんは言葉の選び方がおもしろいね」

「御崎くんは王子様みたいだよ」

「えっ」

御崎はグラスを持ち上げる手を止めて俺を見た。

「そんなこと、初めて言われたな」

「そう？」

俺は脚を崩して座り直し、くつろいだ姿勢になる。

スウェット姿で頭にタオルをかけていてもまだ近寄りがたかった御崎が、急に近くに感じられた。

自分と同じ、年相応の男子高校生に見える。御崎もリラックスしてきたのだろうか。さっきまでは、俺の緊張を感じて硬い表情になっていたのかもしれないし、そもそも最初から、俺に勝手にそう見えていただけなのかもしれなかった。

俺は意識して、橘田や竹内に対するように、つまり同い年の友達に対するときのように、軽い口調で話しかける。

「ちょっとときめいちゃったよ。一見怖そうな同級生が捨て猫を拾うのを見てギャップにキュンとするのって、少女漫画なんかでは王道のシチュエーションなんだけど、何かヒロインの気持ちがわかっちゃった」

「……僕は怖そうかな」

少女漫画かよ、とか、ヒロインかよ、というツッコミが来るかと思ったら、意外なところに反応されてしまった。

もしかして、気にしていたのだろうか。周囲にどう思われているかなんて、気にもかけないように見えるのに。

冗談でも、陰で魔王様って呼ばれてるよ、と言ったら傷つくかもしれないと思い、俺は言葉を選ぶ。

「怖いっていうか……なんていうか、ある種の近寄りがたさみたいなのはあるかも」

「近寄りがたい……そうなのか」

薄々感じてはいたんだ、と御崎は麦茶のグラスに視線を落とした。

「入学してもう一か月経つのに、あまりクラスの皆と話す機会がなくてね。挨拶《あいさつ》程度の会話はするし、皆親切なのに、何だかよそよそしいんだ。理由はわからないけど、どうも距離をとられているというか……怖がられているような気さえする」

自分が遠まきにされていることに、気づいてはいたようだ。

しかしこの口ぶりからすると、組長の孫だとかなんだとか、不穏な噂が色々と流れていることは知らないらしい。そんな噂を真に受けているのは橘田くらいかと思っていたが、もしや中学時代の同級生たちの中には、ほかにも信じている生徒がいたのだろうか。

御崎が敬遠されている理由の大部分は、彼自身のまとう、近寄りがたい雰囲気のせいだろうと思うが、噂がそれに拍車をかけていたということは考えられる。

こうして話してみれば、思っていたよりずっと話しやすい――それどころか、一瞬でクラス中の女子が恋に落ちそうな王子様ぶりだというのに。

「御崎くんって無口なイメージだったけど、結構しゃべるんだね。そうやって、もっと自分から話してみたらいいかも……あんまり笑わないみたいな話を聞いたけど」

「たいてい一人でいるからね」

さほど寂しそうでもなく、御崎は言った。

「一人でいるときには笑わないだろう？」

――確かに。

彼が遠まきにされているのは、いつも一人でいるから笑う機会がなく、そのせいでますます近寄りがたく思われて孤立するという、悪循環の結果なのか。

「休み時間とかも、一人でいることが多い？」

「そうだね。無理をして会話に参加しても、話題とか、相手に気を遣わせてしまうしね。最近の流行に疎いという自覚もあるから、わからない話をしているときには、自分から入ってはいかないな」

「うーん、その気遣い、伝わってないかも……話しかけないほうがいいと思われてるのかも」

「そんなに無愛想にしていたつもりはないんだが……たまたま考えごとをしていたとか、機嫌が悪いところを見られたのかもしれないな」

御崎は他人事《ひとごと》のように言って麦茶を飲む。

もともと、一人でいるのが苦にならないタイプなのだろう。俺もどちらかというとそうなので理解はできる。

自分が孤立しているようだと感じても、そのこと自体に居心地の悪さを感じているわけではないから、積極的に皆の中へ入っていこうとも考えないのだ。

ちょっともったいないような気もするが、本人にも周囲にもそれで不都合がないのなら、このままでも問題はないのかもしれない。

「そういえばさ、中三のとき、美術の授業で作った茶碗を割ったって聞いたんだけど……」

俺が水を向けると、御崎は目を瞬かせた。

「そんな話、どこから……ああ、橋田洋志《ひろし》と同じクラスだったね。一緒にいるのを見たことがある」

話すほどのことでもないんだけど……と言いよどむので、俺は「聞きたい！」とにじり寄った。

でたらめだったらそう言うだろうから、経緯はどうあれ、茶碗を割ったこと自体は間違いないということだ。魔王と呼ばれるにふさわしいエキセントリックな行動と、目の前の御崎とが結びつかない。

御崎は、特におもしろい話じゃないよ、ともう一度前置きしてから話し始めた。

「美術の課題で僕の作った茶碗が、たまたまうまくいって、先生の目に留まったんだ。僕に陶芸の才能があったとか、そんなことはないよ。偶然の産物だ。でも、窯から出す前の段階から、コンクールに出すことを強く勧められて……クラスの中でも、ちょっと盛りあがるというか、すごいな、みたいな雰囲気になったんだ」

数日後、美術の授業が始まる前、御崎が美術室に行くと、日直の女子が、皆の作品を棚に並べていた。そのとき、彼女が手を滑らせて、御崎の作った茶碗を落としてしまうところを、彼は目撃したのだという。大きな音はしたが、地面に落ちたわけではなく、棚板にぶつかっただけで、茶碗は無傷で済んだように見えた。

目撃したのは、早めに教室に到着した御崎一人だった。

彼女は慌てた様子で茶碗を拾い上げ、棚に置きなおしたが、授業が始まった後で御崎が手にとってみると、茶碗にはひびが入っていた。

「コンクールに出すことになったら、ひびが入っていることに誰かが気づくだろう。僕自身は、作品にそれほど思い入れはなかった。ただの美術の課題だと思っていた。でも、先生が僕の茶碗の釉薬《ゆうやく》の具合を誉めている横で、さっきの女子が泣きそうな顔をしているのが見えて」

顔も知らないその女子生徒の、そのときの気持ちを想像する。御崎もそうしたのだろう。

御崎自身が気にしていないと言えば、彼女の気持ちは軽くなるだろうが、彼女が名乗り出ていないのに、御崎から声をかけるわけにもいかない。

「先生が、よく見せてほしい、と言って近づいてきたから、茶碗を落として割ったんだ。手が滑ったことにして」

「……先生、驚いてたでしょ」

「そうだね。コンクールがどうとか言われたから、『どちらにしても、満足する出来ではありませんでした』って言ったかな」

橘田から聞いた話とは随分違う――いや、端から見た事実はほとんど違わないのだが、事情を知ってから聞くと印象が全然違う。

茶碗を落としてひびを入れてしまった女子生徒にとっては、魔王様どころか、王子様だ。彼女が御崎の真意に気づいていたかはともかくとして。

——そこでとっさに、茶碗を割る、という選択をするあたり、やっぱり普通じゃない気もするが。

「先輩に絡まれて返り討ちにしたって話もガセ？」

「ああ……そんなこともあったかな」

「あったんだ」

どれもこれも、根も葉もない噂というわけではないらしい。

三年生の先輩の彼女だか、好きな女子だかが、入学式で学年代表として挨拶をした御崎に興味を持ち、それが理由で絡まれたという話だった。当事者の先輩プラス取り巻きの三人組に呼び出され、「調子に乗ってるらしいな」と因縁をつけられたので叩きのめして追い払った……と、聞いた話を伝えると、御崎は、概《おおむ》ねその通りであると認めた。

「ああいう手合いには、最初に弱みを見せると舐《な》められるだろう。だから、少し強気に対応したかもしれない。でも、叩きのめした、というのは大げさだな。転ばせたくらいだよ。何度も絡まれるのは面倒だったから、もうそういうことがないように、懲りてもらっただけだ」

転ばせた、と簡単に言うあたりに余裕を感じる。進学校でちょっと粋《いき》がっているくらいの先輩だから、最初から大事《おおごと》にするつもりはなかっただろう。脅しつけて終わりにするはずが、反撃をされてさぞ驚いたに違いない。そう思うと、少し気の毒になってきた。

御崎が三年生を叩きのめした、ということが一年生の間で噂になっているということは、三年生の間でも、その先輩が御崎に叩きのめされた、ということが噂になっているはずだ。

「そのときさ、何か、噂になりそうなこと言うかするかしてない？」

「特には……」

「先輩に、何か言わなかった？」

「……身の程を知れ、と言ったかな」

それだ。容赦がない。

「たぶんそのせいだね。怖い人ってイメージがついちゃったんだと思う」

御崎は、そうか、と小さく息を吐いた。

自分がクラスメイトたちに遠まきにされている理由について理解したようだ。むしろ、今まで理解していなかったのが不思議だ。

麦茶をもう一口飲んで、もう一度息を吐くと、御崎は頭を切り替えた、というように顔をあげた。

「もういいよ。今のままでも支障はないし、諦《あきら》めて大学デビューを狙う」

「諦めが早いし気が長いね」

御崎は麦茶のグラスを置こうとして、テーブルの端に重ねられた文庫本の一番上の一冊、海外翻訳ものの推理小説に目を留める。

「これは山岸くんの？」

「うん。それしか読んでないけど、アニメの監督のインタビューに出てきて……あ、謎解きが好きって、そっちのほう？　クイズとかじゃなくて」

「そうだね、パズルも好きだけど、人の起こした事件に関する謎のほうが好きかな。一番興味を惹かれるのが、動機の解明の部分だから。推理小説も好きだよ。叔父《おじ》がミステリマニアで、色々と本を貸してくれたのがきっかけで読むようになったんだ」

その叔父は推理小説好きが高じて警察官になり、今では刑事として活躍しているという。

個人名を伏せて、実際の事件の話も聞かせてくれるそうだ。

「刑事さんってかっこいいな。捜査一課とか？」

「今は組織犯罪対策本部にいるよ」

組織犯罪対策本部というと、主に暴力団などの組織犯罪を取り締まる部署だったはずだ。それだけに、逮捕する側とされる側、どちらが暴力団員かわからないようないかつい外見の刑事も多いと聞く。

堅気ではなさそうな強面の男と御崎が一緒にいるのが目撃された……と、橘田が話していたことを思い出した。それで、組長の隠し子だの孫だのなんて話になったのか。噂なんてそんなものだ。

通学用の鞄の中で、スマホが振動する音が聞こえた。慌てて取り出そうとしているう

ちに振動は止まって、今度は自宅の電話が鳴る。受話器をとりあげた瞬間、

『巧《たくみ》？ 仕事が長引いちゃった。今から帰るけど、ごはん炊いておいて』

　電話口から母の声がする。

「わかった。今、友達が来てるんだ。濡れちゃったから、雨宿りしてもらってて」

『そうなの。家、散らかってなかった？ 夕飯食べていってもらうなら、ごはん多めに炊いておいてよ』

　了承して受話器を置いた後、忘れないように、そのままキッチンへ回った。テレビのある居間とダイニングは続き部屋になっていて、ダイニングの一角にカウンターで仕切られたキッチンがあるので、キッチンからでも居間にいる御崎と会話をすることができる。

「母さんだった。今から帰ってくるみたい。ちょっと待ってて、ごはん炊いといてって言われてるから」

「僕のことはおかまいなく」

　無洗米をカップで量って水を入れ、炊飯器のスイッチを入れて居間に戻る。

　それから、ブルーレイでキューティーホームズのシーズン1を流し、一緒に第一話を観終わったところで玄関の呼び鈴が鳴った。

「あ、母さんだ」

　続いて、鍵《かぎ》を開ける音がする。母さんはいつも、呼び鈴を鳴らすだけ鳴らし、俺を待

たずに自分の鍵でドアを開ける。呼び鈴は、ただの、「帰ってきたよ」という合図だ。

　それでも一応玄関まで行き、スーパーの袋を受け取った。ただいま、おかえり、雨ちょっと弱くなってきたみたい……そんな会話を交わして、俺だけ先に居間へと戻る。

　御崎は立ち上がっていた。

　母さんが、玄関を入ってすぐ横にある洗面所で手を洗い、居間へ入ってくると、御崎は上品な仕草で「お邪魔しています」と頭を下げる。

「山岸くんと同じ学校の、御崎秀一です。シャワーと着替えを貸していただいて、とても助かりました」

　母さんは、いいのよ、とにこやかに応じた。

　息子の部屋着のスウェット姿でも、何だかいつもつるんでいる友達とは違う雰囲気だぞと感じたらしい。

「傘がなかったの？　災難だったね」

「管理人さんのとこのぶちすけが壁に挟まってたのを助けてあげて汚れたんだよ」

「そうなの。じゃあ、ヒーローじゃない。引っかかれなかった？」

「あ、そうだ。手当てしてなかった」

「ちょっとだけ。傷口は洗いましたし、平気です」

「でも、ばい菌が入っちゃうかもしれないから、消毒だけでもしておいたほうがいいよ。救急箱出すね」

母さんが夕食の支度をしている間に、俺は救急箱を持って来て、御崎の手の引っかき傷を消毒した。

消毒液をかけて絆創膏《ばんそうこう》を貼っただけなのに、「何から何までありがとう」と御崎は律儀に礼を言う。ぶちすけに引っかかれた傷は、本人が言うよりも深くて痛そうだったが、御崎は痛がるそぶりも見せなかった。

その後、母さんが作った夕食を、御崎は米粒一つ残さず、全部きれいに食べた。ごちそうさまでした、と手を合わせる仕草も上品だ。

母さんは上機嫌で、食後のお茶とお菓子を運んできた。湯呑《ゆの》みは、滅多に使わない来客用のものだ。

「おしゃれなお菓子でもあればよかったんだけど」

なんて言いながら、羊羹をのせた小皿を御崎の前に置く。親子で似たような心配をしている。

「和菓子、好きなんです。ありがとうございます」

御崎は礼儀正しく言った。

それならよかった、と笑って母さんは俺と自分の前にも小皿と湯呑みを置き、俺の隣、食卓を挟んで御崎の斜め前に座る。

「この子は結構渋いおやつをよく食べるのよね。おせんべいとか甘納豆とか」

「それは家のお菓子にそういうのが多いからだよ。外ではもっと若者らしいものも食べてるよ」

「あらそうなの？　若者らしいものって何よ」

「……フライドポテトとか、コンビニのチキンとか」

どうでもいい会話を、御崎は笑顔で聞いている。

優雅に菓子楊枝で羊羹を一口大に切って口に運び、

「山岸くんのお祖母様は、名古屋《なごや》にお住まいなのかな」

湯呑みを手のひらで包みながら言った。

俺と母さんの、羊羹を切る手が止まる。

「どうして？」

「え、俺言ってないよね」

御崎は俺を見て、次に母さんを見て答えた。

「伊勢久兵衛《いせきゅうべえ》のお菓子ですよね。名古屋市内に店舗のある……さっき、お祖母様がお菓子を送ってくれたと山岸くんが話していたので」

俺はキッチンへ行き、羊羹の箱の裏を確認した。店の名前なんて気にもしていなかったが、確かに御崎の言ったとおりの店名が記されている。

「ほんとだ、伊勢久兵衛って書いてある」

「すごい、味でわかるのね」

「いえ、たまたまです。以前お土産にいただいたことがあって、とてもおいしかったので憶えていただけで」

「記憶力いいなあ」

「格付けチェックとか出られるんじゃない？」

御崎はなんでもできる、と橘田が言っていたが、本当だったようだ。

親子二人ですごいすごいと騒いでいたら、御崎は困ったように眉を下げる。

「本当にたまたま食べたことがあっただけだから、そんなに誉められるといたたまれない」

謙虚ね、と母さんは笑った。

「でもさ、記憶力って名探偵の必須《ひっす》スキルじゃない？　俺が落とした本の表紙までちゃんと見て、憶えてたり……」

細かいところまで見落とさない観察力と、それを記憶しておく力がなければ、必要な情報がそろったときに推理することすらできないのだ。フィクションの有名な名探偵たちを思い浮かべながら俺が言うと、御崎は頷いて肯定した。

「情報を結びつける頭の働きが推理だから、それはそうかもしれないね。僕が興味があるのは、どちらかというと、論理パズルみたいなロジックより、人の行動とか心情のほうなんだけど……」

「犯人の動機とかそういうのだよね」

「そうだね。犯罪に限らず、どうしてその人はそういう行動をとったのか、とか」

推理？　動機？　と母さんが話についていけなくなっていたので、「さっきそういう話をしてたんだ」と説明する。

「御崎くん、謎解きとか好きなんだって。さっきもテレビ観てて俺が好きなキャラ、すぐ当てられちゃって」

「それは巧がわかりやすかったんじゃなくて？」

「う、それもあるかもしれないけど……」

母さんには、普段テレビに釘《くぎ》づけになっているところを見られているので反論できない。

この話題を続けると御崎の前で恥ずかしい思いをすることになりそうだったので、俺は口をつぐんだ。

三人とも同じくらいのペースで羊羹を半分食べたところで、

「そうだ。それならちょっと聞いてもらえないかな。困っていることがあって」

母さんが、思いついたように言い出した。

「これも謎といえば謎だから、御崎くんの意見を聞きたいんだけど」

「僕にお手伝いできることなら」と、御崎は優等生の返事をする。

「えっ何？　俺も聞いたことない話？」

母さんは頷いて話し始めた。

「私の勤務先が管理している物件で、困ったことが起きてるの。『北町《きたまち》ユニオンビル』

っていう建物で、私がそこの担当なんだけど」

「北町ユニオンビル」は、中小企業のオフィスや、店舗が入っている七階建てのビルで、二階から七階まで各階にトイレが設置されているのだが、ここ一か月ほど、四階の女子トイレでいたずらが続いているのだと、母さんは説明した。

「トイレの、二つ並んだ個室のうち、一つがいつも汚されてるの。水浸しになっていたり、大量のトイレットペーパーが詰まって使えなくなっていたこともあった。テナントから苦情があって、そのたびにうちの管理会社から清掃員を出していたんだけど、きりがなくて。トイレのドアに『マナーを守って使用してください』って張り紙をしたけど、効果がないの」

同じ人のしわざじゃないかなと思うのよ、と困った表情で続ける。

「別のフロアの人とか、外部の人かもしれない。二つしかない個室が一つ使えなくなると、四階のテナントの人や、そこへ来るお客さんは困るでしょう。嫌がらせをされるような心当たりはないか、連絡をくれた四階のテナントの人に訊いてみたんだけど、覚えがないって……」

四階に入っているテナントは、エステサロンと、人材派遣会社の二軒らしい。別の階の誰かとトラブルになったというようなことはなく、嫌がらせをしそうな顧客も思い当たらないという。

「汚されている個室は、いつも、同じ個室なんですか？」

御崎の質問に、母さんは、「そういえば、そうね」と頷く。

「いつも向かって左側、出入り口に近いほうの個室。それもあって、同じ人のしわざだと思ったの。いつもなんとなくこっち側の個室に入っちゃう、っていう、癖みたいなのってあるでしょう」

故意に汚しているかは別として、向かって左の個室が犯人のお気に入りということらしい。

「両方の個室を使えなくされているなら完全に意図的なものだと言えるけど、一つだけだから、誰かがうっかり詰まらせただけかもしれないと思うと、余計に対処がしにくくて……。毎朝業者に清掃に入ってもらっているけど、土日は清掃は入らないから、土日にいたずらをされちゃったときは、私が直接行って掃除したこともあるの。それで私は現場を見て、これはわざと汚したんだな、って印象を受けたけど……上司は、もうしばらく様子を見たらって。でも、あんまり続くから、さすがにこれは意図的だろうと思って」

なんとかして犯人をつきとめたり、やめさせたりできないか、考えているんだけど……と言って、母さんは俺と御崎とを見比べた。

いくら御崎でも、そこまでは無理だよ、と俺は言いかけたが、御崎は、真剣な表情で何やら考え込んでいる。

「それは……ちょっと、放っておかないほうがいいかもしれない」

俺たちに向かってというより、独り言のような調子で御崎は言った。

え、と俺が訊き返すと、彼は顔をあげ、今度は母さんのほうを見る。

「警察に、相談したほうがいいと思います。叔父が組織犯罪対策本部にいるので、先に話を通しておきますから……問題の女子トイレを、きちんと調べてもらってください」

「えっ、ちょっと待って、いたずらに対して大げさじゃない？ そりゃ、わざとやってることなら問題だけど」

俺は慌てて声をあげた。

そもそも警察が相手にしてくれるのだろうか。トイレを汚す、という迷惑行為が何らかの犯罪に当たるとしても、意図的であるということを証明できなければ罪にはならないだろう。

御崎の叔父のコネクションで、話くらいは聞いてもらえるかもしれないが、具体的な対策をとってもらえるとは思えなかった。

しかし御崎は眉根を寄せたまま、「調べたほうがいい」ともう一度言う。

「四階のテナントの人への嫌がらせ、あるいは、管理会社への嫌がらせという可能性も考えられるけど……もしかしたら、犯人の目的は別のところにあるかも」

＊

母さんの勤務先に、警察から連絡があったのはその二日後だった。

担当の警察官は、今度またいたずらをされたら、四階の女子トイレを使用禁止にして警察に連絡をするように、ビルの利用者にもそう伝えるように、と母さんに念を押した。

連絡を受けた、まさにその翌日、四階女子トイレの左側の個室が水浸しにされているのをエステサロンの店員が見つけて管理会社へ電話をかけ、それを受けた母さんは言われていた通り、警察に連絡をした。

本当にこんなことを捜査してもらえるのか、と半信半疑だったそうだが、すぐに警察官が二人来てくれ、母さんの立ち会いのもと、使用禁止の張り紙をした四階の女子トイレに立ち入って個室内を調べ——そこから、犯罪の証拠を発見した。

巧妙に細工され仕掛けられた、小型の隠しカメラだった。

その後警察官がトイレのそばの給湯室に隠れて張り込み、カメラを回収しに来た犯人——女性だったらしい——をつかまえて話を聞いたところ、彼氏に言われて仕方なく盗撮用カメラの設置を引き受けたと白状した。四階のエステサロンの客や店員を狙ってのことだったという。

「犯人、逮捕されたそうだね。よかった」

学校からの帰り道、並んで歩きながら御崎が言った。

その手には、大小の紙袋が二つ提げられている。大きいほうが洗濯済みのスウェットの上下で、小さいほうは菓子折りだ。

『改めてお礼がしたいのでご自宅にお邪魔していいだろうか』と昨夜、メッセージアプリに連絡が来たので了承した。母さんにそれを伝えたら、「夕食を一緒にって誘っておいて」と張り切っていた。推理が的中したことで、ますます御崎を気に入ったらしい。その気持ちはよくわかった。俺も、事件の話を聞きたくてわくわくしていた。

「学校で渡してくれればよかったのに」

「荷物になるだろう。借りたのはこちらなのに、君に負担をかけるのは心苦しい」

御崎は断固として、二つの紙袋を自分で俺の家まで持っていくと言って聞かなかったので、俺は通学鞄だけを持って歩いている。

カメラを仕掛けた女性の恋人は、駅での盗撮行為を運悪く地元の半グレグループ——暴力団には所属せず犯罪を行う若者の集団——の一員に見つかり、それをネタに脅されて、盗撮映像を上納することを強要されていたそうだ。

主犯ともいえるその恋人に警察が話を聞きにいったところ、半グレに脅されているので助けてほしいと、反対に泣きつかれた——と、これは御崎が、組織犯罪対策本部に所属する叔父から聞いて教えてくれた話だ。

詳しく聞こうと、周囲に人がいないのを確認して口を開きかけたとき、御崎が何かを見て「あ」と小さく声をあげた。

その視線の先を見ると、数メートル向こうで、ぶちすけが、のたりのたりと塀の上を散歩している。

「あの猫……ぶちたろうだったかな」

「ぶちすけね」

「ぶちすけ。……ケガをしていたようだから、飼い猫なら、動物病院に連れていくか、せめて手当てはしたほうがいいと思う」

ぶちすけが足を引きずっている様子はなく、いつも通りに見えたが、御崎は慎重に言った。

動物には好かれないと言っていたが、本人は意外と動物好きなのだろうか。助けたことで情が湧いたのかもしれない。

「管理人さんに言っておくよ。でも、つかまえて病院に連れていくのは大変かも。割と暴れん坊だから」

「それは体感したよ」

御崎の手の甲と手首にはまだ絆創膏が貼られている。

ぶちすけより御崎くんのほうが重傷だったかも、と俺が言うと、御崎は優雅な足取りのぶちすけをもう一度見て苦笑した。

「見たところ元気そうだから、大丈夫なんじゃないかな」

「そうだね。たくましいな」

少し速足になってぶちすけに追いつき、隣に並ぶ。御崎は歩きながら塀の上の猫を見上げ、「やあ」と声をかけた。

「さっきは名前を間違えて失礼をしたね」

ぶちすけはちらっと御崎を見たが、すぐに興味を失った様子で目を逸《そ》らし、さっと塀の反対側へ飛び降りてしまった。

イケメンでも名探偵でも、猫には関係がないようだ。

「例のビルの女子トイレのことだけど」

俺が口を開くと、残念そうにぶちすけのいたあたりを見ていた御崎がこちらを向く。

「いたずらした犯人の証拠を探すために警察を呼んだのかと思った」

御崎は、ゆるく首を横に振り、

「僕が調べてもらうように言ったのは、いたずらをされていないほうの個室だよ」

前を向いて歩き出した。

「いつも同じ、左側の個室ばかりいたずらされると聞いたから、そこに何か理由がありそうだと思ったんだ。嫌がらせなら、両方の個室を使えなくしたっていいはずだろう。左の個室を使えなくするということは、右の個室を使わせたいってことなんじゃないかって……だとしたら何のためだろうと考えて、盗撮目的の可能性に思い至ったんだ。問題の女子トイレがある四階には、エステサロンが入っているそうだから、女性客が多そうだしね」

そして御崎の言ったとおり、右側の個室からは盗撮用の隠しカメラが見つかった。

犯人は、撮れ高のために——盗撮用のカメラを仕掛けた個室に人が入るように、もう一つの個室を使えないようにしていたのだ。

あのとき、母さんの話を聞いただけで、御崎はすぐにその可能性を思いついたのか。

「すごい……！　美少女探偵キューティーホームズみたいだよ」

「び……？」

御崎は怪訝な表情になったが、すぐに、あのとき観ていたあれか、と思い当たったようだ。

「いや、思いつきがたまたま当たっただけだよ。そのうち誰かが気づいたさ。こんなの、大した謎じゃない」

「でも、俺は全然気づかなかったよ。一緒に話を聞いたのに……母さんも」

言われてみれば、納得できることだった。

自分たちは、どうして気づかなかったのか。母さんも、もっと早く気づいていれば、盗撮の被害を食い止められたのにと悔しそうにしていた。

俺がうつむいて言うと、御崎は「それは」と声をあげる。

「僕は君たちより少しだけ、悪人の行動や考え方に詳しいだけだ。そういうものを目にする機会が多かったから」

顔をあげると、目が合った。御崎は真剣な表情で俺を見ている。

「気づかなかったのは、君たちがいい人だからだ。こんなことをする人間がいるなんて、思いもつかなかったんだ。君たちが、こういった下劣な発想から遠いところにいる証拠だよ」

こんな風にまっすぐに人間性を肯定されたのは初めてで、言葉を失う。

まるで自分が、正しくて美しいもののような気分になった。

それは錯覚だとしても——ただ慰めるために言ったわけではなく、御崎が心からそう思っているのは、彼の表情を見ればわかった。

嬉しくて、誇らしくて、泣きたいような気分になる。

そして、御崎と、もっと仲良くなりたいと思った。

ありがとう、とも、嬉しい、とも、君と友達になりたい、とも、彼のようにストレートには言えなくて、俺はそのかわりの言葉を探す。

何か、自然な、友達らしい言葉を。

「週末、映画、観に行かない？」

やっと出てきたのはそんな言葉だった。

御崎は驚いた表情で俺を見た。たっぷり三秒間目を見開いた後で、ぱちぱちと二回瞬きをして、「かまわない」と言い、それから、はっとしたように言いなおす。

「是非行きたい」

俺たちは見つめ合って、へへへと笑った。

友達ができた。

第二話　村人A、魔王様の助手になる

御崎の住むマンションは、想像していたとおりのモダンでスタイリッシュな外観だった。

高級感に溢《あふ》れているが、華美ではなく、あくまで上品で趣味がいい。

左右がガラス張りで、中央部分だけが黒いエントランスの自動ドアが開き、中からがっしりした体格の男性が出てきた。軽装なので、マンションの住人がコンビニにでも行くところだろう。大きなリュックを背負った俺を、ちらちらと横目で見ながら通り過ぎる。

俺は男性と入れ違いに、二枚の扉に挟まれた風除室に入った。

床と壁は薄いグレーの御影石で、居住区域に入る前からすでに格調高い。

オートロックの操作盤の前に立ち、あらかじめ聞いていた部屋番号を押すと、すぐに御崎がインターホンに出て、ロックを解除してくれた。

今週返ってきた数学の小テストの点数がふるわず凹《へこ》んでいたら、それを見た御崎が、数学は得意科目だから教えようかと言ってくれた。ついでに、英語も今それぞれのクラスで同じところをやっていることがわかったので、一緒に宿題をすることにした。御崎は英語も得意らしい。

ちなみに苦手科目は、と尋ねたら、「特にないかな」と言われた。そうですよね、と思わず敬語で返事をしてしまった。

誰かの家で一緒に勉強をする、というのは、実は初体験だ。

しかも相手が御崎となると、家へ行くのも少し緊張する。同時に、すごくわくわくもする。

テストで間違えたところを教えてもらって、英語の宿題を終わらせたら、その後ゲームをしようということになっていた。御崎はテレビゲームをほとんどしたことがないというので、おすすめのソフトを厳選して持ってきた。

そういうわけで、背中のリュックには、ゲームソフトとゲーム機本体が入っている。その隙間には、教科書とノートが詰め込まれている。

すごく友達っぽい。自然と口元が緩んだ。

広々としたエントランスホールを横切って、エレベーターに乗る。八階のランプだけが点灯していた。ボタンが並んだ下にあるセンサーにキーをかざさなければ、エレベーターが動かない仕組みになっているようだ。うちのマンションのエレベーターも同じタイプだ（御崎のマンションはすべてにおいてワンランク上の気配を漂わせていたが）。

このタイプのエレベーターは、セキュリティのため、関係のない階には停まらないようになっているが、今は御崎が内側から鍵《かぎ》を開けてくれたので、御崎の住んでいる階にはちゃんと停まるはずだ。

「閉」ボタンを押すと、エレベーターは勝手に動き出し、ほとんど揺れを感じさせないまま八階に到着した。

「いらっしゃい」

呼び鈴を押すのとほぼ同時にドアが開き、御崎が迎えてくれる。

お邪魔します、と一声かけてあがった。

御崎の父親は単身赴任中で、今は母親と二人暮らしだが、彼女も今日は外出しているとあらかじめ聞いている。それでも、やっぱり少し緊張する。

「さっきまで叔父《おじ》が来ていてね。テーブルの上をかたづけるから、ちょっと待っていてくれないか」

「あ、叔父さん、刑事さんの？」

「そう。前に少し話したかな」

入り口で男性とすれ違ったのを思い出した。

短髪にがっしりとした身体つきで、ちょっと強面《こわもて》で、御崎とは似ていなかったが、言われてみればいかにも警察官といった風だった。それも、強行犯係っぽい。

彼は、捜査中の事件について御崎に意見を聞きに来ていたという。

「鶴屋町《つるやちょう》で起きたアポ電強盗の件でね。最近、全国で被害件数が増えているらしい。近隣の半グレグループが暗躍しているようで、叔父も大変そうだ」

御崎は俺をソファに座らせると、リビングのテーブルの上にあった使用済みのカップとソーサーをキッチンへ運んだ。

食洗機を開け閉めする音と、棚から別のカップを取り出す音が聞こえる。

鶴屋町で起きたアポ電強盗について、俺は全然知らなかった。

御崎が紅茶の用意をしながら話してくれたところによると、いわゆる半グレと呼ばれる若者の犯罪集団が、組織的に特殊詐欺などを働いているのだという。

最近県内で増えている手口というのが、一人暮らしの老人宅を狙って、事前に息子や孫を装って電話をかけ、自宅にいくら金があるのかを聞き出して、後日強盗に入るというものらしい。

数人で、あらかじめ金があることを確認している家へ行き、宅配便業者や警察を装ってドアを開けさせ、住人を脅して、あるいは縛りあげるなどして、現金を奪うのだ。

振り込め詐欺などと比べると、より危険で粗暴な犯行だ。

被害者をだまして金を振り込ませる振り込め詐欺よりも、確実に自分たちの手で現金を奪えるので、犯人たちにとってリスクは高いが、そのぶん手っ取り早いということなのだろう。

「鶴屋町の事件では、被害者は犯人からの電話を受けて、自宅にある現金の額を答えてしまったものの、後になって、どうもおかしいと気がついた。警察に連絡して、相談もしていたんだ。相談を受けて、警察は、パトロールを強化していた。その甲斐《かい》もあって、実行犯の一人はつかまって、現金も取り戻せたんだけど」

警察官は逃げる犯人たちを発見して追いかけ、金の入った鞄《かばん》を持っていた一人を確保した。しかし、二人組の犯人のうち、一人を取り逃がした。

つかまったほうは磯村《いそむら》涼太《りょうた》という名前のフリーターだったが、彼はSNSを経由して仕事を割り振られた下っ端で、逃げた男のほうが主犯格だということが、後になってわかった。

逮捕された磯村は、主犯の男と顔を合わせたのはその日が初めてで、名前は「サトウ」と聞いていたが、それ以外は何も知らないと供述した。連絡はアプリのグループチャットを利用していて、本名も住所も連絡先もわからないという。

おそらく本当だろうし、知っていたとしても、報復をおそれて口を割らないだろう、というのが警察の見解だった。

磯村は「サトウ」に、住んでいる実家の住所と連絡先、表札の写真まで提出していた。自分の個人情報を丸ごと渡して、相手のことはまるで知らないまま犯罪の片棒をかついでいたわけだ。

「こういう悪事の実行役はたいてい下っ端がやらされるものだけど、このときはたまたま、急に人手が足りなくなって、仕方なくグループの主要メンバーが出てきたってことだったらしい」

磯村が逮捕されてすぐに「サトウ」はグループチャットの履歴を消したようだが、磯村のスマートフォンのメモリを解析し、会話の一部を復元できた。

そこから、磯村が闇バイトサイトの掲示板から「サトウ」に連絡をしてアポ電強盗の実行役となったことや、当初は磯村ともう一人別の男が実行役になるはずだったが、当日になって急にその男と連絡がつかなくなり——怖くなったか、良心が咎《とが》めたかしたのだろう——、急遽《きゅうきょ》「サトウ」が現場に出ることになったという経緯がわかった。

普通は、大きくなったグループの主要メンバーは直接現場に出て自分の手を汚さなくなる。だから、一つ一つの犯行を防いでもトカゲのしっぽ切りで、なかなか主要メンバーまでたどりつけない。

今回、結局逃げられはしたが、犯行グループの中枢にいる「サトウ」が現場に出て、しかも失敗したというのは、警察にとっては、グループの主要メンバーを逮捕するまたとないチャンスなのだ、と御崎は説明してくれた。

「半グレって、暴走族みたいな感じの人たちだよね」

「十年くらい前はそういうイメージだったけど、今はバイクに乗っているとは限らないみたいだよ。今回警察が捜している『サトウ』のグループも、チーム名をつけてグループ同士で抗争している……なんてことはなくて、要するに数人で集まって悪事を働いて、その数人が、儲《もう》けた金を元手にSNSなんかで人手を集めて、さらに悪事の手を広げるようになったってことらしい」

「サトウ」はグループ内ではブレーン的存在で、SNSとメッセージアプリで、特殊詐欺を指示している立場のようだ。別件で逮捕された複数の実行犯のスマホや証言の中でも、共通して名前が出てくるという。

その中には、被害者が大けがをした事件もあった。

今回逮捕された男に対してや、その他確認できた数件においては「サトウ」と名乗っていたようだが、名前をいくつも使いわけているだろうから、ほかにも何十人、もしかしたらそれ以上の実行犯に指示を出している黒幕である可能性が高い。

「サトウ」を逮捕できれば、その交友関係から、アポ電強盗の犯行グループを一網打尽にできるはずだった。警察は、この機会に、何としても「サトウ」をつかまえたい。

しかし、逮捕された実行犯は、報復を恐れて「サトウ」については口を割らない。

「サトウ」本人は武闘派ではないそうだが、仲間の中には、武闘派で暴力団員にも平気で喧嘩《けんか》を売るような者もいるらしい。ブレーンの「サトウ」が逮捕されては稼ぎに影響が出るため、ほかのメンバーたちが黙っていないのだ。

本名や連絡先は知らなくても、顔を見てはいるのだから、本当なら「サトウ」を逮捕した際の面通しくらいには使えるはずなのだが、本人が「サトウ」に不利なことを言いたがらないとなると、役立つ証言を得られそうになかった。

残念ながら、警察官は、逃げ出した「サトウ」の顔を正面から見ていなかった。

逃げる後ろ姿と、遠目にちらりと横顔が見えた程度で、それでは似顔絵を作ることもできない。

しかし、彼は、逃げていく「サトウ」が、たまたま通りかかった二人連れとぶつかりそうになるのを見ていた。警察官に追われて走ってくる男たちを、二人連れは「なんだなんだ」と興味を持って見ている様子だったという。彼らの手前で、警察官はなんとか磯村を確保したが、「サトウ」を取り逃がした。

後で被害者に確認したところ、被害者宅に押し入ったときは、「サトウ」はマスクで顔を隠していたそうだが、走るときに息苦しかったのか、紐《ひも》が切れたのか、逃げるときはマスクを外していた。つまり、通りがかりの二人連れは間違いなく、「サトウ」の素顔を見ているはずだった。

警察官が磯村を取り押さえ、無線で応援を呼んでいる間に、二人連れの目撃者はいなくなってしまっていた。今、警察が捜している最中だという。

「目撃者を見つけたところで、『サトウ』の逮捕に直結するとは限らないけど、少しでも手がかりがほしい状況だからね。それに、目撃者を確保しておけば、『サトウ』がつかまったときの裁判で証人として申請できる。『サトウ』を逮捕するためというより、有罪にするために捜してるんだろう」

警察は、目撃者に名乗り出てほしいと張り紙をするなどして情報提供を呼びかけているが、今日まで誰からも連絡は来ていないそうだ。

「そっかあ、目撃した人が張り紙を見てくれるといいね」

「見てくれていたとしても、名乗り出るとはかぎらないよ。そこが難しいところでね、警察も困っているみたいだ」

御崎が、陶器のティーポットと新しいカップを、トレイにのせて運んでくる。

トレイごとソファの前の長方形のコーヒーテーブルの上に下ろすと、ポットの横に隠れていた銀色の茶こしのような器具をカップにかぶせるように置き、ポットをとってその上から紅茶を注いだ。慣れているらしく、危なげない、優美な手つきだ。紅茶の香りのする湯気が、ふわっと立ち上った。

「それで、御崎くんのところに相談に来たの？　すごいね、頼りにされてるんだ」

御崎が、母さんの会社が管理するビルで起きた事件を、安楽椅子探偵よろしく解決してみせたことは記憶に新しい。彼の推理力は、警察も認めるところなのだろうか。

高校生が警察に協力を求められるなんて、まさに推理小説の名探偵のようだ。俺が興奮してそう言うと、御崎は「そうだったらかっこいいけどね」と苦笑した。

「僕はシャーロック・ホームズじゃない。警察は、そうそう、事件について民間人に意見を求めたり相談したりはしないよ。いくら身内でも」

じゃあなんで、と思ったのが表情に出ていたのだろう。御崎はもったいぶらずに教えてくれる。

「行方不明のその目撃者は、制服を着た男女の二人連れだったんだけど、制服のデザインから、どうやら光嶺学園の生徒らしいとわかったんだ」

カップを一つずつ、俺と自分の前に置いて言った。

「だから、藁《わら》にもすがる思いで、心当たりはないかって、僕に訊《き》きに来たんだよ」

「なるほど……」

光嶺学園高校は、俺と御崎の通う高校だ。

俺は礼を言って、早速カップに手を伸ばした。いい香りがする。高そうだ。

一口飲むと、すっきりとさわやかな甘みが口の中に広がった。

これまで、ペットボトル以外の紅茶を飲む機会があまりなかったので、新鮮だった。

紅茶っておいしいんだね、と俺が呟《つぶや》くと、御崎は「口に合ってよかった」と王子様のように微笑《わら》った。

「どうぞ。勉強の前に糖分をとっておこう」

御崎は俺に、カップと同じ柄の小皿にのったチョコレートを勧める。

「ケーキもあるけど、それは予定のところまで終わってからにしよう」

はいっ御崎先生、と答えて、俺は赤い銀紙に包まれたそれを一つとった。

お茶を飲んだら、勉強開始だ。正直、事件の話を聞くほうが楽しいのでもっと詳しく聞きたいところだが、そういうわけにもいかない。

「でも、そのアポ電強盗、犯人の一人は、目撃者たちの目の前で逮捕されてるわけだろ。で、もう一人は逃走して……そういう場合、その場にいた目撃者も警察に行ってそのまま色々訊かれるものかと思ってた」

せめて、浮かんだ疑問についてだけはこの場で訊いておこうと、チョコレートの包装を剝《む》きながら言う。俺の言葉に、御崎は、そうだね、と頷《うなず》いた。

「そういうことは多いと思うよ。そうでなくても、その場で連絡先を聞いて、後日話を聞かせてもらうことをお願いしたりとか」

「でもその人たちはいなくなっちゃったんだね。どうしてだろう。めんどくさかったのかな」

チョコレートを口に放り込む。ダークチョコレートだった。少し洋酒の香りがして、中にナッツと、しゃりしゃりとした何かよくわからないけど香ばしくておいしいものが入っている。

思わず「あ、おいしい」と声が出た。御崎はまた、「よかった」と言ってカップに口をつける。

優雅な仕草でカップをソーサーに戻してから言った。

「ただ単に、厄介ごとに巻き込まれたくなかったのかもしれないし……犯人の一人は逃げているわけだから、逆恨みをおそれてのことかもしれないね」

たしかに目撃者が正面から犯人の顔を見たということは、犯人からも顔を見られているということだ。本人たちも、それに気がついただろう。

高校生の目撃者たちが、警察に協力することで強盗犯の恨みを買うようなことはしたくないと考えたとしてもおかしくはない。

「気持ちはわからなくもないけどさ。犯人が怖いんだったら、むしろ、犯人が逮捕されるように警察に協力したほうがいいような気もするけどなあ」

御崎の言うとおり、もともと知っている顔でもない限り、目撃証言が犯人逮捕に直結するということは考えにくい。犯人がわざわざ目撃者を捜し出して報復しようとするだろうか。

裁判の段階のことを考えても、目撃者の証言は、あくまで、犯人を有罪にするための一つの要素でしかないはずだし、そもそも、警察や裁判所も、目撃者の素性を犯人にばらすようなことはしないだろう。

本当に報復をおそれて名乗り出ないのだとしたら、警戒しすぎのような気もする。

「そうだね。そもそも、目撃者たちは、逃げた男が犯罪グループのメンバーだってことも知らなかったはずだから、犯人の報復をそこまで警戒するとも思えないんだけど……」

「目撃者が特別臆病《おくびょう》な人だったのかな。前に、巻き込まれて嫌な目に遭った経験がある人だったとか……面倒くさがりな性格で、単純にかかわりあいになりたくないだけかもしれないけど」

「あとは、犯行日時は平日の午後で、普通なら授業中のはずの時間帯だから、サボったことを知られたくなかったのかもしれない」

「あ、なるほど」

「今、当日に欠席あるいは早退した生徒を調べているそうだから、外見が一致する生徒はすぐに見つかると思うよ。特に女子生徒のほうは肩までの髪を明るい茶色にしていたり、爪や鞄に飾りをたくさんつけていたり、目立つ外見だったようだから」

わざわざ自分から「目撃者です」と警察に申し出ることはしない人でも、協力を求められれば応じるだろう。

所属している学校と容姿がわかっているのなら、遅かれ早かれ見つかるはずだ。

さて、と御崎はカップを置き、トレイにのせて脇へ寄せた。

「そろそろ始めようか」

俺もリュックから、ゲーム機とソフトの間に挟まれている教科書とノートを引っ張り出す。ペンケースを開けながら、あーあ、と俺はため息をついた。

「すぐ見つかりそうなのはよかったけど、御崎くんの活躍が見られないのはちょっと残念だな。学校で目撃者捜しをするんだったら、助手をやろうと思ってたのに」

「助手？」

「名探偵には助手がつきものだろ」

口に出した後で、遊びじゃないよ、とたしなめられるかと思ったのだが、御崎が気を悪くした様子はなかった。

それどころか、彼は「そうか」と、おかしそうに言った。

「名探偵を名乗るのはおこがましいけど……この人だろうという候補を見つけたらまず話を聞いてみて、警察に話をするように説得しようと思っていたんだ。いきなり警察に呼び出されるより、相手もそのほうが話をしやすいだろうから。そのとき、ついてくる？」

「えっいいの？」

校内で聞き込み調査なんて、それこそ推理小説の名探偵っぽい。俺が身を乗り出すと、御崎は少し笑って「いいよ」と答える。

「やった。邪魔しないって約束する。推理もののアニメとかだと、助手は推理じゃ探偵にかなわないけど、関係者の心を開かせるのは、助手のほうが得意だったりするんだよ。俺も結構役に立つと思うよ。ほら俺、庶民的で親しみやすいってよく言われるし」

目撃者が何年生にしろ、御崎は有名人だから、顔や名前を知られている可能性が高い。そんな相手に声をかけられれば、緊張する。まして、事件の目撃者として、犯罪捜査への協力を求められるとなれば。

俺みたいに人畜無害そうな一般生徒が一緒にいたほうが、相手も警戒を解くはずだ。

意気込む俺に、御崎は「頼もしいよ」と笑った。

笑い方すら品がよくて、やっぱり王子様みたいだった。

＊

昼休み、教室で竹内と橘田と他愛もない話をしていたら、開け放ってある教室のドアと廊下側の窓から、廊下を歩いている御崎が見えた。

あ、御崎くん、と思わず声に出て、竹内と橘田もそちらへ目を向ける。

御崎の家で数学を教えてもらって、数日が経っていた。アポ電強盗の目撃者が絞れたのなら、そろそろ本人に接触するのではないかと思っていたのだが、俺にお声はかかっていない。

「何、御崎がどうかした？」

「いや、かっこいいなーと思っただけ」

竹内に訊かれて、ごまかした。事件のことを漏らすわけにはいかない。

竹内は「あー」とそれで納得したようだったが、

「山岸、こないだ御崎と話してたよな。ていうか一緒に帰ってなかったっけ？」

そういえば、というように橘田が言った。

御崎が、貸した服とお菓子を持って家までお礼に来てくれたときだろう。見られていたらしい。

「うん、ちょっと……」

「え、何、仲良くなったの？　何きっかけ？」

「あ、えーと」

竹内が思いのほか食いついてきたので、どこから話せばいいのか戸惑いながら答える。

「雨の日に猫を助けてて……」

はあ？　と二人はそろって声をあげた。

「何だその少女漫画の定番みたいな出会い」

「それでキュンって？　乙女か」

「それだけじゃないんだって！　先週末も、勉強見てもらって」

御崎の王子様ぶりを語ろうとして、窓ごしに廊下を見る。そのまま行き過ぎると思っていた御崎は、教室の前で足を止めていた。こちらを見ている。

目が合った。

あ、と思って席を立つ。

「ちょっと行ってくるね」

いつのまにそんなに仲良くなったんだよ、と竹内の声が追ってきたが、無視して教室を出た。教室に残っていたクラスの誰かが、御崎だ、と言うのが後ろで聞こえる。

「ごめん、邪魔したかな」

廊下に出るなりそう言われて、俺は「全然」と首を横に振った。

「どうしたの？　あ、見つかった？　例の……えっと、二人連れ」

まわりを気にして、言葉を選ぶ。

「それが、難航していてね」

御崎はそう答えて、さりげなく周囲を見回した。

「山岸くんに訊きたいことがあって。中沢《なかざわ》えりかっていう女子生徒は、今教室にいる？」

「中沢さん？　えーと……あ、いた。彼女だよ。窓際に二人いるでしょ、あそこの髪の長いほう」

背中まであるストレートの黒髪を首の後ろで二つにくくった中沢は、窓のほうを向いて友達と何か話していて、こちらに気づいた様子はない。

「彼女は先週から、髪型は変わっていない？」

「少なくとも、俺が気づく範囲では」

中沢えりかが事件当日に休んでいたかどうか、俺は憶《おぼ》えていなかったが、御崎が確認したということはそうなのだろう。しかし、目撃者の女子生徒は茶色い髪だったはずだ。俺の知る限り、中沢の髪が茶色かったことはないし、彼女が爪や鞄に飾りをつけて登校したこともない。

向こうで話そうか、と言って御崎は教室の窓から離れた。

二人で階段を下りる。

人気《ひとけ》のない、一階の渡り廊下の手前まで来て、ようやく御崎が口を開いた。

「事件当日休んでいた生徒を、一年生から三年生まで全員確認したのに、該当する生徒が見つからないんだ。たとえば、今の中沢えりかを含め、当日の欠席者の中に、茶色い髪のセミロングの女子は一人もいなかった。男子生徒のほうも、髪型や身長なんかの外見的特徴が一致しなかった」

髪型は変わることもあるが、当日欠席していた生徒たちについて、事件の前後で極端に髪型が変わったという事実は確認できなかったという。

「逃走する『サトウ』の顔を目撃した二人連れのうち、一人は黒髪の男子生徒で、少し長めの前髪が目にかかるような髪型だった。セルフレームの眼鏡をかけていて、やせ型。彼を見た警察官が、だいたい自分と同じくらいの身長だったと言っているから、多少の誤差があるとしても、身長は一七〇から一七五センチくらい。身長は少し足りないが、それ以外の条件に該当する生徒が、三年生に一人だけいた。少しくらい違っていても、警察官の見間違いということもあるからね。一番可能性が高いと思って調べてみたけど、その男子生徒は、足を骨折して入院中だった。事件の一週間前かららしいから、事件当日の目撃者にはなり得ない」

警察から聞いた目撃者の情報をすっかり暗記しているらしい。御崎はすらすらと澱《よど》みなく話し続ける。

「女子生徒のほうは、小柄で、髪は茶色で肩までのセミロング、ゆるくパーマがかかっていたらしい。鞄は学校指定のものじゃなく、鞄の持ち手にぬいぐるみやグッズがたくさんついていたそうだ。印象に残っていたのは、鞄につけるには大きすぎるように見える薄紫色のうさぎのぬいぐるみがぶらさがっていたことと、ちらっと見えた両手の爪が、ピンクと薄紫の星柄に塗られていたこと……」

「あ、それ、ゆめかわヒロインのステラだ」

俺が思わずそう言うと、御崎はぴたりと動きを止めた。

一度口をつぐみ、俺を見て再び口を開く。

「……もう一度言ってくれないか」

「ゆめかわヒロインエーデルリリィっていう深夜アニメに登場するアイドルグループのメンバーに、真浄寺《しんじょうじ》ステラっていう女の子がいるんだけど、担当カラーがラベンダー色で、グループカラーがピンクなんだ。彼女の衣装やアクセサリーには星のモチーフが取り入れられてるから、爪はたぶん、ステライメージのネイルアートだったんじゃないかな。ぬいぐるみはキャラグッズだと思う。きっとその目撃者はステラ推しなんだ」

今度は俺がすらすらと述べる。御崎の優秀な頭脳は、聞き慣れない単語が溢れた俺の言葉もちゃんと分析して、だいたいの意味を理解したようだった。

「彼女はそのアニメの特定の登場人物に特別強い思い入れのあるファンだということだね？」

簡潔にまとめて確認する。

俺は頷いて肯定した。

「でも、そんな気合入ったステラ担が校内にいたら、印象に残ると思うんだけど……知らないなあ。学年が違うからかな」

この学校の校風はかなり自由なほうだが、マニキュアは校則で禁止されている。紫とピンクの爪をしていたら相当目立つだろう。

御崎が見つけられなかったのなら、今はマニキュアを落として、鞄の飾りのぬいぐるみも外しているのだろうが、数日前までそんな爪をしていたのなら、誰かの記憶には残っているはずだ。こういう爪をしていた子はいなかったか、と訊いてまわれば見つかるのではないか。いや、事件当日に休んでいた女子生徒が、そういうマニキュアをしていたのを見たことはないか、とクラスメイトに訊けば済むのか。

「昨日今日で僕が確認してまわった中には、そんな目立つ外見の女子はいなかった。事件当日に欠席していた生徒の中に茶色い髪の女子は一人だけいたけど、背中までの長さだった。数日の間に髪を切ることはできても、伸ばすことはできないから、彼女は逃げた目撃者じゃない。目撃者は、それ以外の、今は黒髪になっている女子生徒たちの中にいる」

「その子は、事件の後で髪を黒くしたってこと?」

「外見が一致しない以上は、そういうことだと思う。警察官の記憶違いという可能性もあるけど、髪型や爪の色まで憶えていたのに何もかも間違いということも考えにくいからね」

目撃者の女子生徒はこの数日の間に髪の色を黒くして髪型を変えて、マニキュアを落とし、ぬいぐるみを鞄から外した、あるいは鞄を持ち換えた……ということになる。どう考えても意図的に外見を変えている。男子生徒のほうも見つかっていないそうだから、二人で示し合わせて、見つからないようにしているのだろう。

「なんでそこまで……」

「徹底しているね」

犯罪者の顔を目撃してしまったと自覚していて、犯人の逆恨みをおそれて名乗り出ない——そこまでは理解できるとして、自分たちが目撃者だと気づかれないように外見まで変えるとなると、さすがに過剰反応な気がする。

予鈴が鳴ったので、俺と御崎はそれぞれの教室に戻った。

翌日の夜、事件当日に欠席していた生徒の中で、事件の前後で急に外見が変わった生徒がいないかを確認したが見つからなかったと、メッセージアプリに御崎から報告が届いていた。

＊

目撃者捜しに行き詰まったと、御崎からメッセージが届いた翌朝、俺が登校すると、クラスメイトの芦名《あしな》が女子生徒たちの中心にいて、何やら怒っているようだった。

芦名は、肩までの茶色い髪を不機嫌そうに手で払い、「ほんと最悪」と繰り返している。

本人に何があったのかと確認する勇気はなかったので、先に登校していた竹内に訊いてみたところ、芦名は昨日、校舎を出たところで、知らない男に写真を撮られたのだという。

「いかがわしいサイトとかに写真使う気かも。スカウトとか言ってたけど絶対嘘だよ。

学校には報告したけどさあ」

彼女のほかにも写真を撮られた生徒はいたらしいが、面と向かって男に文句を言ったのは芦名だけだったようだ。

今写真撮ったでしょ、と詰め寄った彼女に、男は、CMに起用したくて、可愛い現役の女子高生を探しているのだと言い訳をしたという。

プロデューサーに写真を送って、イメージに合ったらモデルに採用するから、という彼の言い分を、芦名は信じなかった。写真を消すよう迫られた男は結局逃げ出して、彼女も追いかけることはしなかったが、校門前でこんなことがあった、と学校には報告した。学校は、生徒たちに注意を喚起すると応えたそうだ。警察は動いてくれないのか、と言って芦名はぷりぷりしていた。

「芦名かっけーな。でも、写真撮られても何も言えない女子もいるだろうし、放っといたらやばいよな」

固まっている女子たちを自席から眺めながら、竹内が言う。

「警察にはちゃんと連絡してんのかな。不審者情報だろ」

「学校から連絡してるんじゃないかな、たぶん」

俺は竹内の斜め前の自分の席に座って、スマートフォンを取り出し、メッセージアプリを開いた。御崎はこの話を知っているだろうか。『うちのクラスの芦名凜音《りんね》が、校門前で男に写真を撮られたらしい。芦名は茶髪のセミロングだよ』と書いて送る。

それから、『ここ最近、欠席したことはなかったと思うよ』と付け足した。

始業のチャイムが鳴る一分前、『昼休み、北通路で話そう』と返信があった。


御崎は、当然のごとく、学校の前で生徒たちが怪しい男に写真を撮られる事件について把握していた。学年に関係なく、数人の女子生徒から訴えがあったそうだ。

芦名を含め、写真を撮られた女子生徒たちは全員、茶色い髪をしていた。

この学校には、髪の色について規則はない。しかし大多数の生徒が黒髪で、芦名はクラスの女子の中では一番派手な部類だ。全校的に見て、茶色い髪の生徒はそれほど多くはないはずだった。

素直に考えれば、茶色い髪の女子生徒だけを狙って写真を撮っているということだ。

写真を撮られた女子生徒の中には、プロデューサーに会わせたいから来てくれと言われた子もいたという。

「プロデューサーに会わせると言われた女子生徒は二年生だった。半ば強引に喫茶店につれていかれそうになったそうだ」

「え、大丈夫だったの？」

「道中で、男のスマホに着信があって、喫茶店に着く前に男のほうからいなくなったらしい。『用事ができた』と言って」

知らない女子生徒が二人、俺たちの前を通り過ぎ、校舎から部活棟のほうへ廊下を渡っていった。一度言葉を切った御崎は、彼女たちが見えなくなってからまた口を開く。

「車の中か、どこかから、逃げたアポ電強盗の犯人が――『サトウ』が見ていたんだろう。写真ではよくわからなかったから直接顔を確認して、違うとわかったから解放したんだ」

「……アポ電強盗の犯人グループが、目撃者を捜してるってことだよね」

十中八九、と御崎は頷いた。

「たぶん、外見が一致する生徒を見つけたら、手あたり次第写真に撮って、『サトウ』に送って、間接的に『面通し』しているんだ。写真だけで判別できなかった場合には呼び出して、直接顔を確認する」

声をかけられた女子生徒たちの中に目撃者はいなかったから、「写真を撮られた」「連れて行かれそうになった」という被害報告にとどまっているが――目撃者を見つけたら、彼らはどうするつもりなのか。

犯人グループが、事件当日休んでいた生徒たちのリストを持っていないのは不幸中の幸いだった。こうなると、本物の目撃者たちが外見を変えて隠れているのは、正解だったということか。

「あ、でも、写真を撮られたのは女子だけ？」

「『茶髪の女子』のほうが、特徴的で捜しやすいからね。男子生徒のほうも捜しているだろうけど、候補を絞れていないとか……あとは、男子は、自分が写真に撮られたことに気づいていないだけかもしれない。普段そういうことを意識していないから」

確かに、男子生徒は自分が隠し撮りされているかもしれないなどとはそうそう考えないから、気づきそうにもない。女子のほうがそのあたりは敏感だろう。

それに、御崎の言うとおり、身長一七〇から一七五センチの男子生徒で前髪が長め、なんて掃いて捨てるほどいる。そこに眼鏡という特徴を加えても、大して狭まらないだろう。それに、眼鏡なんて、簡単にかけたり外したりできるものだ。可能性のある対象者をいちいち写真に撮っていたらきりがないから、まずは女子のほうからと犯人グループも思っているのかもしれない。

「もちろん、警察には連絡が行っているよ。学校周辺の巡回を強化することになっている。すぐには人員を用意できなかったらしくて、明日《あした》からだけどね」

「そっか、それなら安心だね」

脛《すね》に傷を持つ連中だ。警察の気配を感じた時点で、校門前での待ち伏せはなくなるだろう。もしもなくならなかったとしたらそれはそれで、警察にとっては、アポ電強盗の犯人一味を一網打尽にするきっかけになる。

「でも、犯人グループが、目撃者を捜し始めるのは予想外だったな」

「そうだね。僕も、想定していなかった。制服で、どこの生徒かはすぐわかっただろうけど、わざわざ学校に来るとはね」

顔を見られたと言っても、目撃者がどれくらいはっきり犯人の顔を憶えているかはわからない。憶えていたとしても、警察に申し出ると決まったわけでもないし、目撃証言によって似顔絵が作られたところで、それだけで指名手配されるわけでもないだろう。放っておけばいい。口封じのために学校の近くをうろうろするほうが、むしろリスキーな気がする。生徒に声をかけたり写真を撮ったりして、警察に怪しまれ、芋づる式にアポ電強盗のことまで知られてしまう可能性だってゼロではないのだ。

「サトウ」の顔を見た目撃者は、そうまでして捜さないといけないものだろうか。いくら「サトウ」が、犯人グループにおいて重要なポジションにいるにしても……。

「よっぽど心配性なのかな。でも、目撃者は、犯人グループの奴らが自分たちを捜してるって気づいてるよね。これじゃ、怖がって、ますます出てこなくなっちゃうかも」

「そうだね。ここまでして捜されているとわかったら、もう、警察に保護を求めたほうが安全だと考えてもよさそうなものだけど」

今のところ、目撃者本人たちから警察への連絡はないそうだ。

「俺なら、犯人グループが自分たちを捜しているってわかった瞬間に警察に助けを求めるけどなあ」

黙っていれば見つからない自信があるのだろうか。

御崎も、「確かにちょっと不可解だね」と首をひねる。

「この期に及んで名乗り出ないとなると……ただ面倒だからというわけじゃなさそうだ。外見をがらりと変えてまで隠れようとしているわけだからね。その場にいたことを知られたくない理由があるんだろう」

御崎も言っていたが、平日のその時間に逮捕の現場に居合わせたという時点で、目撃者たちは授業には出席していなかったということだ。やましい気持ちはあるだろうが、サボっていたのがバレたら困る、というだけで、ここまで徹底して逃げ回るとは思えない。

「彼らは周囲に隠れて交際していたのかもしれない、だから名乗り出なかったのかもしれないとも考えたんだが、僕の見た限りでは、当日欠席していた男女で、そういう関係にありそうな二人はいなかった。……いや、それはもう少し観察してみないとわからないな」

「犯人じゃなくて、目撃者の事情を考えるって、何か変な感じだね」

彼らが名乗り出ずにいる事情がわかったところで、事件の捜査が進展するわけではないだろうから、考えてもあまり意味はないのだろうが、どうしても考えてしまう。

何故目撃者たちは見つからないのか。何故、隠れているのか……。

「あ、そうだ」

思い出して、俺はスマホを取り出した。いつも、昼休み中は鞄に入れっぱなしにしているのだが、今日は御崎と待ち合わせをしていたから、入れ違いにならないようにポケットに入れておいたのだ。

「これだよ、ゆめかわヒロイン。右側が真浄寺ステラ」

サーチエンジンの検索結果を見せる。ずらりと並んだ画像のサムネイルの一つを選択すると、三人の女の子が番組ロゴの下でポーズをとっている画像が表示された。

「本当だ、髪も衣装も紫色だね。星のモチーフに……衣装にはピンクも入っている」

「それぞれのキャラクターをイメージしたぬいぐるみも出てるから、鞄についていたのはそれじゃないかな。シリアルナンバーとかがわかれば早いんだけど、さすがにそこまでは見てないよね」

ステラ単独の画像に切り替えようと、一度検索結果の画面に戻したとき、御崎が並んだ画像の一つに目をとめる。

「実写化もされているのか」

御崎が指さしたのは、グラビア写真集も出している人気のコスプレイヤーによる、真浄寺ステラのコスプレ画像だった。さすが人気のコスプレイヤーだけあって、衣装の再現度はかなりのもので、ラベンダー色のロングヘアのウィッグも、違和感なく似合っている。

「ああ、これはレイヤーさんだよ。クオリティ高いよね。えっと、コスプレってわかる？　アニメのキャラの衣装とか髪型を真似て、なりきるっていうか」

もしやと思ったのだが、やはり、御崎はコスプレという文化自体を知らなかった。きょとんとしているので、公式のメディアミックスではなく、ファンがキャラクターの衣装やウィッグを自作して、あるいはコスプレショップで購入して、楽しみのために着用しているのだと説明する。御崎はカルチャーショックを受けていたが、すぐに理解したようだった。

「個人的な趣味なのか。すごいな」

感心したように言って、それから、はっと何かに気づいたように口をつぐみ、少しの間黙る。

やがて、小さくそうか、と呟いて、制服のポケットからスマホを取り出した。

誰かに連絡をしようとして、ふと手をとめ、俺を見る。

「山岸くん。近いうちに、この、ゆめかわヒロイン……特にその、真浄寺ステラを好きな人が集まるような場所やイベントはないかな。ファンの集いのようなものとか」

「ちょっと待って、見てみるね」

「ゆめかわヒロイン」「真浄寺ステラ」「イベント」「今月」で検索する。すぐにヒットした。

「あ、セカンドアルバムの発売記念イベントがある。ステラ役の声優さんも登壇するみたい」

今週末だって、と伝えると、御崎は目を細めて笑う。

「君が博識なおかげで助かった」

そう言ってスマホを耳にあて——ようとしたとき、予鈴が鳴る。

おそらくコールが始まる直前だっただろうスマホの通話終了ボタンをタップして、御崎はスマホをしまった。

「教室に戻ったほうがいいね。僕も、叔父への連絡は次の休憩時間にするよ」

「え、待って待って、説明してよ。何かわかったの？」

警察官の叔父に連絡をするということは、事件に関して報告すべきことができたということだ。俺との会話から手がかりを得たようなのに、俺には何のことやらさっぱりだった。

「放課後、またここで待ち合わせよう。山岸くんのおかげでわかったんだ、ちゃんと説明するから」

御崎はそう言って歩き出す。俺も続いた。

階段前で追い越した一年生が、「あ、御崎」というように彼を見る。

御崎のクラスは階段を上がってすぐ、一番手前の教室で、俺の教室はその二つ向こうだ。

「じゃあ、またあとで」

御崎はそう言って、教室に入っていった。

御崎のクラスメイトたちが俺を見ているのがわかって、俺は少しだけいい気分だった。

「どうして目撃者が見つからないんだろう、と不思議だった。この学校の生徒で、しかも、事件当日に休んだ生徒となると、限られているのに……見つからないくらい巧妙に外見を変えて隠れているのか、と思っていた。でも、出発点が違ったんだ」

じりじりしながら放課後を待って渡り廊下へ行くと、御崎は約束通り話してくれた。

部活棟に向かう生徒が通路を使うので、昼休みよりは人通りがある。

人が通るとそのたびに言葉を切って、また話し出した。

「目撃者はこの学校の生徒じゃない。生徒の中にいるはずだと思い込んでいたから混乱したんだ。生徒じゃないなら、学校の中でどんなに捜しても見つかるはずなかった」

前提を覆されて、俺はとっさに理解ができない。

俺がわかっていないのに気づいたらしい御崎は、それに呆《あき》れる風もなく言葉を足した。

「制服を着ているからって、現役の高校生とは限らないってこと」

「あ、……コスプレ！」

「ということになるのかな。制服が本物だったなら、高確率で卒業生だろうね」

本当の高校生ではない誰かが、うちの高校の制服を着て歩いていたということか。恋人同士で、高校時代にかえって制服デートを楽しみたいと思ったのかもしれない。

だとしたら確かに、人に説明するのはちょっと恥ずかしい……気まずいから、警察に名乗り出ずにその場から逃げたというのもわからなくはない。

その後、警察に捜されていることも、犯人グループに捜されていることも、おそらく彼らは知らないのだ。御崎も犯人グループも光嶺学園の生徒たちしか調べていないのだから、無理もない。

「警察官が、ぱっと見て違和感を覚えなかったんだから、在校生と年齢は大きく変わらない……卒業してそう何年も経っていない人間だろう。卒業生で、茶色い髪のセミロングで、真浄寺ステラのファンの女性が何人いるかはわからないし、見つけられるかどうかもわからないけど、警察には週末のイベントのことも伝えて、彼女を捜してもらうように頼んだよ」

「そっか、よかった」

事件当日に休んでいたこの学校の生徒、という前提がなくなった以上、目撃者を見つけるのは簡単なことではない。しかしそれは犯人グループにとっても同じだ。目撃者が生徒の中にいると思い込んで見当違いの高校を捜している犯人グループが、警察より先に目撃者を見つけるということはないだろう。それだけでも一安心だった。

目撃者の女性はかなり熱心なステラのファンのようだから、イベント会場で捜すというのはいいアイディアだ。

「考えてみれば簡単なことなのに、思い込みはよくないね。山岸くんのおかげだよ」

「やー、俺は何も……役に立てたなら嬉《うれ》しいけど」

本当に大したことはしていないのだが、そう言われれば悪い気はしなかった。

助手になると言ったときは軽い気持ちだったが、もしかして向いているのかな、と、だんだんその気になってくる。

直接核心に迫るような推理はできなくても、異なる視点から探偵にヒントを与えるのが、探偵助手の役目だ。

間違った推理ばかりを披露して道化役になったとしても、可能性を一つずつ排除していけば真相に近づけるわけだから、無駄ではない。キューティーホームズにはまって以降、それなりに推理小説も読んだから知っている。それが探偵助手というものなのだ。

これからも思ったことや、疑問に感じたことはどんどん口に出していくぞと決意する。

「犯人グループが学校のまわりをうろうろしてるのはちょっと嫌な感じだけど……明日になれば警察が巡回を強化してくれるんだよね。そうしたらちょっと安心かな。学校のまわりをうろついてるなら、犯人グループはまだ目撃者がうちの学校の生徒だと思い込んでるってことだから、本物の目撃者は安全なわけで、よかったといえばよかったけど」

そうだね、と俺の発言を受けてから、御崎は「ただ、その犯人グループの行動自体、ちょっと不合理な気がする」と続けた。

俺に対して話してはいるが、半分は、自分の思考を整理するために口に出しているようだ。

「通報されるリスクを冒してまで、目撃者を捜す必要があるのか……そこは、やっぱり引っ掛かる。アポ電強盗なんて、ほぼ確実に被害者に顔を見られる犯罪だ。顔を見られたことは、これまでだってあったはずなのに……今回はマスクを外した顔を見られたからというのはあるにしても」

そこまで言って、何かに引っ掛かった様子で一度言葉を切った。

「……いや、犯人グループが、というより……躍起になって目撃者を捜しているのは、『サトウ』個人か」

その二つを分けて考える意味がわからなくて、俺は相槌《あいづち》を打つ前に御崎の言葉の意味を考える。

「サトウ」は犯人グループのリーダー格なのだから、彼が捜しているというのはグループが捜しているのと同じことではないのか。

末端の実行犯が顔を見られることは最初から想定しているが、「サトウ」が顔を見られるのは想定外で、目撃者を放置しておけないということだろうか。

「普段は表に出てこない黒幕的ポジションだったのに、今回たまたま実行犯役になって、顔を見られちゃったから……下っ端が顔を見られたのとは重みが違うってことだよね」

「慎重を期すなら、人手が足りなくなった時点で犯行を中止するべきだったんだろうけど……。『サトウ』が現場に出ることになったということは、特別大金が入りそうな案件だったのかもしれないね」

「あー、そういうときに限って運悪く顔を見られちゃって、慌てふためいて目撃者を捜してる……ありそうかも、それ」

表に出ないはずのリーダー格の一人である「サトウ」が、運悪く素顔を見られて焦っている、ということなら、わからなくもない。目撃者が証言するかはわからないし、仮に証言したところで、それだけで逮捕される可能性は低い、と頭ではわかっていても、心情的に放置できないという気持ちは理解できる。

「サトウ」がつかまるとグループの存続にもかかわるから、グループをあげて目撃者を捜しているのかもしれないし、「サトウ」個人が、保身のために人員を動かしているのかもしれない。

「あ、急に現場に出ることになったくらいだから、『サトウ』は現場の近所に住んでいて、今後目撃者に識別される可能性があったとか」

「それは大いにあり得る。『サトウ』だって、グループが大きくなるまでは、自分で現場に出て、悪事を働いていたはずだ。それを考えても、ただ顔を見られたというだけで、今さら冷静さを失うとは思えないしね」

リスクを冒してでも目撃者を見つけて口止めをするだけの理由があるということだ。

「サトウ」が現場の近くに住んでいる、というのはいいところを突いたかもしれない。

御崎に認められて、俺は少し自信を持った。

御崎は、「それにしても」と続ける。渡り廊下の雨よけの屋根の支柱に軽くもたれて、何もない空間に視線を固定している。

「神奈川区内に限ったって、人口は二十万人以上。冷静になれば、そこまで神経質になる必要はないはずなんだ。どう考えたって、高校の前で目撃者を待ち伏せするほうがハイリスクだ。『サトウ』本人は離れたところにいるだろうけど、光嶺学園前にいた仲間と連絡をとりあっていたんだから……」

『サトウ』が有名人だったとか？　だったら、顔を見られた時点でバレてるか……うーん、これから有名になる予定があった？　将来的にバレちゃう可能性があって、今のうちに口封じをしなきゃいけない……選挙に出るとか、芸能界デビューする予定があるとか……って、そんな人がアポ電強盗なんかやるわけないか」

何でも口に出したほうが御崎の参考になる――とはいえ、ちょっと現実味がなさすぎる。言ってしまった後で頭を掻《か》き、笑いながら御崎を見て、あれ、と思った。

御崎が動きを止めている。

軽く目を見開いて、少し驚いたような表情で。

「御崎くん？」

心配になって声をかける。

御崎は俺の声に反応はしたが、こちらを向くことはなく、ただゆっくりと二回瞬きをした。

「……僕に探偵の才能があるかどうかはわからないけど」

そして同じ姿勢で、視線はまっすぐ前に向けたまま言う。

「山岸くんには、探偵助手の才能がある」

思わせぶりな誉め方をしておいて、御崎は、具体的なことは何も言わなかった。

何かわかったのと俺が訊いたら、たぶんねと答えたが、それだけだ。まだ確かめたわけじゃないから、とその場ではそれ以上教えてくれなかった。

「もし間違っていたら、疑った相手に申し訳ないからね。確認して、間違いないとなったら警察に連絡して、無事犯人が確保されたら全部説明するから」

そう言われては、無理に聞き出すわけにもいかない。

早ければ今日明日中には逮捕されると思う、と言っていたので、おとなしく待つことにする。

＊

俺は、これからまだ校内に残って確かめたいことがあるという御崎を置いて先に学校を出た。

間違っていたら……と口では言いながら、御崎には自信がありそうだった。

俺とのやりとりの中で、彼は犯人が目撃者捜しに躍起になる理由に気づき、おそらくそこから、さらに、犯人につながる手がかりも得たのだ。

警察も気づいていない何かに気づいて、犯人の特定にまで至ったのだとしたら、本人は否定していたが、十分名探偵と呼んでいいのではないか。目撃者が同じ高校の生徒だと思われたから協力を求められただけ、と御崎は言っていたが、これをきっかけに、警察にも頼られる高校生探偵になってしまうかもしれない——などと想像すると、自分のことのようにドキドキした。

校門を出て少し歩くと、どこかで見た顔の男が、ガードレールに腰掛けているのが目に入った。短髪で、スーツを着た、体格のいい男だ。

男はこちらを見ていて、目が合った瞬間、互いに「あっ」となる。

思い出した。御崎の叔父だ。張り込みには向かなそうな、いかにも警察官といった外見の——マンションの前で一度すれ違った。

ガードレールから腰を浮かせ、警察手帳を取り出した彼に、

「あ、刑事さんですよね。知ってます」

こちらから先に声をかける。

「巡回の強化は、明日からになると思ってました。あ、それとも、御崎くんに用ですか？」

彼は驚いた表情をした。

当然の反応だ。甥《おい》の交遊関係までは把握していないだろう。

「御崎くんから聞きました。あ、えっと、友達なんです」

山岸って言います、と俺が頭を下げると、彼は、ああ、と頷いた。

甥の友達だとわかって安心したのか、警察手帳を上着のポケットにしまいなおす。

「えっと、例の事件の……アポ電強盗のことですよね」

下校時間のピークは微妙に過ぎて、人通りは多くないが、一応声のトーンを落として言った。

「あ、もちろん、俺は部外者なんで、詳しいことは何も……そういう事件があって警察が捜査中だって聞いただけです」

彼の表情が硬くなったので、慌てて付け足す。

「でも、御崎くん、犯人に気づいたみたいでした。俺は教えてもらってないんですけど」

御崎から事件の話を聞いているとは言わないほうがいいだろう。

彼が甥に事件の話をしていること自体、表沙汰《おもてざた》になれば問題になりかねない。

彼は、あからさまにほっとした様子だった。

「御崎くん、まだやることがあるって……そのうち出てくるとは思いますけど、呼びましょうか」

「ああ、いいよ、待つよ。大丈夫」

彼はそう言ってスマホを取り出した。御崎に連絡を入れるか、警察の仲間に報告でもするのかもしれない。

邪魔をしてはいけない。俺は、会釈して歩き出した。彼も会釈を返してくれたが、どこかぎこちなく、戸惑っているようだった。

やっぱり、身内とはいえ高校生に捜査協力をさせていることは秘密だったのだろう。

軽率だった。俺に話をしたことがわかって、御崎は怒られないだろうか。詳しいことは何も聞いていないとごまかしたが……。

しだいに御崎に対して申し訳ない気持ちになってとぼとぼと歩いていると、

「山岸巧くん?」

誰かに声をかけられた。

顔をあげると、スーツ姿の知らない男が立っている。

下を向いて歩いていたから、声をかけられるまで、相手の存在に気づかなかった。鞄を持つ手に力が入った。自分から声をかけるより、声をかけられるほうが緊張する。自分の知らない相手が、自分を知っているということが落ち着かないのだ。

表情が強張《こわば》っていたのだろう、俺が警戒しているのを見てとったらしい男は、「あ、ごめん」と慌てた様子で上着の内ポケットから警察手帳を取り出し、開いて見せた。

「いきなり声をかけてごめん、びっくりさせたね。神奈川県警本部の高峰《たかみね》です。秀一から名前を聞いていたから、つい」

高峰弥彦《やひこ》。所属は神奈川県警本部。記章上の顔写真は、確かに目の前にいる男の顔だ。御崎の知り合いらしい。ほっとして、「いえ、大丈夫です」と応じる。

この短い距離を歩いただけで、二人の刑事に遭遇したことになる。学校周辺の巡回強化は明日からだと聞いていたが、予定が変わったのだろうか。こちらとしてはありがたかった。

「おかげで捜査が大幅に進んだよ。君がいなかったら、今ごろ、無意味に校内で目撃者を捜し続けていたところだ」

「いえ、俺は何も……全部御崎くんが」

「秀一は、君の発言で気づけたと言っていたよ」

御崎は、叔父さん以外の刑事とも交流があるらしい。しかも、捜査に協力していることも知られているようだ。

探偵ものの漫画や小説では、高校生探偵の介入をよく思わない刑事に主人公が嫌味を言われたりするものだが、目の前にいる彼はさわやかで人がよさそうで、その口ぶりから、御崎にも俺にも好意的なのがわかった。名前で呼んでいるところを見ても、御崎とはかなり親しいようだ。

それだけ御崎が有能だと認められているということで、本人は否定していたが、すでに、警察の外部顧問的なポジションと言っていいのではないか。

「お会いしたことないですよね？」

「うん、ごめん、一方的で。写真を見せてもらったんだ。秀一と一緒に撮っただろ」

心当たりがあった。

二人で本屋に寄った帰り、御崎がゲームセンターに入ったことがないと言うので驚いて一緒に入り、記念に店の前で写真を撮った。御崎にも送ったから、彼はそれを見たのだろう。

「秀一、ちょっとマイペースなところがあるだろ。学校で浮いてるんじゃないかって心配してたんだけど……何か話の流れで、自撮りとかしたことないだろって言ったら、すごいドヤ顔で『ある』って見せてくれてさ。山岸くんと一緒の写真。それで、あー仲い い友達がいるんだなと思って安心したんだ。それで印象に残ってた」

このとき、あれ、と思った。

思った以上に仲がよさそうだ。と、いうより――これは、この口ぶりは、まるで。

「捜査にも協力してくれたって聞いて、お礼しなきゃなって思ってたんだ。助かったよ。それに、秀一と仲良くしてくれてありがとう」

違和感の意味を確認する暇もなく、彼は、「被疑者を逮捕したら、個人的に何かごちそうするからね」と言って去っていった。

学校のある方向とは違う方へ行ったので、学校周辺の巡回に来たわけではないらしい。

御崎は目撃者のこと以外にも、犯人につながる何かに気づいていたようだったから、そちらに関係することかもしれない。

しかし――「秀一と仲良くしてくれてありがとう」？

御崎を認めていても、仲が良くても、そんなこと、ただの知り合いが言うだろうか。

不自然だ。

身内でもなければ。

もしかして、と気がついて少し戻り、高峰が入っていった横道をのぞいてみたが、彼の姿はもう見えなくなっている。追いかけて確かめようにも、どちらへ行ったかもわからなかった。

高峰弥彦が御崎の叔父だとしたら――学校の前で俺が話をしたあの男は。

彼が御崎の叔父である前提で話をしていた俺の誤解を正すことなく、話を合わせた彼は誰で、あそこで何をしていたのか。

彼は何と言ったっけ。俺は彼に何を言ったっけと――思い出して、血の気が引いた。

来た道を、走って戻る。学校までは十分くらいの距離だ。途中で御崎に電話をかけたが、出なかった。メッセージアプリで、『まだ学校にいる？　だったら校舎から出ないで』と送る。

理由も書かなければと思うのに、どう書けばいいのかわからなかった。

警察のふりをした犯人グループの一味が、学校のまわりをうろついている。偽者だと知らずに、俺が、君が犯人に気づいたと言ってしまった。俺のせいで、君に危険が迫っているかもしれない。もし、君の顔が知られていたら――。

立ち止まって打ち込んでいる時間が惜しくて、とにかく走った。

手に持ったスマホが震え、見るとメッセージアプリに御崎から返事が来ていた。

『もう外にいるよ』

とりあえず無事らしいことに安堵《あんど》して、急いでメッセージを打つ。

『今どこ？』

『もうすぐ猫がはさまっていた壁のところ』

不動産屋と喫茶店の間だ。俺は脇道に逸《そ》れた。ここからならすぐだった。

電話をかけようかと思ったが、多分直接行ったほうが早い。

脇道から大きい通りに出ると、数メートル先に御崎がいた。二人連れの男と何か話している。御崎の手にはスマホがあった。

タイミングの悪いことに、ほかに人通りはない。

自動車がのろのろと徐行して、俺を追い越した。二人連れと話している御崎の真横で停まる。あっと思った。俺は急いで、手に持ったスマホで車のナンバープレートを撮影した。カシャッとシャッター音が鳴ってひやりとしたが、男たちには聞こえなかったようだ。

彼らはこちらには背を向けていたが、一人の横顔がちらっと見えた。思ったとおり、さっき学校の前で俺と話をしたあの男だ。

警察官ではない。そのふりをして、目撃者を捜していた――アポ電強盗の犯人グループの仲間に違いない。

どうしよう。大声を出すか。それとも相手を刺激しないほうがいいか。さすがに俺が見ている前で拉致《らち》したりはしないはずだから、御崎とは偶然会ったふりをして声をかけて、なるべく怪しまれないようにここから連れ出して――いやダメだ。あの男も俺の顔を憶えているだろう。そんな小細工は通用しない。強引にでも、とにかく御崎を連れて、人通りの多いところへ逃げるしかない。

停止した車の後部座席の窓が開いた。

御崎はスマホをポケットにしまうと、ごく自然な動きでそちらを見て、言った。

「なるほど、君が『サトウ』か」

一拍置いて、車の中の男が、男たちに「乗せろ」と言うのが聞こえた。同時に、後部座席のドアが開く。

御崎を連れていく気だ。

男たちが、御崎につかみかかるのが見えた。御崎の手から鞄が落ちる。

俺は急いで走り出した。喧嘩なんてしたこともないが、せめて二対二なら、時間を稼ぐぐらいはできるかもしれない。

通り過ぎざまに不動産屋と喫茶店のウィンドウを拳《こぶし》で叩《たた》き、

「警察を呼んでください！」

大声で叫ぶ。

ぎょっとして男の一人が振り向いた。動きを止めたのは一人だけで、もう一人の男は、御崎に腕を伸ばしている。

御崎は動じず、両手で男の手首の上あたりをつかんで持ち上げた――ように見えた。

御崎が男の腕の下をくぐり、滑るような動きで二人の位置が入れ替わったと思った次の瞬間、男はくるっと一回転して地面に叩きつけられていた。

続いて、ぱんっという音がして、もう一人の男も仰向《あおむ》けに倒れ、地面に尻餅《しりもち》をつく。俺からは、御崎が男に身体を近づけて上半身を押し、足を払ったらしい様子がかろうじて見てとれただけだった。

何が起きたのか、一瞬理解できなかったのは俺だけではないらしい。

地面に転がされた本人たちも、反撃をするどころか、呆然《ぼうぜん》としている。

少し遅れて、不動産屋と喫茶店から、何だ何だと人が出てきた。

ようやく、後部座席のドアが閉まり、車は慌てた様子で発進する。地面に倒れた仲間たちを置いて、「サトウ」を乗せた車は走り去った。

御崎は焦る様子もなくそれを見送る。

御崎に投げられた男は、アスファルトに身体を打ちつけられてすぐには立てないようだった。同じ姿勢のままうめいている。

尻餅をついただけだった男は逃げようとしたが、やはり身体が痛むらしく、立ち上がりかけたところで腰を押さえた。

「秀一！」

「弥彦叔父さん」

高峰刑事が、こちらへ走ってくるのが見える。ほっとすると同時に身体の力が抜けて、俺も、その場に座り込んだ。はー、と息を吐く。よかった。もう大丈夫だ。

「早かったね」

「ちょうど近くにいたからな」

高峰刑事は、御崎と言葉を交わしながら、伸びている男二人に近づいた。

「未成年者略取の現行犯。未遂だけど」

御崎の言葉に頷いて、まずは投げられた男を乱暴に起こし、「骨とか折れてないよな？」と雑に確認した。

それから、軽傷のほう、尻餅をついている男のほうに手錠をかけ、スマホで応援を呼ぶ。手錠は一つしか持っていないようだ。

男たちは、もう、逃げようとはしなかった。

「今のって……」

「合気道。本当は安全な技だけど、アスファルトの地面で受け身もとらなかったから、すぐには動けないかもしれない」

投げられたほうは、骨にひびくらい入っているのではないかと思ったが、正当防衛ということになるのだろう。

「あ、車、あっちに」

「大丈夫だよ。『サトウ』の素性はもうわかってる。これから逮捕に行くところだったんだ」

「あ、叔父さん、一応、ナンバー……」

御崎が高峰刑事に、「サトウ」たちの乗っていた車のナンバーを伝える。俺が写真に撮るまでもなく、御崎はちらっと見ただけで憶えてしまっていたらしい。高峰刑事は頷きながらメモをとり、電話の相手にその番号を伝えた。

「つ……強いんだね、御崎くん」

「山岸くんが注意を逸らしてくれたおかげだよ」

けがはない？　と言って、彼は俺に手を差し伸べた。

不動産屋と喫茶店のウィンドウを叩いた左手がじんじんしているほかには、痛むところはない。

「平気平気。御崎くんこそ……あれ」

自力で立ち上がろうとして、できなかった。

腰が抜けていた。

＊

五分ほどで到着したパトカーは、「サトウ」の仲間二人を乗せて走り去った。

高峰刑事は、「サトウ」の自宅へ向かう途中だったらしく、そのまま仲間の刑事と合流して行ってしまった。男たちが御崎を連れ去ろうとしたことや、偽刑事と話をしたときのことなど、俺にも話を聞きたいと言われたが、事情聴取は明日にして、今日は帰っていいことになった。

家まで送るという御崎の申し出を、俺はありがたく受けることにする。さっきまで腰が抜けていたとはいえ、もう一人で歩ける状態になっていたが、訊きたいことがたくさんあった。

「山岸くんからの着信とメッセージに気づいて、返事を打ったすぐ後に、あいつらに声をかけられたんだ」

並んで歩きながら、御崎は、俺が現場に着くまでにあったことを話してくれる。

「『ちょっとプロデューサーに会ってもらえませんか』って。手口は聞いていたから、ああ、来たな、と思った」

写真を撮って、「サトウ」に送り、顔を確認させる。はっきりわからない場合は本人を「サトウ」から顔が見えるところまで連れていく。それが、目撃者を捜す犯人グループのやり方だった。

「サトウ」は、車や店のガラスごしに、身を隠した状態でこちらの顔を確認するだろう。それでは「サトウ」をつかまえる機会を逃してしまう。そう思った御崎は、「プロデューサーの方に、ここに来てもらえませんか」と言ってその場を動かず、メールを確認するふりをしながらスマホで叔父に連絡をしていた。

無理やり連れていくわけにもいかず、犯人グループの男たちは、「サトウ」に連絡をしたのだろう。俺とほぼ同時に、「サトウ」を乗せた車も現場に到着した。それは、俺も見ている。

妙にのろのろと走っていたのは、おそらく、窓ごしに御崎の顔をよく見ようとしたからだ。

「サトウは、マスクとサングラスで顔を隠していた。窓が開いて、僕を見て、『違う、こいつじゃない』って言うのが聞こえた。僕がそっちを見て、もろに目が合ったから、相手は慌てたみたいだったよ」

憶えている。御崎は「サトウ」を見て、「君が『サトウ』か」と言ったのだ。わざわざ、声に出して。

おまえが誰か知っているぞという、あれは挑発だった。

正体を知られているとわかって、彼らは混乱しただろう。そして、逃げるのではなく、御崎の口を封じるため、連れ去ろうとした。

俺という目撃者の目の前で、言い訳のしようもない犯罪行為を実行しようとしたのだ。

これまでずっと表に出ず、自分につながる証拠を残さないように周到に悪事を働いてきた「サトウ」の、二つ目の失敗だった。一つ目はもちろん、現場に出て顔を見られたことだ。

「叔父は組対本部の刑事として、半グレ同士の小競り合いを取り締まることもあったから、犯人グループの一部には顔を知られていたみたいなんだ。目撃者に話を聞きにいくはずだと思って、一人が叔父を監視していたらしい。それで、僕のマンションに入るのを見て、ここに住む光嶺学園生が目撃者の一人らしい、と勘違いをした」

「あ、一回マンションの前ですれ違ったことある……何かこっち見てるなと思ったけど」

俺は、彼がマンションから出てきた住人だと思ったが、御崎のマンションはオートロックで、住人以外はロビーに入れないようになっているから、実際にはその前をうろうろしていただけなのだろう。

御崎が高峰刑事の甥で、たまたま目撃者と高校が同じだ（と思われていた）から協力を求められたとは知らない「サトウ」たちは、御崎が「サトウ」の顔を見た目撃者だと思い込んだ。

御崎は眼鏡をかけていないが、身長や髪型が、目撃者像と大きく異なるわけでもない。「サトウ」が見れば別人だということはわかっただろうが、おそらく、今日まで、顔を確認する機会がなかったのだ。

今日、相手を刑事だと勘違いした俺が「御崎が犯人に気づいた」と話してしまったから、彼らは、自分たちの捜す目撃者が御崎であると確信した。

「サトウ」本人への面通しはまだでも、マンションの前にいた男は、張り込み中に御崎の顔を見たことがあったのかもしれない。学校から出てきた御崎を尾行して人気の少ない通りに入ったところで声をかけ、「サトウ」に確認させようとした……。

「車に乗ってたのが『サトウ』だよね。逃げちゃったけど……」

「ああ、『サトウ』の顔も名前も自宅もわかっているから、大丈夫。山岸くんのおかげだよ」

「俺、何もしてなくない？」

「『サトウ』がどうしてあんなに必死になって目撃者を捜していたのか、一緒に考えただろう。理由がわかったら、後は簡単だった」

確かに、学校でその話をしていたとき、御崎は何かに気づいたようだった。

「サトウ」が逮捕されたら全部話すと、あのとき言われていたのだ。「サトウ」の逮捕はこれからで、今まさに高峰刑事たちが彼の自宅へ向かっているところだったが、警察にも確認がとれたのでもう話してもかまわないと判断したらしい。

「『サトウ』は、目撃者たちは光嶺学園の生徒だと思っていた。だから必死だったんだ。生徒が目撃者なら、自分の正体に気づかれる可能性が相当高いと思ったから」

その他大勢の目撃者ならば、気にするほどでもない。しかし目撃者が光嶺学園の生徒だと、放ってはおけない。つまり――

「つまり、『サトウ』も光嶺学園の生徒なんじゃないかって、あのときやっと気づいたんだ」

結局、目撃者は制服デートを楽しんでいた卒業生で、在校生ではなかったが、犯人のほうが在校生だったのだ。同じ校内に目撃者がいるとなれば、いつどこで気づかれるかわからない。「サトウ」が慌てたのも理解できた。

「高校生が、アポ電強盗の元締め……？」

「半グレなんて呼ばれている連中は、十代、二十代が中心だから、驚くようなことでもないよ」

だからこそ、もっと早く気づくべきだったんだけど、と、御崎はわずかに眉根《まゆね》を寄せて言う。

「それがわかったら、目撃者捜しのために作ってあったリストが役に立った。事件当日、欠席していた生徒の中に『サトゥ』がいるわけだからね。逃走した男と背恰好《かっこう》が一致する男子生徒に絞ると、容疑者はすぐに浮かびあがった」

御崎は渡り廊下で俺と別れた後、容疑者の名前を電話で高峰刑事に伝え、三年生の教室にも行ってみたのだそうだ。「サトウ」はいなかった。それもそのはず、彼はその頃目撃者の顔を確認するために、仲間に学校周辺を見張らせ、自分は車の中にいたのだ。

「サトウ」は御崎の顔を確認しようとあの場に車で乗りつけたが、御崎は最初から、反対に「サトウ」の顔を確認するつもりだった。

「御崎くんはすごいなあ……」

ため息が漏れる。

「俺なんか、何も気づいてなかったどころか、『サトウ』の仲間を、御崎くんの叔父さんと勘違いして、御崎くんがまだ学校にいることとか、ぺらぺらしゃべっちゃって……」

「その状況なら仕方ないよ。それに、結果として、僕は無事だ」

「そうだけど」

それは、御崎が強かったからだ。

俺の口が軽かったせいで、御崎が拉致されていたらと思うとぞっとする。今さら足が震え始め、俺は慌てて笑顔を作った。

「御崎くんはあいつらに全然動じてなかったけど、俺は腰抜かしちゃったし……あ、思い出したらまた怖くなってきた。はは」

震える膝《ひざ》を手のひらで叩いて笑ってみせる。うまくごまかせたと思ったのに、御崎は笑わなかった。

戸惑うような表情を浮かべて立ち止まり、俺の顔と、俺の足とを見比べる。

「……僕は、昔から武術をやっていて」

それから、一度、きゅっと唇を引き結び、ゆっくりと開いた。

「彼らより、自分のほうが強いだろうということを知っていただけだ。彼らは武器も持っていなかったし、高校生一人が相手だと思って油断していた。僕は有利な立場にあったんだ。腕に自信のある人間が、有利な状況で、落ち着いているのは当然だろう」

静かな声で、丁寧に、一言一言を紡ぐ。俺のための言葉だった。

気づけば足の震えは止まっていた。

「でも、君は特別強いわけじゃない。むしろ争いごとは嫌いで苦手だし、喧嘩の経験もないんじゃないのか？　それなのに君は、僕を助けに来たんだろう」

走って、一人で。

御崎は俺の目を見て言った。

「君は勇気ある人間だ。尊敬する」

　こういうのは困る。ただでさえこっちは弱っているのに。

　御崎が、こんな風に、思いをストレートに言葉にすることは知っていたはずなのに、またしても俺は簡単にかき乱されてしまった。

　嬉しいし、情けないし、嬉しいし、
　ああ、だめだ。

　今度はごまかせない。

　こらえきれず、右手の袖《そで》で目元を拭《ぬぐ》った。

「……なんでそこで泣くんだ」

　御崎は、心底理由がわからないといった様子でいる。

「御崎くんが泣くようなことを言うからだよ！　もー、また泣かせるんだから……」

「また⁉　僕がいつ……」

「御崎くんがかっこいいからじゃん！」

　御崎は困った顔をした。

　理不尽なことを言われているとは思っているだろうが、とにかく俺が泣いているのは自分に原因があるらしいと理解したようだ。

　途方に暮れたように、ぐすぐすと洟《はな》をすする俺を見ている。

　あの優秀な頭脳で、どうすればいいのか、何を言えばいいのかを考えているのだろう。

そう考えると、ちょっとおかしかった。おかげで涙は止まったが、相当情けない顔をしているだろうことは明らかだったので、まだ顔を上げられない。

御崎はしばらくの間、手の甲や袖で顔をこすっている俺を見つめ、沈黙した後、

「責任をとる」

真面目な顔で言うので笑ってしまった。

＊

「サトウ」は、御崎の拉致未遂が起きたその日の夜に逮捕された。

御崎の言ったとおり、目撃者捜しのために作成した、事件当日に欠席していた生徒のリストの中の一人だった。

犯人「サトウ」――本名は斉藤崇《さいとうたかし》。光嶺学園高校の三年生で、高校一年生のとき、近所に住んでいた先輩に頼まれて特殊詐欺の手伝いをして味をしめ、中学のときからつるんでいた仲間を集めて自分たちで詐欺や強盗を始めたという。

斉藤は、御崎秀一の名前は知っていたが、顔は知らなかった。御崎という生徒が犯人を知っているらしい、警察が出入りしていたマンションに住んでいる生徒だ、と仲間から連絡を受けて、御崎が目撃者に違いないと思い込んだそうだ。すべて、御崎が推理したとおりだった。

「聞いたか？　御崎、半グレとつるんでた三年生に因縁つけられて返り討ちにしたんだって」

俺が帰り支度をしていると、廊下から入ってきた竹内が一直線に俺の席へ歩いて来て言った。

授業が終わってすぐに出て行ったので、急ぎの用でもあって先に帰ったのかと思っていたら、トイレに行っただけだったようだ。廊下で誰かから最新情報を仕入れたらしい。

橘田が、あ、俺も何か聞いた、と右手をあげる。

拉致未遂があったのは、人通りの少ない道でのことだったが、見ていた人がいたらしい。こういう噂は、広がり始めると早い。数日のうちに、御崎の新たな武勇伝ができあがりそうだ。

俺は教科書を詰め終わった鞄のふたを閉めた。

「俺は、車で拉致されそうになって、相手を車ごとボコボコにしたって聞いたけど」

「拉致？　なんで？　あ、抗争的な？」

「じゃねえ？　相手、スーツだったらしいし。やっぱ、組長の隠し子って噂マジだったんだよ」

「半グレの三年生に絡まれたってのとは別の話？　つーか、ボコボコってすげえな」

なんだか話が大きくなっている。

スルーして帰ろうかと思っていたのだが、さすがにこのまま訂正しないでいると、御崎の評判にかかわる。

「いや、車には何もしてない……その前に相手が逃げちゃったし」

小声で言うと、竹内はすぐに反応する。

「え、現場にいたのかよ。あ！　なんかもう一人光嶺生がいたとかって聞いた。それ山岸!?」

まあ、と俺が答えると、橘田は「なんでまた」と呆れ顔になり、竹内は「まじかー」とうらやましそうにした。

御崎が絡まれていた理由はわからない、俺はたまたま、御崎を捜しに行ってその現場に居合わせただけだ、と説明すると、二人は特に疑わず信じたようだった。

「返り討ちにしたのは本当ってこと？」

「うん、すごかったよ。映画みたいだった。こう、ひゅんっぐるんっみたいなさ」

「へー、かっけー。何か武道とかやってんだろうな」

「合気道だって。かっこよかったなー。俺も小さいときお祖父《じい》ちゃんに言われてちょっとだけ空手の道場に通わされたんだけど、痛いししんどいしすぐやめちゃったんだよね。続けられるってだけで尊敬だよ」

俺が鞄を持って歩き出すと、二人も鞄を持ってついてくる。

いつもの三人で帰り道、なんとなくどこかへ寄って帰ろうとなる流れだ。ここ数日は、御崎と一緒に帰ったり放課後捜査会議の真似事をしたりしていたから、ちょっと久しぶりだった。

御崎の教室の前を通ったのでちらっと中を覗《のぞ》いたが、御崎はいないようだ。

「大立ち回りの経緯、聞きたい、詳しく！　ていうか紹介して、御崎」

「紹介って……普通に話しかければいいんじゃ」

「おまえ誰？　みたいな目で見られそうじゃん！　心折れるって」

竹内は御崎に興味津々のようだが、中学のときクラスメイトだったという橘田は及び腰だ。やめとけって、としきりに繰り返している。

「触らぬ神にたたりなしって言うだろ。現に山岸は巻き込まれかけたわけじゃん」

「御崎くん本人は全然怖くないよ、いい人だよ。巻き込まれたっていうか、たまたま間の悪いタイミングで俺が飛び込んでっちゃっただけだし……御崎くんに、けがはない？って訊かれちゃった。王子様って感じだったよ」

「何それ惚《ほ》れる」

「竹内は夢見すぎ。山岸も目を覚ませよ。御崎は王子様っていうより魔王様だろ」

いい加減にしろ、というような口調で橘田が言ったとき、

「へえ」

自分たちとは明らかに温度の違う、静かな声が聞こえて、俺たちは凍りついた。

おそるおそる振り返ると、通り過ぎたばかりのA組の教室の入り口に御崎が立って、こちらを見ている。

「御崎……くん」

今の話、と言いかけた俺に、御崎は笑顔で首を傾げる。聞いてた？　と、最後まで確認するまでもなかった。

「廊下側の窓から山岸くんが見えて、声をかけようかと思ったんだけど……面白い話が聞こえてきたからね」

入り口のドアの陰で聞いていたらしい。

橘田がさあっと青ざめる。竹内の目は泳いでいる。

魔王様か、と御崎は興味深げに繰り返し——俺たちを順番に見て、目を細めた。

「悪くないね。強そうだ」

お気に召したようだ。

第三話　村人A、魔王様と友情を確かめる

御崎が読んでみたいと言うので、キューティーホームズの原作本を貸すことになった。

休み時間に、文庫本を書店の透けないビニール袋に入れてA組の教室まで持っていったついでに、教室の前でおすすめのエピソードについて語っていると、知らない男子生徒が廊下を歩いてこちらへ近づいてきた。

背が高くて日に焼けていて、長めの髪をかなり明るい茶色に染めている。俺は縁がないが、サーファーというのはこんな感じだろうか。学内でも、あまり見ないタイプだ。

A組の生徒かと思ったが、彼は中には入らず、ちょうど教室から出てきたA組の生徒に声をかける。

「御崎秀一、いる？　呼んでくんない？」

俺は思わず御崎を見た。

これが恥じらう女子生徒からの呼び出しなら、告白だなと思うところだが、どこか気怠《だる》げなサーファー（仮）からは、とてもそんな甘い雰囲気は感じとれない。

御崎の顔を知らないらしいところを見ると、友達というわけでもなさそうだ。

入学直後にちょっかいをかけてきた先輩を派手に返り討ちにしたせいで、もう校内で

絡まれることはなくなったと聞いていたのに、御崎の武勇伝を知らない誰かが決闘でも挑みに来たのだろうか。

「御崎は僕です」

御崎は横から彼に話しかけた。

彼はそのとき初めて気づいた様子でこちらを見て、ああ、というように頷《うなず》く。

「俺、三年の松原《まつばら》。和瀬幸生《わせゆきお》と寮で同じ部屋だった」

「はい、うかがっています」

御崎の受け答えに、松原は「うわ、何かめっちゃちゃんとしてんね」と笑った後、手に持っていた、書店の文庫サイズの袋に入った何かを差し出した。

「これ、俺の荷物に紛れてた。和瀬の親に連絡したら、一年の御崎に渡してくれって言われたからさ」

「お預かりします」

御崎が受け取ると、彼——松原は、「じゃ、よろしく」と軽く手をあげてさっさと歩いて行ってしまう。それ以上、説明も何もない。

御崎が袋の口を開けたので一緒に覗《のぞ》き込むと、中には紺色のタオル地のハンカチが一枚入っていた。見たところ新品ではないようだ。

「忘れ物か何か？」

「ある意味ね」

御崎は、俺が聞きたそうにしているのを見てとったのか、

「今、ちょっと人に頼まれて、調べていることがあって」

話し始めようとして、ちらりと教室を振り返り、「移動しようか」と言った。


先月、光嶺学園高校の三年生、和瀬幸生が亡くなった。

学校の敷地内にある三階建ての寮の屋上からの転落死だった。

光嶺学園の寮では、二年生までが二人部屋、三年生になると受験勉強に集中できるよう一人部屋があてがわれる。和瀬が転落したのは深夜のことで、彼がいつ部屋を出て、屋上へあがったのか、目撃した者はいなかった。

物音を聞いた寮生が窓から外を見て、遺体を発見したそうだ。

寮生の三年生が亡くなった、という話は、俺も噂で聞いて知っていた。一時期、自殺か、と騒ぎになったが、学年が違うこともあって、半月もすると、一年生の教室では話題にのぼらなくなっていた。

「亡くなった和瀬幸生さんは、以前お世話になった人の弟さんでね」

俺が転落死についてある程度知っていると確認してから、御崎は話し始める。

「さっきの人は、二年生まで、和瀬さんのルームメイトだった人だよ。寮に残っていた本人の私物はご遺族が引き取ったんだけど、二人部屋からそれぞれの個室に移る前に、和瀬さんの持ち物が松原さんの荷物に交ざってしまっていたらしくて。後で気づいて、

ご遺族に連絡をしてきたんだ。ハンカチ一枚でも、今となっては遺品だからって」

「それを、何で御崎に？」

「彼の遺品は今、僕がまとめてご遺族から預かっているから」

いつもの渡り廊下だ。いつのまにか植え込みの緑が濃くなって、風が吹いても、もう肌寒さを感じない。

「僕は和瀬幸生さん本人とは面識はなかったけど、同じ学校の先輩だということは知っていた。亡くなったと聞いてご家族にお悔やみの電話をしたら、彼が何故死んだのか調べてほしい、と言われたんだ」

御崎と知り合いなのは和瀬幸生の年の離れた姉で、彼女から弟の死について調べてほしいと頼まれたのだという。

「僕は推理小説の名探偵みたいに、不可能犯罪の謎を解くなんてことはできない。そんな実績もない。前にも話したと思うけど、ただ単に、犯人や被害者の行動の理由とか、そういう……心の動きに興味があるんだ。ジャンルでいうと、心理学とか、社会学とかになるのかな」

御崎は、風で乱れた前髪をわずらわしそうに手で払った。

「叔父《おじ》に事件の話を聞いたときに、そういう視点から意見を言うことはあった。たまたま、そういう僕の思いつきが的を射ていたことが何度かあって、それが、その人……和瀬さんのお姉さんの耳にも入って」

「名探偵の力を貸してほしい、ってことになったんだ」

「……すごく買いかぶられている気がするけど、そういうことらしい。まあ、他に頼める人がいないっていうのが本当のところだと思うよ」

屋上からの転落、と聞くと真っ先に頭に浮かぶのは自殺だが、和瀬幸生の遺体を調べたところ、彼は亡くなる直前、アルコールを摂取していたことがわかった。そのため、前後不覚になり、屋上の手すりから身を乗り出して落ちた、というのが大半の意見のようだ。

酒を飲んだのは飛び下りる恐怖を紛らわせるためで、本当は自殺だったのではないかという意見も出たが、いじめにあっていたとか、死を考えるほど悩んでいたとかいう事実は確認できず、クラスメイトも寮生たちも皆、彼に自殺の兆候はなかったと証言した。

いずれにしろ、警察は事件性はないと判断した。学校の見解も同様だったそうだ。

学校や警察が、いじめはなかった、羽目を外して過って落ちたのだろうと考えている以上、これ以上の調査は望めない。県外に住んでいる家族ができることには限界がある。調査会社に頼もうにも、学校内のことを部外者が調べるのは難しい。そこで、御崎に白羽の矢が立ったということらしかった。

「遺族は、警察や学校の出した結論に、納得してない……ってことだよね」

「事件性まで疑っているわけじゃないと思うけど、ただ羽目を外して飲んだ結果の事故だったとは思えない、と言っている。彼はスポーツクライミングをやっていて、身体には気をつけていたし、生活態度もよくて、興味本位で飲酒をするようなタイプではないと」

「誰かに無理やり飲まされたんじゃないかとか、そういうこと？」

「その可能性も考えているだろうし、自分から酒を飲んだとしたら、何かよほどのことがあったのだろうから、それを探ってほしいということみたいだ」

和瀬幸生は真面目な性格で、中学生の頃は、何かに悩んで、思いつめた様子だった時期もあったという。高校に入ってからは元気にしていると思っていたが、寮生活だったから気づけなかったのかもしれない、人に話せないような悩みがあったのかもしれない、と遺族は気にしているのだそうだ。

自殺だとしても、飲酒が原因の事故だとしても、信じたくないと遺族が思うのは理解できる。しかし、彼は寮に入ってから二年以上実家を離れて生活していたのだ。家族の知らない顔があってもおかしくない。

ただ単に慣れない酒に酔っぱらって屋上から落ちただけだった場合と、思い悩んで酒で恐怖を紛らわせ、自ら身を投げた場合と、どちらのほうが救いがあるのか——前者のほうがましではないかと思ったが、そういう問題ではないのもわかっていた。

遺族はただ、本当のことが知りたいのだ。

「考えすぎだって、普通は思うところなのかもしれないけど——確かにちょっと引っ掛かる点もあるんだ。だから引き受けた」

予鈴が鳴り、御崎は校舎を仰ぎ見た。

授業開始まであと五分。御崎は俺を促して歩き出す。

「屋上からも、寮の彼の部屋からも、酒類の瓶や缶は見つからなかったそうなんだ」

え、と俺は思わず声をあげた。

それは――確かに引っ掛かる。酔っぱらって足を滑らせたにしろ衝動的に飛び下りたにしろ、飲酒現場に飲酒の痕跡《こんせき》が残っていないのはおかしい。

「それって……」

「うん、まだ事件性があるとまでは言えないけどね。遺族や警察に知られていない事実はあるかもしれない。外で飲んで帰って来て酔った状態で屋上へ上がったか、別の場所、たとえばほかの寮生の部屋で飲んでいた可能性もある」

引き受けたからにはできるだけのことをするよと言って、校舎の入り口でこちらを振り返った。

「今日、彼のクラスや部活の仲間に話を聞きにいこうと思ってる。その後、転落現場も見に行く予定だけど――」

「現地調査だ。ついて行っていい？」

名探偵の調査に同行できるチャンス、と何も考えずに言った後で、不謹慎だったかもしれないと気がつく。人が亡くなっているのに、興味本位で、おもしろがっていると思われただろうか。

しかし、御崎は意外そうに一度瞬きをした後、頷いた。

「もちろん。一緒に来てくれると心強い」

その一言で、俺は簡単に舞い上がってしまう。

何せこちらは村人Aだ。もったいないお言葉、どこまでもお供します、と膝《ひざ》を折りたくなったが、御崎はオタク特有のノリに慣れていないだろうから自重する。

「まかせて。助手だもんね」

俺が笑顔でそう言うと、御崎は嬉《うれ》しそうに目元を和らげた。

色々な噂のせいで、御崎に近づこうとしない生徒も多いが、同時に憧《あこが》れている生徒だって少なくないはずなのに、彼は自分が誰かに好かれるなんて思ってもいないようだ。

たまたま最初に仲良くなったというだけで、俺だけが彼に特別みたいに扱ってもらっているのは、なんだか申し訳ないような気もしたが、やっぱり嬉しい。

助手としての役目を果たせるよう――それが無理でも、せめて邪魔はしないようにしなくては。

頑張るね、と決意を込めて拳《こぶし》を握ってみせると、御崎は小さく笑ってくれた。

＊

和瀬幸生が所属していたというクライミング部には、十二名の部員が在籍している。

クライミングルーム内には、手前に傾いたボルダリングウォールが設置されていて、色とりどりの突起が埋め込まれたそれを、部員たちがかわるがわるのぼっていく。月に二度は、市内のクライミングジムへ行き、もっと高いウォールで練習をしているらしい。

近くにいた一年生に声をかけ、和瀬幸生について聞きたいと言うと、ちょうど休憩中だった笹村《ささむら》という三年生が応対してくれた。

「和瀬のこと調べてるって？　なんで？」

「ご遺族に頼まれたんです。自分たちの知らなかった和瀬さんのことを知りたいって……僕は、以前和瀬さんのお姉さんにお世話になったことがあって、お手伝いしています」

そう言われては邪険にできないと思ったのだろう、笹村は椅子の上に置いてあったタオルを手にとって首にかけ、クライミングルームから一歩外へ出てきてくれた。

ちょうどいい。先に和瀬のクラス、三年B組にも行って、笹村が、和瀬のクラスメイトでもあることは確認済みだ。

三年B組の教室でも何人かから話を聞いたが、そこでは特にこれといった情報は得られなかった。和瀬幸生について、皆、いい人だった、授業態度は真面目だった、成績は中の上くらいだった、いい奴だけどおとなしかった、など、表面的なことしか言わない。隠しているというわけではなく、特筆すべきことが何もないようだった。

悩んでいる様子はなかったかという質問に対しても、気づかなかったと口をそろえ、ほとんどの生徒が、その後、「特別親しかったわけじゃないし」と付け足した。

それでは彼と仲のよかったクラスメイトは、という質問に対して、「強いて言うなら」と何人かが挙げたのが、笹村の名前だった。

クラスメイトであり、同じクライミング部の部員なので、比較的よく話していたそうだ。

笹村本人にも同じ質問——和瀬が仲良くしていたクラスメイトは誰か——をしたところ、彼はあっさり「俺かな」と答える。

「クラスも部活も一緒だったから。それでも、クラスの中ではまだ話すほうだった、ってだけで、すごく仲良かったわけでもないけど」

そう言いながら、首にかけたタオルで汗を拭《ふ》いた。

「休みの日に一緒に遊ぶとか、そういうのはなかった。昼休みとかに、部活のことを話すくらい」

「クラスで孤立していた、というわけではないんですね」

「ああ、感じのいい奴だったし。誰とでもそこそこうまくやってた。けど、誰ともあんまり深くつきあってる感じはなかったな」

他のクラスメイトたちから聞いた話とも一致する。

彼らは皆、和瀬幸生を「いい人だった」と言った。しかし、具体的なエピソードは出てこなかった。誰にも嫌われず、でも、踏み込みも踏み込まれもしない関係にとどまっていたようだ。

おそらく本人が、そういう風にクラスメイトたちとつきあっていたのだろう。意識しないでできることではない気がする。

何か隠しごとがあったのではないか、と思ったが、先入観を持ちすぎてはいけない。御崎の邪魔にならないよう、口には出さないでおいた。

「誰かと仲が悪かった、ということはありませんか。生徒でも、教員でも。学年も関係なく」

「思いつかないな……人とトラブルになるようなタイプじゃなかったからな」

「交際している相手はいましたか」

「聞いたことないけど、わからない。あんまりそういう話はしなかったから」

比較的親しかったという笹村も、和瀬のプライベートを知らないのは一緒のようだった。

御崎は根気強く質問を重ねる。

「部活のことでは？　記録が伸び悩んで、悔しがっていたとか」

「そりゃまあ、全然ないこともないけど……」

ちらりと、ボルダリングウォールを登る部員たちを見やり、笹村はまたすぐに視線を御崎へ戻した。

「高校の部活だからなあ。別にプロを目指してたとかじゃない。卒業しちゃった先輩の中には、本格的にやってた人もいたけど、今の部員は俺も含めて、皆趣味として楽しんでるだけだよ。それが原因でくさくさして飲酒とか、ちょっと考えにくい感じだな」

悩みの原因になるほど真剣に打ち込んでいたわけでもない、ということらしい。

それが本当なら、飲酒の原因にはならないか――まして、自殺の原因には。

転落時、和瀬が飲酒していたという噂は、笹村の耳にも届いているようだ。遠慮なく話を進めることができる。御崎もそう判断したようで、もう一歩踏み込んだ質問をした。

「和瀬さんが亡くなったと聞いて、どう思いましたか？」

「そりゃ……驚いたよ」

「死因は何だと思いましたか？」

「事故だと思った。転落したって聞いたから。酔っぱらってたって話は……あいつはそういうタイプじゃないと思ってたから信じられなかったけど、わからないもんだなって。しかも、そんなふらふらになるまで飲むなんて、よっぽど嫌なことでもあったんだろうな」

死因について訊《き》かれたことで、笹村は、遺族が自殺を疑っているのではないかと思ったのだろう。真剣な表情になって付け足す。

「何も悩みなんかないように見える奴でも、何かしらあって、羽目外したくなることはあるんだなって。自殺じゃないかみたいなこと言う奴もいるみたいだけど、さすがにそれはないと思う」

笹村は、御崎と俺とを見比べた。もういい？　と言いたげだったので、俺は思わずハイと答えそうになったが、御崎は、「最後に一つだけ」と口を開いた。

「三年生になるまで和瀬さんのルームメイトだった、松原さんのことはご存じですか」

「松原？　二年のときのクラスメイトだから知ってるよ。そのときは、和瀬も同じクラスだった」

「松原さんと和瀬さんの関係は、どうでしたか。気が合っていたとか、その反対とか」

それは俺も気になっていた。二年間ルームメイトだったなら、ただのクラスメイトよりよほど、一緒にいる時間が長かったはずだ。

笹村は、どうかなあ、というように眉《まゆ》を下げる。

「普通に仲良かったと思うけど……その後もつきあいがあったかは知らないなあ」

この口ぶりだと、特に険悪だったということはなさそうだ。

ハンカチを届けに来たとき、松原はろくに話もしないですぐに行ってしまった。自分の荷物に和瀬のものが紛れ込んでいたのに気づいて、親切に遺族に連絡をしたうえ、わざわざ一年生の教室まで届け物をしに来たのに、故人の思い出に一言も触れず、何故御崎が遺品を預かることになったのか訊くこともしないのは、少し気になった。かかわりあいになりたくないと思っているように感じたのだ。

もしかして――遺族に対する気づかいは別として、本人とはあまり仲がよくなかったのだろうか、と思っていた。もしくは、故人のものを捨ててしまうのは気が咎《とが》めたが、持っていたくない理由があった――とか。

笹村に礼を言って部室棟を出る。

左手に見える運動場では、どこかの運動部員たちが、列になって走っていた。

体育館と運動場の裏、通路を挟んだ向こう側にある建物が男子寮だ。

「松原さんに話を聞きにいく?」

「そうだね、寮へ行ってみよう。現場を見ようと思っていたし、松原さんがいるなら、彼からも話を聞いてみたい」

和瀬のクラスに行ったとき、ついでに三年生のほかの教室も覗いてみたのだが、松原はいなかった。まっすぐ帰ったのなら、今は寮にいるはずだ。

寮の入り口で、寮母に声をかけ、松原を呼んでもらおうとしたが、彼は不在だった。一度帰ってきたが、どこかへ出かけてしまったらしい。

寮生の誰かに頼めば、建物の中には入れるだろうし、こっそり屋上や和瀬の部屋を調べることもできるだろうが、今は何の根回しもしていないので、あきらめる。

「こういうとき、友達が少ないと困るな」

冗談か本気かわからない口調で御崎が言うので、

「うちのクラスにも寮生がいたと思うから、今度頼んでみるよ」

慌てて申し出る。御崎は、ありがとう、助かるよ、と答えた。本気だったようだ。

正面玄関を出て、建物の右側へ回る。和瀬の部屋は三階の右端で、今は空き部屋になっているはずだ。見上げれば、一部屋だけ窓もカーテンも閉まっているので、すぐにわかった。

そのすぐ上が屋上だ。

金属製の柵《さく》が張り巡らされていたが、せいぜい胸までの高さしかないようだ。乗り越えるのは簡単だし、酔った状態で身を乗り出せば、バランスを崩して落ちることもあるかもしれない。

今は、柵のまわりにロープが張られていた。あまり意味があるとも思えないが、「近づくな」ということだろう。

「結構高いね」

「そうだね。落ちれば無傷では済まない」

自殺の場合はもちろん、事故だとしても、頭から落ちれば助からないくらいの高さはある。

彼はちょうど自室の真上あたりから落ちたらしく、遺体は窓の真下で発見された。

壁ぎわに花が供えられている。

そのあたりの土を踏むのもはばかられる気がして、俺は少し離れたところに立った。

建物自体はそれほど古びていないようだったが、本来は白いはずの壁は、全体的に雨や埃《ほこり》で薄く汚れている。住人が窓から友人を招き入れでもしたのか、一階の窓枠には靴の跡がついていたし、壁を伝って延びている排水管にも、カビか、建材が剝《は》がれたものか、白い粉のような汚れがこびりついていた。正面玄関はきれいに掃き清められていたが、なかなか建物の側面や裏側にまでは手が回らないのだろう。

自殺だったならその原因、事故だとしたら、何故前後不覚になるほど飲酒したのか、それを調べるのが目的だと聞いていた。転落現場はちょっと見ておくらいかと思っていたのだが、御崎は現場の様子も熱心に調べている。

まず建物の全体を眺め、窓や、壁や、ガラスごしに見えるカーテン、排水管や雨どい、空調の室外機などを一つずつじっと観察した。ひととおり見終わると、また建物から少し離れて、全体を見る。目の動きを見たところ、部屋の窓と窓の間の距離や、屋上から地面までの高さを、自分の目で確かめているようだった。

探偵っぽい行動に、不謹慎にもちょっと心が躍る。

「何か気になる?」

「特にどこがということはないけど、念のためにね。事件性がないと判断したのなら、警察も詳細には調べていないだろうし」

御崎はスマホで何枚か写真を撮っていた。ちゃんと調べたと遺族に説明するためだという。

「どういう調査結果が出たとしても、ご遺族が納得できなかったら終わらないからね。説明するとき、見せられるものがあるといいと思って」

遺族は、警察や学校が事故だと判断したにもかかわらず、御崎に調査を依頼したのだ。

写真の一枚もなく、調べましたがやはり事故だったようです、飲酒の理由はわかりませんでした、では、確かに納得しないだろう。

まるで、ちゃんと調べたという証拠のためだけに写真を撮っているというような口ぶりだったが、その割に、御崎は真剣な表情だ。

以前のように、何か考えがあって、その裏づけがとれるまでは口にすべきではないと思っているのかもしれない。邪魔をしないように、彼の考えがまとまるまで余計な口は挟まないことにした。

「山岸くん」

御崎に呼ばれ顔を上げると、御崎は左のほうへ目を向けている。

視線を追うと、私服の男子生徒が一人、こちらへ歩いてくるのが見えた。見覚えのある顔だ。手にコンビニの袋を持っている。買い物に行ってきた帰りらしい。

俺たちが建物の正面へ回ると、向こうもこちらに気づいた様子だった。一瞬、その顔から表情が消え、次の瞬間、営業スマイルとしか言いようのない、愛想のいい笑顔になる。

「こんにちは、松原さん」

御崎が進み出て声をかけた。

「昼間はありがとうございました。ハンカチをお預かりした御崎です」

「あー、どーも。ご苦労さんです」

「和瀬幸生さんのご家族から聞いていらっしゃると思いますが、僕は今、ご家族に頼まれて生前の和瀬さんの生活について調べています。少しだけお話を聞かせてください。松原さんは、和瀬さんとはルームメイトだったとうかがっています」

「っても二年までだしなあ。事故があったときはそれぞれ一人部屋だったから、何も見てねーんだわ」

松原は足を止め、申し訳なさそうに答えてくれた。

「和瀬さんの部屋はあそこですよね。松原さんの部屋はどこですか？」

「その隣。青いカーテンかかってるとこ」

「転落のあった当日の夜、和瀬さんの部屋から物音や声がしたということはないですか。ドアの開閉音や、部屋を出ていく気配がしたとか、何か、様子がおかしかったということは」

「さあ、特に気づかなかったな。寝てたし」

「和瀬さんとは、仲が良かったですか？」

「んー、普通かな」

「寮で同室だったとき、悩みとか、交際相手についてとか、何か聞いていませんか」

「憶《おぼ》えてないな。そんな深い話はしなかったんじゃないかな」

愛想よく答えてはくれるが、どうも表面的に聞こえる。笑顔でも、目が笑っていない。素人の俺にもそれがわかったが、御崎は怯《ひる》まず質問を続ける。

「寮生が、寮でお酒を飲むことはありますか？」

「さー。俺は飲まないけど」

「部屋にお酒を置いている生徒もいますか」

「いるかもだけど俺は知らない。部屋の壁は薄いし、廊下で誰かとすれ違えばにおいもわかるし、部屋で飲んで騒いだりすれば、普通にバレると思うけど」

「和瀬さんがお酒を飲んでいるのを見たことはありますか？」

「ないない」

もういいかな、と松原はとってつけたような笑顔で言った。

ここが限界か。

「正直言うとさ、あいつの話はしたくないんだよね」

引き際だろう、と俺は御崎を見たが、彼は顔色一つ変えず、どうしてですか、と松原に訊いた。

「思い出したくないのが普通じゃね？　寮で人が死んだんだから」

松原はふっと嘲《あざけ》るように鼻を鳴らす。

彼の言い分はもっともだった。

御崎もそう思ったのか、今度はおとなしく引き下がる。

ありがとうございました、と頭を下げる彼に俺も倣った。松原は「お疲れー」とひらひら手を振って建物の中へ入っていく。

「友人たちの話を総合すると、和瀬幸生さんには、飲酒の習慣も、自殺をするような兆候もなかったようだね。クラスや部活で、いじめやトラブルがあったようにも思えない」

歩き出しながら、御崎は、本人がうまく隠していただけかもしれないし、彼らが嘘をついているのかもしれないけど、と付け足した。

「皆で口裏を合わせて何かを隠してるかもしれない？」

「笹村さんを含め、クラスメイトたちは、正直に話していたと思う。やましいところはなさそうだったよ。松原さんは、ちょっと気になるけど……」

御崎は、人の心の動きに特に興味があると言っていた。警察の捜査に貢献し、今回和瀬幸生の遺族に頼られることになった理由も、関係者の心情を読み取り、行動を推測する能力を見込まれてのことだと――その御崎がそう言うのなら、クラスメイトたちは嘘をついていないと思っていいのだろう。嘘も何も、彼らは和瀬幸生について、ほとんど何も知らなかったわけだが。

「じゃあ、やっぱり、自殺はなさそう？」

「そうだね。でも、そうなると、それはそれで不穏な想像もできてしまうね」

御崎は歩きながら振り返り、寮の建物を見上げる。

「自殺なら、たとえば、飛び下りる恐怖を紛らわせるためにどこかで酒を飲んで帰ってきて、そのまま屋上にあがって……ということも考えられたけど、そもそも自殺する理由がなかったとすると……最初から屋上で飲んでいたか、部屋で飲酒して、思ったよりも酔ってしまったから風に当たろうと屋上に上がったってことになる。寮の外で飲んだなら、酔い覚ましのためにはそのまま外の風に当たっていればいいんだからね。でも、だったらどうして屋上にも彼の部屋にも酒がなかったのか……」

御崎が何を示唆しているのかわかった。第三者の関与だ。

「誰かの……他の寮生の部屋で飲んでた？」

「その可能性もある。誰かと屋上で飲んでいて、その誰かが証拠の酒を持ち去ったのかもしれないけど……寮生なら誰でも出入りできる場所で飲酒するかというと疑わしいな。どこか別の部屋で飲んでいたんだとすると、そもそも彼が転落したのは、屋上からじゃなかったということも考えられる。その場合、遺体の位置から考えると、現場は、本人の隣の部屋か、真下の部屋だろう。二階からの転落で亡くなることは稀《まれ》だろうから、隣の方がありそうかな」

警察も学校も、転落したのが別の場所からかもしれないなんて、考えてもいないはずだ。酔って自分で落ちた事故だと思っているから、和瀬の自室はともかく、他の寮生の部屋まで調べてはいないだろう。

思ってもみなかった話になった。急に、口の中が乾いた気がした。

「それって、和瀬さんは本当は誰か別の寮生と一緒にお酒を飲んでいたのに、しかも、もしかしたらその誰かの目の前で転落したのかもしれないのに、その人は黙っている……ってことになるよね」

御崎は前を向いて頷く。

「酔っぱらって風に当たろうと窓を開けて、そこから転落する——というのは、あり得ない話じゃない。でも、発見された遺体は靴を履いていた。部屋の中で飲んでいるときに靴を履いているわけがないよね。和瀬さんが別の寮生の部屋の窓から落ちたんだとしたら、転落後に遺体に誰かが靴を履かせたことになる」

もちろん、本当の転落場所をごまかすためだ。

ちらりと俺を見てそう言って、視線をまた前へと戻す。

「自分の部屋から落ちたとわかったら、飲酒していたことも知られてしまうし、本当に事故だったとしても、直接的な関与を疑われるかもしれない。和瀬さんと同学年なら、三年生だからね。受験や部活に影響があると危惧《きぐ》したなら、とっさに遺体に靴を履かせて、偽装したとしてもおかしくない」

証拠を隠滅したり、細工をしたりする動機はある——ということだ。

「寮内では、外履きを履くのは屋上か中庭に出るときくらいだそうだから、遺体が靴を履いていたら、皆、屋上から落ちたんだと考える。事実、和瀬さんが転落したとき、彼の自室の窓は開いていたが、自室ではなく屋上から転落したのだと判断されたのは、遺体が靴を履いていたからだ」

一人で飲んで、酔っ払って、一人で屋上から転落した。そういう事故だと思われたから、他の寮生の部屋は調べられることもなかったのだ。

しかし、屋上からの転落だったことを示す根拠である靴が、そもそも偽装だったとしたら、話は全く違ってくる。

御崎は俺のほうは見ず、ただ自分の考えをまとめるために口に出しているかのように、淡々と続けた。

「でも、酔った友達が窓から落ちたら、普通は相当動揺する。保身のためだとしたって、とっさに証拠隠滅のために動けるものかというと疑問だ。――落ちることがわかっていたなら別だけど」

目の前で事故が起きれば、冷静な行動はできなくて当然だ。俺だったらパニックになって、悲鳴をあげ、そこらじゅうをべたべた触り、現場保存なんて考えもしないだろう。まして、転落場所をごまかすために遺体に靴を履かせようなんて思いつくはずもない。

しかし転落が予定されていたことだとしたら、「犯人」は、計画通りに動くだけだ。

和瀬幸生の転落が、不慮の事故ではなかったのだとしたら。相手には心の準備ができていて、最初から、和瀬幸生を突き落とすつもりで部屋に呼んで酒を飲ませたなら――。

それは、殺人だ。それも、計画的な。

無意識に足が止まってしまっていた。

御崎は、立ち止まった俺を見て、

「ごめん、可能性の話をしただけだよ。実際にそんなことがあったとは思っていない」

はっとしたように言う。俺がよほどショックを受けた表情をしていたのか、御崎は珍しく慌てた様子で、顔に「しまった」と書いてあった。

「だいたい、酔わせて窓から落とすつもりなら、自分の部屋に呼ぶ必要はないよ。相手の部屋に行って一緒に飲めばいい。自分は和瀬さんが落ちた後、こっそり酒の容器を回収して部屋に戻ればいいんだから、そっちのほうが簡単だ。それだけで、靴なんて履かせなくても、彼は酔って自室の窓から落ちたと思われる。何より、転落の音を聞いて窓の外を見た寮生は一人じゃなかった。転落の後すぐに階段を駆け下りて外へ出たとしても、人に見られずに遺体に靴を履かせるなんてできたとは思えない」

確かに。

俺が、「あ、そうか」と呟《つぶや》くと、御崎は、ほっとしたようだった。

「だから結局のところ、和瀬さんは屋上から落ちたんだと思う。でも、飲酒していたのはおそらく別の場所だろうし、仮に人目につくリスクを冒して屋上で飲んでいたのだとしても、誰かが一緒にいたはずだ。酒の容器がまだ見つかっていないからね」

御崎としては、和瀬幸生が誰かによって殺されたとまでは思っていない、しかし、彼は一人で深酒をして一人で落ちたのではなく、転落する前後に第三者による何らかの関与があったのではないかと考えている、ということだ。

「それも全部、可能性の話だけど」

御崎は念を押すようにつけ加えた。

そうだ、すべては想像にすぎない。現段階では、こういう可能性もある、こういう可能性が高い、という話しかできない。

どんな可能性も常にゼロではないのだろうが、和瀬に殺意を持った誰かが彼に酒を飲ませて窓から突き落とし、証拠を隠滅した……というのは、さまざまな理由から、現実的ではないだろう。

どういうストーリーなら想像できるか、歩きながら考える。

和瀬幸生は誰かと一緒に飲んでいた。酔ったうえでの事故が起き、和瀬は屋上から転落し、一緒にいた誰かは、飲酒と自分の痕跡を残さないよう、二人分の酒を回収した――それが一番ありそうな気がした。

羽目を外して、酔っ払って、落ちた。周囲から聞いた和瀬の性格からして、一人で酒を買い込んで、前後不覚になるまで飲むというのは考えにくくても、仲のいい誰かに誘われたのなら、そういうこともあるかもしれない。

寮には門限があって、出入りは自由ではないはずだ。第三者が関与しているとしたら、ほぼ間違いなく、寮生の誰かだろう。

彼の話はしたくないと言った、和瀬とは「普通に仲がよかった」はずの松原の顔が、頭に浮かんだ。

「まだ、実は彼には深い悩みがあって、一人で寮の外で深酒をして帰ってきたという可能性も、消えたわけじゃない。聞いた限りでは人間関係に悩んでいる様子はなかったようだけど、それは学内での話だ。学外の交遊関係も調べてみないと何とも言えないし、人の話は主観が入るから」

御崎が慎重に言い、俺も頷いた。

結局のところ、何ひとつ確定ではないということだ。

今は、情報を集める段階だ。まずは、できるだけ先入観を持たずに多くの材料を集める。それを組み立てて推理をするのは、十分に情報が集まってからだ。

「次は何を調べるの？」

気を取り直して尋ねると、御崎は歩き出しながらこちらを見て答える。

「物的証拠を」

＊

寮の部屋から引き取った和瀬幸生の私物は、複数の段ボール箱にまとめられて、御崎の自宅に保管されていた。

本やノート類と衣類はもうチェックして、当日着ていたもの以外は遺族に返却するため梱包《こんぽう》済みだという。残っているのは、文具など、こまごまとした持ち物ばかりだ。御崎はそれらを一つずつ箱から取り出して、彼の部屋の床の上に並べていく。

ペンケース。その中身。のど飴《あめ》。目薬。ワイヤレスイヤホン。俺も並べるのを手伝ったが、転落した日の彼の行動の手がかりになりそうなものはないように思える。

一つ目の箱の中身を全部床の上に出したところで、部屋の隅のコンセントからケーブルが延びていて、御崎のものとは違うケースのスマホに挿してあるのに気づいた。

「あれ、和瀬さんの？」

「そう。預かったときにはもう画面が真っ暗だったからね」

充電しておいたらしい。

御崎はケーブルを抜いて、スマホを次の列の先頭に置いた。それから、二つ目の箱の中身を、その下の列に並べ始める。

スマホの横に置いたスニーカーは、亡くなったときに履いていたものだろうか。

俺も、箱からグレーのボディバッグを取り出す。バッグには何も入っていなかった。遺族が先に開けて、中のものを出したのだろう。箱の中に、バッグに入っていたと思われる財布や、タオル地のハンカチ、ミントタブレットのケースなどが転がっている。一つ一つ取り出して並べた。

ほかには――と箱を覗いて、どきっとする。透明なビニールの袋に入った、白い粉。ジップ式の袋は閉じてあったが、外側にも少し粉が付着していた。小麦粉くらい細かい粒子で、ビニールごしに触った感じはさらさらしている。

「これ……」

俺は、刑事ドラマで観る違法薬物を想像したのだが、御崎は、ひょいと箱の中からそれをとりあげ、床の上に置いた。

「チョークだね。指や手のひらの汗をとって、滑りにくくするための粉だ」

「ああ……そっか、何かと思った」

そういえば、和瀬幸生はスポーツクライマーだった。

箱の中からは、甲が低くて柔らかい特徴的なシューズや、腰に巻くタイプのバッグなど、クライミング用品と思われるものが他にも出てくる。御崎はそれらを、一か所にまとめて置いた。

「部活が原因で悩んでた感じじゃなかったよね。笹村さんから話を聞いた限りでは、だけど」

「そうだね、うちの学校はスポーツクライミングの強豪校というわけでもないし、彼はプロを目指していたわけでもないだろうから、転落に直接の影響はなさそうかな。思い込みは禁物だけど」

やはり、仲のいい友達と興味本位で飲酒をしたら、思いのほか酔いが回ってしまい、風に当たろうとして屋上へ出て転落した……というのがありそうな線ではないか。酒の缶や瓶が見つからなかったのは、一緒にいた友達が隠したから。きっと、その友達は混乱して、飲酒のことが公になるのを避けたいという気持ちもあって、一緒にいたと言い出せなかったのだ。

一緒に飲んでいた友達を見つけて、転落した状況を聞き出して報告することができれば、遺族も納得するのではないか——いや、思い込みは禁物だ。

段ボール箱はほとんど空になった。御崎が、最後に残った、つやのある深緑色の紙箱を取り出して眺める。

「包装からして、プレゼントみたいだね」

ピロー形というのだろうか、平べったい筒状の箱には、贈り物であることを示すリボンがかけられている。ハッピーバースディ、という横文字が浮き彫りになった金色のシールがリボンを留めていた。

誰かにもらったまま、封も開けていないのか、それとも、誰かに渡す予定だったものなのか。中を見ればわかるだろうか。

「誰かにプレゼントを渡すつもりがあったなら、自分から死なないよね。自殺の可能性はますます低く……あ、受け取ってもらえなくて、世をはかなんで自殺したとか」

「それならプレゼントは捨てるんじゃないかな」

二人とも、自殺の可能性は低いと思っているからか、あまり現実味のある議論にはならない。

御崎が、自分のスマホで箱の写真を撮ってから、そっとリボンをずらし、ふたを留めている透明なシールを剝《は》がして開ける。

中から出てきたのは革製の手袋だった。男性用のようだが、普段身に着けるにしてはごつい気がする。クライミング用のグローブだろうか。

「誰かから和瀬さんへのプレゼント……かな？」

「彼は九月生まれだったはずだ。時期が合わないよ」

箱を裏返し、ハッピーバースディというシールのメッセージを確認して、御崎は手袋を箱の中に戻した。メッセージカードでも添えてあれば何かわかったのだろうが、箱の中には、手袋のほかには何も入っていなかった。

プレゼントをもらうかあげるかする関係の人間がいたようだ、ということはわかったが、それが誰かまではわからない。

結局、和瀬幸生のプライベートについてはほとんど何もわかっていない。

「……情報がありそうなのは、やっぱりスマホかな」

御崎はプレゼントの箱を置き、スマホをとりあげた。

預かっている荷物の中から、手帳や、スケジュール帳の類《たぐい》は見つからなかった。和瀬幸生がスマホでスケジュール管理していたことを期待しているのだろう。加えて、『酒買って来て』『何時に誰々の部屋に集まろう』というような友達とのメッセージでも残っていれば解決だ。

御崎が和瀬のスマホに触れると、パスワードの入力画面になった。ロックされているようだ。

そりゃそうか、と俺がため息をつく横で、御崎はためらいなく四桁《けた》の数字を打ち込む。最初の二つの数字が０９だったのだけ見えた。

あっさりとロックは解除され、待ち受け画面になる。

「え、解除できたの!?」

「パスワードが誕生日なのは不用心だね。指紋や顔認証じゃなくて助かったけど」

スケジュール管理アプリには何も予定が入っていなかった。ToDoリストも白紙だ。

和瀬は、あまりスマホの機能を活用していなかったようだ。メモ帳にも、いつのものかわからない買い出しのメモが残っているくらいだった。

「まあ、核心に触れるような情報が残っていれば、ご遺族が気づいているだろうからね。僕に依頼をする前に、スマホを見なかったとは思えない。こんな単純なパスワードならなおさらね」

御崎は電話の着信・発信履歴を調べ、次にメッセージアプリを開いた。

メッセージアプリは、それなりに利用していたようだ。クラスや部活のグループにも入っている。しかし、本人の発言は少ない——というか、ほとんどない。

そのアプリは俺も使っている、ポピュラーなもので、頻繁にやりとりのある相手の名前が上部に表示されるようになっている。

一番上には、「岩尾《いわお》」という名前が表示されていた。

「この人とのやりとりが多いね……あ、最新の記録もこの人だ」

この「岩尾」という人物が、メッセージアプリを使って最後にやりとりをした相手ということだ。御崎は「岩尾」とのトークルームを開いたが、メッセージとしては『夕方電話します』『五時以降出られる』というような事務的な一言が並んでいるだけで、後はほとんどがアプリを利用した無料通話の履歴だった。

「この人とはよく連絡をとりあっていたみたいだけど、文字に残るメッセージのやりとりは短いものばかりで、通話が中心だね」

悩み相談でも書いてあれば、彼の行動を知るヒントになったかもしれないが、通話では、「いつ、何分間話をした」ということしかわからない。普通なら、やりとりの多い相手とは親しかったのだなと思うところだが、残っているメッセージがあまりに事務的なので、それもよくわからなかった。

「あ、転落した日にも通話してる」

その翌日に二件、翌々日に一件、同じ人からの不在着信の記録がある。相手は、和瀬が亡くなったことを知らずにかけてきたのだろう。

「……通話は、転落する二時間くらい前だね。この人が何か知っているかもしれない」

御崎は無造作に、トークルームの右上に表示された受話器の形のアイコンをタップした。続いて表れた「音声通話」「テレビ通話」の選択肢を見て、一瞬考えてから「音声通話」をタップする。

「いきなりかけちゃうんだ……」

「本人に訊けるなら、それが一番早いからね」

相手は電話に出ず、コール音だけが続いた。かなり粘ったが、やがて御崎もあきらめたらしく、通話終了のアイコンに触れてアプリ自体を閉じる。

「和瀬さんが亡くなったことを知ってるから出ないんじゃない？」

「知っているなら、だからこそ、やましいことがなければ出ると思ったんだけど……折り返しがないか待ってみるよ」

御崎は、今度は、見覚えのないアイコンをタップして別のアプリを立ち上げた。

「これ何のアプリ？」

「これもグループチャットができるメッセージアプリだよ」

「メッセージアプリの使い分け？　なんで……」

「このアプリだと、トークを削除して、記録が残らないようにできるんだ。復元できないっていうのが売りで、アポ電強盗のグループも使っていた」

そのアプリ内にトークルームは一つしかなく、登録してある名前も一人だけだった。

「I」とある。トークの内容は残っていなかった。

証拠を残さないようにしているみたいだ、と思った。

御崎もそう感じたに違いない。

メッセージアプリで通話ばかり利用していたのは、単に文字を打ち込むのが面倒だったのかと思っていたが、それだけではなさそうだ。

履歴を消せるアプリを使っている人が皆、犯罪にかかわっているわけではない。それはわかっているが、ついこの間アポ電強盗グループの主要メンバーが校内にいたことを知ったばかりなので、どうしてもよくない想像をしてしまう。

「このIって、さっきのと同じ人かな」

「イニシャルは合うね」

岩尾という苗字《みょうじ》だけでは、男か女かもわからない。偽名の苗字で呼び合うというのは、高峰刑事の追っている半グレの犯罪グループのメンバーの特徴だったはずだが、これだけで結びつけてしまうのは飛躍しすぎか。

「こっそりつきあっていた彼女とかかな」

「それにしては徹底しすぎているような気がするけど……和瀬さんの家はご両親が厳しいから、絶対にないとも言い切れないかな」

御崎も、半グレグループのことは頭に浮かんでいるだろうが、口には出さなかった。

今度は地図アプリを開いて、検索履歴を見ている。

スマホの持ち主が最後に道順を検索した場所は、ここから一駅の場所にある「Chrome」という店のようだった。

御崎が自分のスマホでその住所を検索すると、すぐに結果が出る。

表示された情報を見て、俺も御崎も、動きを止めた。

名前からして、コンビニやクライミングジムではないのはわかっていたが、せいぜい、カフェか、服飾雑貨などの店だろうと思っていたのだ。

『Shot Bar Chrome　営業時間19時～2時　18席　日曜定休』

駅からのアクセス方法や営業日などの情報のほかに、バーカウンターの設置された店内の写真も載っている。

「……未成年のスポーツクライマーが、ショットバー？」

やはり和瀬幸生には、家族やクラスメイトたちの知らない顔がありそうだ。

＊

一度帰宅して制服を着替えて、店の最寄り駅の前で御崎と待ち合わせた。

ショットバー「Chrome」は、駅から徒歩五分の場所にある。駅前の一番栄えているエリアではなく、その反対側で、人通りの少ない、さびしい場所だ。

駅から店に着くまでに、小さな会社や事務所の入った雑居ビルの前を通り過ぎたが、そのうちいくつかは完全に明かりが消えていた。道中営業中だったのは、年季の入ったスナックと、焼き鳥屋が一軒だけだ。

店を出たところにある駐車スペースにはワゴン車が一台、軽自動車が一台と、その脇に黒いバイクが一台停めてある。駐車スペースの向こうを幹線道路が走っていて、そのさらに向こうに歩道橋が見えた。道路脇に車が停まっていて、その傍で男が煙草を吸っている。

時刻は夜八時過ぎで、深夜というような時間ではないものの、緊張した。「Chrome」には窓がなく、中の様子はわからないが、高校生が来るような店ではないことは、外観を見ただけでもわかる。

「年齢なんて一目見ただけではわからないよ。堂々としていればいい」

「そ、そうかな……」

「未成年者だとわかっても、入店を拒否されることはないんじゃないかな。和瀬さんも来ていたわけだから」

御崎はそう言ってドアを開けた。俺は慌てて背すじを伸ばす。

店の中は薄暗かった。

カウンターと、二、三人用の丸テーブル席が数席、奥にソファのボックス席もあるが、今は空いている。カウンターの端の席に座っていた男が、ドアの開く音に、ちらりとこちらを見た。客はその男と、テーブル席にカップルが一組いるだけだった。男の前には、ライムを沈めたグラスがある。

御崎はカウンターの前に立ち、店員に男のグラスを示して「あれと同じものを」と注文した。

店員は、カウンターの中にいる一人だけのようだ。二十代後半に見える男で、薄く顎《あご》鬚《ひげ》を生やしているが、あまり似合っていない。

御崎は成人しているようには見えないはずだが、何も言わずにカウンターの下からグラスを取り出した。

「それから、この人を見たことはありませんか」

御崎は、ドリンクを作っている店員に、スマホの画面を示す。遺族から送ってもらった、和瀬幸生の顔写真だ。

店員は手をとめてそれを見て、「さあ」と言いかけたが、

「あ、あの一気飲みの子か」

何か思い出したらしく、ぽろっとそう呟いた。見覚えがあったようだ。

「来店したんですか」

「ああ、前に一度――」

言いかけて、店員はばつが悪そうに口をつぐむ。

見ると、カウンターの客が、店員を睨《にら》んでいた。

俺と御崎がそちらを見るとすっと目を逸《そ》らしたが、店員が彼の視線を気にして口を閉じたのは明らかだ。

客の前で、別の客の情報をべらべらしゃべるつもりか、と職業倫理を思い出させたのか、それとも、余計なことを言うなと釘《くぎ》を刺したのか。

いずれにしろ、和瀬幸生はやはり、この店に来ていたらしい。

寮の室内から空き缶や空き瓶が見つからなかったのは、ここで酒を飲んで帰ったからだろうか。寮の門限はかなり早い時間のはずだが、他の寮生の手引きがあれば門限を過ぎてからこっそり入り込むことくらいはできそうだ。

一気飲み、というフレーズにも、どきりとした。

高校生で、スポーツマンでもあった彼が、酒を飲み慣れていたとは到底思えないのに
——そんな飲み方をするほど、自棄《やけ》になっていたのだろうか。

男は、自分のグラスを持って、カウンターから離れ、壁際のテーブル席へ移動した。

話しかけるな、というサインだ。わかりやすい。店員も何も言わない。

一杯注文するごとに代金を払うシステムらしく、「八百円です」と言われて、御崎は千円札をカウンターに置いた。

少し顔を店員へ近づけ、声を低くして尋ねる。

「この人は、ここに来たとき、誰かと一緒でしたか?」

「……いや、一人だったよ。来たときは」

男のほうを気にしながら、店員はそれだけ答えた。

こちらへ背を向けて、濡《ぬ》れているわけでもないグラスを拭き始めたので、もう訊かないでくれと言いたいのはわかった。

御崎は店員からこれ以上話を聞くことはあきらめたようだ。背の高いグラスをとると、俺に目配せをして、空いているテーブル席へ——行くのかと思いきや、壁際の席で一人で飲んでいる男に近づき、テーブルの上にグラスを置く。止める暇もなかった。

「よかったらどうぞ」

話しかけるなというオーラをものともせずに話しかける。

男は自分のグラスに口をつけながら御崎を見、

「おまえが飲めばいい。これと同じなんだろ」

試すように言った。

度胸試しのようなものだろうか。

飲めば話を聞かせてくれると言われたわけではないが、ここで引き下がれば、それを理由に会話自体を拒絶されるのではないかという予感があった。

和瀬幸生の一気飲みは強要されたものだったのではないかという考えが頭に浮かぶ。

こんな風に、彼も、何か理由があって、飲みつけない酒を飲まざるをえなかったのではないか――。

御崎は少し考えるように黙ったが、手を伸ばしてグラスをとり、口をつけた。

あっと思ったが、声をかける間もなく一口飲む。

それから、ごくごくと喉《のど》を鳴らしてグラスの半分ほど中身を減らして、とん、とテーブルに置いた。

「僕は御崎と言います」

御崎は顔色一つ変えずに、男に向かって名乗る。

「和瀬幸生さんを知っていますか？」

男は無言で御崎の視線を受けとめた。

知らない、誰だそれ、と言わなかったのが、答えのようなものだ。

「彼が亡くなったことはご存じですか」

御崎の二つ目の質問に、男は頷いた。顎を引いただけだが、頷いたように見えた。

しかしそれ以上は語らず、

「おまえら高校生だろ。帰れ」

素っ気なく言って、こちらに背を向けるようにしてまた飲み始める。

御崎は口を開きかけたが、何かに気づいたようにポケットに手を入れた。

スマホに着信があったようだ。着信画面を確かめてから、男のほうを気にしながら電話に出る。

「……はい」

電話の相手が誰かはわからないが、話している御崎の眉が怪訝《けげん》そうにひそめられた。

「どこって、友達と……そうだけど。どう……それは初めて聞いた」

電話の相手は男性のようだ。声が漏れ聞こえてくるが、内容は聞き取れない。

「じゃあ、五分だけ。……わかった。すぐ帰るから」

短い通話の後、御崎はスマホをしまった。

こちらを見てはいないが、気にしている様子の男に向き直り、

「すみません、家族からでした。うち、門限が厳しくて」

まるで学校の先輩に対するかのように、笑顔で言い訳をする。

「そんなお坊ちゃんが来るとこじゃねえよ。悪いことは言わねえから……」

男が呆《あき》れた様子で言いかけたとき、今度は男のスマホが鳴る。色気も何もない、デフ

ォルトの着信音だ。

男がスマホを取り出し、通話ボタンに触れるなり、

『ガンちゃん、もういる？』

スピーカーになっているわけでもないのに、声が筒抜けだ。相手は酔っているようだった。

男は顔をしかめたが、仕方がないというようにスマホを耳にあてる。

「ああ。……声でけえよ。……そうか。ああ、わかった」

男がこちらに背中を向けたので、相手の声は聞き取れなくなった。御崎よりさらに短い、わずか数秒で通話を終えて、彼はスマホをしまう。

それから、テーブルの横に立ったままの御崎と、その後ろにいる俺に目を向け、

「さっさと帰れ。門限があるんだろ」

もう一度言った。

「あいつの友達なら、もう来るな。別にこの店が行きつけだったってわけじゃない。十時十一時頃から、柄悪いのも集まってくるからな」

あれ、と思った。

これはもしや、「嗅《か》ぎまわるとただではおかない」という脅しではなく、親切心からの警告なのではないか。

御崎が、さっきからぐいぐいと距離を詰めているように見えるのも、彼は危険ではな

いと判断したからなのだろう。

立ち去らない御崎を、男は苛立《いらだ》ったように見やったが、御崎は彼と目が合うのを待っていたかのように尋ねる。

「表のバイクは、あなたのですか？」

「……それがどうかしたか」

「いえ。かっこいいなと思って」

にこりと笑って、そんなことを言った。男は、変な奴だな、というように御崎を見る。何度も帰れと言っているのに、聞こえていないのか、と言いたげだ。

「和瀬幸生さん」

御崎が再びその名前を出すと、男の目元がぴくりと動いた。

「僕の学校の先輩なんですけど、自殺したんじゃないかって噂されてるんです。でも、そんな素振りはなかったのにおかしいなって。自殺か事故か、それ以外の可能性もあるんじゃないかって……それで、ちょっと調べているんですけど。何かご存じないですか」

男は御崎と俺から目を逸らし、何も答えなかった。

無言でグラスを傾ける。もう、こちらを見ようともしない。

だめか、と思ったとき、

「自殺なんか、しそうには見えなかった。ここへ来たときは」

彼はぽつりと、それだけ言った。

「いつですか」

「死んだ日だ」

御崎の質問に短く答え、それきり黙る。

それ以上、何も話す気はなさそうだ。

御崎と俺は店を出た。


店から出ると、御崎は駐車スペースへ行き、バイクと車のナンバープレートを写真に撮った。

それから、スマホをいじっている。誰かに、撮った画像を送っているようだ。

さっきの男は悪人には見えなかったが、バイクのナンバーを控える必要があるのだろうか。

「電話、家からだったの？　大丈夫？」

少し不安になりながら話しかける。

御崎はスマホをしまって顔をあげた。

「いや、叔父からだよ」

「高峰刑事？」

「近くにいるみたいだ。僕たちがこの店に入るのを見て、慌てて電話してきたらしい」

そう言って、駅と反対の方向へ顔を向ける。

その視線のほうを見ると、道路沿いに停められた車の前に、男が立っているのが見えた。さっきもいた気がする。目をこらしても顔は見えないが、スーツ姿なのはわかった。車の中にもう一人いるようだ。

「張り込み中ってこと？」

御崎はまた頷き、駅へ向かって歩き出す。俺も慌てて続いた。

「マークしている半グレグループのメンバーたちが出入りしているバーらしい。関係ない客もいるだろうけど、あんまり近づくなって言われた。高校生二人でバーにいたことについては、後で言い訳しておくよ」

高峰刑事には声をかけずに帰るらしい。張り込みの邪魔はできないから当たり前か。

御崎は歩きながらちょっと振り向いて、高峰刑事たちがいるだろうあたりを見る。

「張り込み中だとここまでは近寄りにくいだろうから、車とバイクのナンバーはサービスしておいたんだ。一台は店員の車だろうけど」

さっきの男も、半グレグループの一員なのだろうか。少なくとも、御崎は、その可能性があると考えているらしい。

悪い人には見えなかった。けれど、和瀬幸生のことも、何か知っている風だった――。

「あの人、和瀬さんが亡くなったことを知ってたってことは……知り合いだったってことだよね」

「ただの顔見知りじゃなくて、結構親しかったんじゃないかな。自殺したんじゃないかと噂されている、と聞かされて、聞き流せずに否定してしまうくらいにはね」

ああ、あの訊き方はそのためか、と思い至る。

和瀬幸生の死因について彼に具体的な心当たりがあるなら、反応は違っていたはずだ。

あの様子からは、自殺したとは考えたくない、けれどそうなのかもしれない、という迷いが感じられた。

「あ、御崎くん、そういえば平気なの？　さっき結構飲んでたけど」

隣を歩く御崎の足取りはしっかりしているが、グラス半分の量を一気飲みしたのだ。

心配になって顔を覗き込んだが、暗いせいで顔色はわからない。

御崎は、ああ、と思い出したように言う。

「ごめん、あれ、お酒じゃないんだ。ただのライム入りのトニックウォーターだった」

だから酔ってはいないよ、と笑った。

「グラスからもあの人からも、お酒のにおいはしなかった。バイクが彼のかなと思ったのも、それが理由だよ。バイクじゃ代行運転も頼めないからね」

そうだ、御崎は男を指して「あれと同じものを」と店員に頼んだのだ。

あの男も、ノンアルコールの飲み物を飲んでいたということだ。

「怖そうな人なのに、何か御崎くんがぐいぐい行くなと思ってたんだけど……」

「法令を守るつもりのある人なら、危険はないかなと思ったんだ」

俺も、悪い人ではなさそうだとは感じたが、飲酒運転をしないかどうかだけでは危険かどうか判断できないだろう。結果的には何もなかったからよかったが、心臓に悪い。

そもそも、酒を飲むつもりがないのに、彼は何故あの店にいたのだろうか。バイクで来ているということは、近所の店というわけでもないだろうに――。

俺が疑問を口に出すと、

「誰かと待ち合わせをしていたのかもしれないね」

御崎はさらりと答える。

「あ、そうだね、電話かかってきてたし……」

半グレのメンバーが出入りしている店だ、とたった今聞いた情報が頭にちらついた。柄の悪い連中も来るから早く帰れと、彼が俺たちに警告をしたのは、親切心からだけだろうか。

「……あの人、アプリを使って通話してたね」

彼がスマホを取り出したとき、ちらりと着信画面が見えた。

それ自体は少しも珍しいことではない。俺だって無料通話アプリは使っている。しかし、一瞬見えたアイコンは、俺が使っているようなポピュラーなアプリのものではなかった。和瀬幸生のスマホにも入っていた――御崎が、トークの履歴を削除すると復元できないと言っていた、あのアプリだ。

俺が指摘すると、御崎も気づいていたらしく、小さく頷く。

「特殊詐欺なんかを組織的にやっている半グレの中には、誰かが突然警察につかまったとしても仲間たちに累が及ばないように、やりとりの記録を残さないよう徹底している連中もいる。この間の『サトウ』のグループなんかはそうだね。もちろん、そういうアプリでやりとりをしている人間が全員、犯罪に加担しているわけじゃないけど」

あの男は、「サトウ」のグループのメンバーなのだろうか。

高峰刑事は、「サトウ」のグループを追っていたはずだ。その半グレのメンバーたちが出入りしているというバーで、彼は誰かを待っているようだった。

客のすべてが半グレとつながっているわけではないだろうし、あのアプリを使っている人間が全員、犯罪のために使っているわけでもないだろうが、それらがいくつも積み重なると、疑いは濃くなってくる。

そして彼は、和瀬幸生のことも知っているようだった。しかも、そのことについては話したくないと明確に態度で示していた。

グループの主要メンバーの「サトウ」は、和瀬と同じ、光嶺学園の三年生だった。和瀬が亡くなる直前に来店していたバーが、半グレグループの出入りする店だったのは偶然だろうか。

＊

俺と御崎が帰った後、バー「Chrome」に出入りしていた半グレグループのメンバー数名が逮捕された。それを、俺は学校のいつもの渡り廊下で、御崎から聞いた。

全員が「サトウ」のグループだったが、逮捕された中に幹部クラスの第一グループ所属の主要メンバーはいなかった。逮捕されたのは第二グループと、その下にいるアルバイト的な下っ端の第三グループの数人らしい。なかなか一網打尽とはいかないようだ。

「逮捕された関係者のスマホを解析したら、そのうちの一人は光嶺の生徒と交友があるのがわかったらしくて、『光嶺学園は大丈夫なのか』って心配されたよ。結局逮捕された当人が光嶺の卒業生だったことがわかって、その生徒は犯罪とは無関係なただの知り合いだろうってことに落ち着いたみたいだけど」

「その、関係者と交友があった光嶺の生徒って……」

御崎が頷く。

「和瀬幸生だ」

御崎は、和瀬幸生が亡くなっていること、遺族に頼まれてその経緯《いきさつ》について調べていることを高峰刑事に話し、転落当日に彼が「Chrome」に行ったことなど、わかっていることについて情報を共有したそうだ。二人の間でどんなやりとりがあったのかは知らないが、御崎は高峰刑事から、いくつか新しい情報を得たようだ。

逮捕された中にいた、光嶺学園の卒業生は、岩尾侑司《ゆうじ》という名前だった。

「岩尾って、和瀬さんのスマホに通話の履歴が残っていた人だよね。ってことは、和瀬さんは、そのグループの一員だった……ってこと？」

「そこまではわからないよ。仲間だったのかもしれないし、脅されていたのかもしれない。岩尾以外のメンバーと接触した形跡はないみたいだから、犯罪とは関係なく、ただ単に、学校の先輩後輩としてつきあいがあっただけかもしれない」

半グレグループについて捜査している警察からすれば、和瀬幸生は捜査の対象外だろう。本人は死亡しているし、犯罪への関与を示す証拠も何もない。

しかし、彼の死について調べている御崎からすれば、半グレグループとの関係は無視できないはずだった。

どういう理由かは不明だが、転落した当日、和瀬幸生は「Chrome」で岩尾と会っていた。呼び出されたのか、待ち合わせをしたのかはわからない。いずれにしても、彼はそこで酒を飲み――店員が言うには、一気飲みをして――寮へと戻り、屋上から転落した。

本当に、単純に酔っぱらって落ちただけだったのか。

「Chrome」で何かあったのか、と考え始めると、どんどん不穏な想像が膨らんでいく。

御崎がどう考えているのか、その表情からはうかがえなかった。

探偵は、真相にたどりつき、犯人と対峙《たいじ》するまでは自分の推理を口に出さないものだ。考えがまとまるまで、はっきりしたことは言わないつもりなのだろう。

助手としては、探偵の参考になるように、思いついたことを何でも口に出したほうがいいのだろうが、和瀬幸生は御崎の知り合いの弟だ。自殺かもしれないただの他殺かもしれないだの、根拠もなく言うのははばかられた。

半グレグループと接点があったとしても、彼自身が犯罪に加担していた気配はないのだから、彼の死と半グレグループを結びつけて考えること自体間違いで、横道に逸れているのかもしれない――と、俺が反省しかけたとき、

「岩尾侑司に会いに行こうと思ってるんだ」

御崎が言った。

「え？　でも、逮捕されてるんだよね」

「うん、警察署の留置施設にいる。面会は未成年でもできるんだ。留置管理課の警察官の立ち会いが必要だけど」

面会室なら逃げ場もないし、むしろゆっくり話ができるんじゃないかな、と気負いもなく続ける。

警察署の面会室で会う、という発想自体俺にはなかったので、逮捕されてしまっては、もうその人とは接触のしようがないと思っていた。しかし御崎はむしろ、相手が逮捕されたおかげで話をするチャンスができた、というような口ぶりだ。

「その岩尾って人が、和瀬さんの死について何か知ってるってこと？」

俺の質問に、御崎は「たぶんね」と答えた。

転落時に何があったのかはわからないにしても、和瀬が店を出るときの様子や、酒を飲んだ理由を聞くことはできるだろう。もしかしたら酒は誰かに無理やり飲まされたの

かもしれないし、そうでないとしても、その日一緒に飲んでいたのなら、和瀬が無茶な飲み方をした理由について何か聞いているかもしれない。

自殺するほど悩んでいる様子や、思いつめるような理由があったか――それがわかったところで、誰も転落の現場を見ていないのだから、飛び下りたのか落ちたのか、本当のところは確認のしようがない。

とはいえ、御崎が遺族に調査を頼まれているのは、自殺の可能性の有無や、彼が悩んでいたのならその理由を探ってほしいということだ。「こういうことで悩んでいたらしい」あるいは、「悩みはなかったようだ、その日はこういう理由で飲みすぎただけだった」ということがわかるだけでも、遺族の憂いは晴れるかもしれない。

「それ、俺も一緒に行っていいやつ？　……かな？」

「えっ」

図々《ずうずう》しいかな、と思いながら尋ねると、御崎は驚いた様子で俺を見た。

「え」

目が合って、それが「来るの？」ではない、「来ないの？」という驚きだというのは俺にもわかった。

御崎は、俺は当然一緒に来るものと思っていたのだ。

しかしさすがというべきか、御崎はすぐに態勢を立て直した。

「――山岸くんさえよければ、来てくれると……」

「あ、もちろん、行っていいなら一緒に行くよ！　邪魔じゃないかなって思っただけだから」

ごめん俺まだ助手の自覚が足りなかった、と心の中で詫《わ》びる。

こういうとき、これまでは一人で動いていたのだろうに、当たり前のように俺が一緒にいることを受け容《い》れてくれているのが嬉しかった。

助手というのは俺が一方的に言っていることで、御崎はそれにつきあってくれているだけかと思っていたから、なおさらだ。

ふと見ると、御崎の耳が赤かった。

見なかったふりをした。

授業が終わってから、いったん帰宅して制服を着替え、警察署の前で御崎と待ち合わせた。

高峰刑事もいたので、ほっとする。御崎が面会できると言うのならできるのだろうとは思っていたが、大人の、それも警察官の同行者がいるのは心強かった。

彼がいるということは、この面会は、半グレグループの犯罪捜査にも関係があるということだろうか。

先日はどうも、と改めて挨拶《あいさつ》をしてから、これって捜査の一環ですか、と小声で訊くと、高峰刑事は、「一助になればいいなとは思ってるよ」と答える。

「岩尾侑司は、グループの主要メンバーじゃない。というか、そもそもメンバーというわけでもなさそうだ。手伝わないかと誘われている段階だったらしい」

実際に犯行に加担した事実も確認できないから、起訴もされないだろう、と教えてくれた。

逮捕が、半グレとのつきあいを断つきっかけになるなら、犯罪に手を染める前に逮捕されたのは、岩尾にとってはむしろ幸運だったと言える。

そういうことなら、岩尾と交友があったという和瀬も、「犯罪グループとつながっていた」とまでは言えなそうだ。少し安心した。

「半グレの一味とも言えないなら、仲間意識も義理もないだろうから、捜査に協力してもらえるんじゃないかと期待しているんだけどね。あまり自分から話してくれないんだ。ちょっとでも心を開いてくれたら儲《もう》けものだと思って」

それで、高峰刑事も御崎の面会に同席することになったらしい。取り調べのための部屋は別にあるので、面会室に入ることは普段ないそうで、彼は「何か変な感じだな」と笑っていた。

俺は警察での面会の決まりなど知らないが、身内でもない高校生の俺たちが簡単に面会を許されたのは、もしかしたら、高峰刑事が何か便宜をはかってくれたのかもしれない。

思っていたよりずっとスムーズに手続きは進み、俺たちは何枚かの扉をくぐり、制服の警察官がデスクに向かっている事務所のようなところを通り過ぎて、面会室へたどりついた。俺は警察署の奥に足を踏み入れているというだけで緊張しているのに、隣の御崎は平然としている。

「本当に、俺も一緒に入っていいの？」

「面会は一度に三人まで可能だから、大丈夫だよ。狭いけどね」

高峰刑事が、がっしりとした鉄の扉を開けてくれ、俺と御崎は面会室に足を踏み入れた。

四角い部屋の真ん中に木製のカウンターのようなものがあり、その上に、部屋を二つに区切る形でアクリル板が立てられている。二枚のアクリル板の真ん中に、声を通すためか、いくつも細かい穴が空いていた。

その向こう、壁際に、パイプ椅子に座った留置担当の警察官。そして手前には、若い男――岩尾侑司が座っていた。

刑事ドラマで見るような囚人服ではなく、スウェットの上下を着た男の顔を一目見て気づく。バー「Chrome」で話した、あの男だった。

思わず御崎を見たが、彼は驚いた様子はなく、

「先日『Chrome』でご挨拶した、御崎です」

そう名乗ってから、二つある椅子の一つを引いた。

高峰刑事が、どうぞというように手でもう一つの椅子を示してくれたので、俺もそっ

と腰を下ろす。高峰刑事は、壁際に立ったままだ。

岩尾はアクリル板の向こうで顔をあげ、ああ、と返事をした。

面会希望者の名前は聞いているはずだ。バーで御崎が名乗ったのを彼が憶えていたなら、面会を拒否しなかった時点で、話す気はあるということだろう。

御崎が、高峰刑事の力を借りてまで面会しようとしているということは、きっと、岩尾は和瀬幸生の死に関して、重要な何かを知っているのだ。

御崎は、それをすでに確信しているように見えた。

「あのときもお話ししましたが、和瀬幸生さんのご家族に頼まれて、彼のことを調べています。今日は、岩尾さんにお訊きしたいことがあって来ました」

岩尾は黙って、先を促すように御崎を見る。

「和瀬さんとは、学校の先輩後輩の関係だったんですね。僕たちにとっても先輩ですが……」

「調べはついてるんだろ。俺は部活のOBで、何度か指導に行ったことがあった。それで知り合ったんだ。あいつはプロを目指してるわけじゃなかったけど、普通に気が合った」

「親しかったんですね」

「……まあ、そうだな」

御崎はじっと岩尾を見つめ、

「和瀬さんは、あの日……転落した日の夜、あなたに、半グレグループとのつきあいをやめるように説得に来たんじゃないですか」

質問というより、確かめるような口調で言った。

俺は、はっとして岩尾を見る。

彼の表情は変わらなかったが、御崎を見つめ返し、低い声で、なんでそう思った、と訊いた。

「あなたと和瀬さんは親しかった。和瀬さんは高校生で、バーに行く用なんてないはずなのに、あの夜は寮の門限を破ってまで『Chrome』に行っている。あなたに会うためだったことはすぐわかります。実際に会ったんでしょう？」

御崎はすらすらと答える。

岩尾は否定しなかった。

「あなたが半グレグループの一員で、たとえば和瀬さんを脅していたとか、仲間に入るよう強要していたとか、そういう関係だったなら、あなたに呼び出された可能性も考えるところですが、あなたはグループに属してはいなかった。その一歩手前の状態でした。そもそも当日のスマホの通話履歴は和瀬さんからの発信になっていましたし」

さりげなく根拠を示す。こちらには物的証拠があり、ごまかしても無駄だと言外に伝えたのかもしれない。

「半グレに片足を突っ込もうとしている友人に会いに、半グレのたまり場になっているバーへ自分から乗り込むとしたら、目的はそれくらいかなと思ったんです」

岩尾はアクリル板の向こうで息を吐き出し、椅子にもたれかかる。パイプ椅子が軋《きし》んだ。

「……それで、何を訊きたいんだ。幸生が『Chrome』で俺と会ったことまではわかってるんだろ」

御崎がそこまで話した内容について、肯定したも同然だった。

岩尾と和瀬幸生は親しい友人だった。和瀬は当日、半グレグループに勧誘されていた岩尾を止めるためにバー「Chrome」を訪れ、そこで岩尾と会った。そして酒を飲み、寮へ帰り、転落した……。

知りたいのは、和瀬が寮へ戻ってから何があったのかだが、岩尾が和瀬と一緒に高校の寮まで行ったとは思えない。聞き出せるのは、和瀬が「Chrome」で岩尾と会ってから、寮へ帰るまでのことだ。

「彼は転落する前にお酒を飲んでいたことがわかっています。でも、彼の普段の様子からは、日常的に飲んでいたとは思えない。あなたに会いにバーへ行ったその日だけ、何故か、遺体からお酒の匂いがするほど飲んでいた……」

御崎は岩尾から目を逸らさずに言う。

「彼がお酒を飲むことになった経緯と、別れたときの様子を教えてほしいんです。想像することはできますが、いくつか可能性があって、絞り込めないので」

岩尾は椅子にもたれた状態で、天井を仰いだ。一度目を閉じてから前を向いたが、御崎や俺とは目を合わせず、視線はアクリル板を留める鋲《びょう》の一つに向いている。

「……半年くらい前、俺はケガをして、クライミングを続けられなくなって……ちょっと腐ってた。将来のこととか考えて」

話し出して、途中で止めた。「俺の事情はどうでもいいな」と自嘲《じちょう》気味に呟き、

「とにかく、そんなとき、バイト先の同僚に、もっと稼げる仕事があるって誘われた」

と続ける。

「バーに連れてってもらって、奢《おご》ってもらって、羽振りのよさを見せつけられて……ちょっと心は動いたけど、どうやらやばい話らしいってわかった。俺は尻込《しりご》みしてたけど、断りきれなくて……スマホのチャットでやりとりしてんのを、幸生に見られたんだ」

壁際で腕組みをして聞いていた高峰刑事が反応した。

組んでいた腕をほどきかけたが、また組み直す。

半グレグループに関する話だ。突っ込んで訊きたいところだろうが、御崎の意図を尊重したのか、今はただの立ち会いに徹すると決めたらしく、口出しはしなかった。

岩尾の後ろの警察官は、顔色も変えずに聞いている。

「別になんでもない、ちょっと誘われただけで、手を出すつもりはないってごまかしたけど、あいつの学年で逮捕者が出たのもあって、幸生は心配してた。俺は迷ってたけど、あの日、第二グループの中じゃ上のほうの人も来るから、おまえも顔出せよって言われ

て、『Chrome』に行った。まだ知り合いは誰も来てなくて、先に飲んで待ってようと思ってたら……幸生が来て」

岩尾は一度言葉を切った。

喉が詰まりそうになったのを、ごまかしたように見えた。

「……帰ろう、って言われた。おまえの言うとおりだよ。俺を連れ戻しに来たんだ。幸生が来なかったら、たぶん、俺はあの日、やるって言ってたと思う」

今はもういない友人の、最後の夜の話だ。言葉に詰まるのも当たり前だった。岩尾は何度か瞬きをしたり、深い呼吸で気持ちを落ち着かせたりしながら続ける。

「タイミング悪く、あいつが来たのは、俺が酒を注文した直後だった。俺の前にジントニックのグラスが置かれるのを見て、あいつはすごく怒った。俺は成人してるし、もうクライミングもやってないし、酒も煙草も解禁なんだよって言ったら、『飲酒運転になっちゃうだろ』って怒鳴られた。あの日も俺はバイクで来てたんだ。店の外に停めてあるのを見たんだろうな」

懐かしい話をするときの口調で、岩尾はその夜のことを語った。俺も御崎も高峰刑事も、黙って聞いている。アクリル板に、神妙な顔つきの自分が映っている。

「俺は、一杯くらいで酔わねえよって言ったけど、あいつ、一度そうやってルールを破ったら、ハードルが下がって、悪いことでも平気になっちゃうんだって。だからダメだって言って――テーブルに置いてあった俺のグラスをつかんで、一気に飲み干した。びびったよ」

そのときのことを思い出したのか、唇を歪《ゆが》めて――岩尾は、苦笑のような、泣き笑いのような表情になった。

「あいつ、それまで酒なんか飲んだことなかったんじゃないかな。真っ赤んなってむせてたし。おまえこそ未成年だろうがって言ったら……そうやって心配してくれるみたいに、自分だって心配しているんだって。そう言われてさ」

もう帰るしかないよな、と、話す声が震えている。

「グループの人たちが来る前に、幸生と一緒に帰ったよ。あいつは寮だから、途中で別れたけど……俺が知ってるのはそこまでだ。屋上から落ちるほど酔ってるとは思わなかった。光嶺の寮で転落事故があったって聞いて、調べて……死んだのが幸生だってわかった」

そこで岩尾は黙った。

話が終わったと判断したからか、これ以上は声の震えをごまかせないと思ったからかはわからない。彼は一度だけ洟《はな》をすすった。

十分な時間を置いてから、御崎が尋ねる。

「和瀬さんに……半グレとのつきあいはやめると、約束したんですか」

岩尾は頷いた。

「そうしないと、あいつ、また乗り込んできそうだったからな」

けど……と、痛みをこらえるように眉根が寄せられる。それまで感情を押し殺しながら語っていたように見えた岩尾が、初めてはっきりと、悲しみと悔しさを表情に出した。

「けど、幸生はその夜死んだ」

なんでだ、と噛《か》みしめた歯の間から声が漏れる。

「俺を説得できなかったと思ったのか。俺の約束があいつをなだめるための、上っ面だけのものだと思ったのか……」

彼は、和瀬幸生が、自分で屋上から飛び下りたのではないかと思っているのだ。それに気づいて、思わず口から出てしまった。

「和瀬さんの転落は事故です」

御崎に任せて、口は挟まないつもりだったのに、黙っていられなかった。

岩尾は俺を見もせずに、「ああ、そう聞いてる」と吐き捨てる。

「警察も、事件性はないと判断したらしいってな。でも、信じられるか？　誰かとふざけてて落ちたとか、柵の外で何か作業をしていて足を滑らせたとかならわかる。けど、深夜に一人で屋上にいて、事故で落ちたなんて。酔ってたにしたって」

とっさに反論できなかった。それは、俺の中でも引っ掛かっていたことだ。

自殺でなければいいと思っていたから、なるべく考えないようにしていたが、屋上からの転落死と聞いて、事故より先に自殺が頭に浮かんだ。

柵は大人なら簡単に乗り越えられるようなものだったが、わざわざ乗り越えなければ、あるいは大きく身を乗り出してでもしなければ、転落したりはしないだろう。

幼児ならともかく、高校生がうっかり落ちることなどあり得るのだろうか。

酔っていたと聞いて、それなら事故でもおかしくないかと納得しようとしたが、拭《ぬぐ》い去れない疑惑がこびりついていた。

うつむいて黙ってしまった俺のかわりに、御崎が口を開く。

「僕たちと『Chrome』で会った夜——逮捕された夜、岩尾さん、もともと、半グレの人たちとのつきあいを終わらせるつもりで行ったんじゃないですか」

岩尾は顔をあげ、御崎を見た。

何故そう思うのか訊かれるまでもなく、

「岩尾さん、お酒を飲んでいなかったので。一つルールを破ったら歯止めがきかなくなるって、和瀬さんに言われたからですよね」

御崎は確信に満ちた声で告げる。

「岩尾さんは、和瀬さんとの約束を守るつもりだった。和瀬さんが亡くなったからじゃなく、約束した時点で、そうすると決めていたんでしょう。和瀬さんだって、わかっていたと思いますよ」

岩尾の目が揺らいだ。が、彼はすぐにまた、その目を逸らしてしまう。

和瀬が転落死したという事実は変わらない。御崎の言葉は慰めにすぎないと、そう思っているのだろう。

「和瀬さんが岩尾さんと別れて寮に帰った後のことは、想像するしかないんですが……」

御崎は少しの間、そんな岩尾を見つめていたが、やがて再び口を開いた。

「光嶺学園の寮には門限があって、和瀬さんが戻ったときには、とっくに建物は閉まっていたはずです。そもそも外出届を出さずに出かけたんでしょう。こっそり抜け出して、こっそり戻るつもりだったんです」

これは推測ですが、と改めて前置きをしてから続ける。

「あなたと別れた後、彼は門限を過ぎた寮へ戻って、建物の壁を登って窓から自室へ入ろうとしたんだと思います。おそらくそうするのは初めてじゃなく、これまでにも、帰りが遅くなるときは、そうやって出入りしていたんでしょう。彼はスポーツクライマーでしたから」

あっと思った。

酔っていたとはいっても、屋上に一人でいて、柵の向こうに落ちることなんてあるのだろうかと思っていた。だから、自殺や、誰かに突き落とされた可能性が頭から消えなかったが、そもそも、屋上から、柵の内側から外へ転落したのではなかったのだとしたら――。

御崎が、岩尾に顔を向けたまま、ちらっと目だけ動かして俺を見て、すぐに視線を戻した。

「自室の窓は、出かけるときに開けておいた。そこから入るつもりだったんです。一階の窓枠に、靴跡が残っていました。鑑定したわけではないですが、彼が当日履いていた靴と、サイズは一致すると思います。排水管とか、二階の手すりとか、手をかけられそうなところに、白い粉が付着しているのも確認しています。彼は小分けにしたクライミング用のチョークをボディバッグに入れていたようです」

その場では何も言わなかったが、遺品を確認したり、転落現場を検分したりしていたとき、御崎はそんなところを見ていたのか。

岩尾も、俺と同じ表情で御崎を見ている。

「夜中のクライミングは、彼にとっては、慣れたものだった。でも、あの夜は、飲みつけないお酒を一気飲みしていて——手が滑ったんでしょう。彼の転落は、事故でした」

自室の窓が開いていたから、彼は転落の直前まで部屋にいて、その後、靴を履いて屋上に上がり、そこから落ちたと思われていたが、本当は、壁を登っている途中の転落だったのだ。

「……そうか」

そうだったのか、と岩尾は呆《ほう》けたように呟いた。

彼は単に、和瀬は寮の屋上から転落して亡くなったとしか聞いていなかったのだろう。嫌な想像ばかりが膨らんでしまった、その気持ちは理解できた。

自殺ではなかったとわかっただけでもほっとしたはずだが、彼はまだ、それを受け止めきれていないようだ。

「これを」

御崎は、足元に置いていた自分の鞄《かばん》から、深緑色の筒状の箱を取り出し、アクリル板の前に置いた。

「ほかの遺品と一緒に、ご遺族から預かりました。今月末のあなたの誕生日に、和瀬さんが用意していたものです。差し入れしても、許可が下りるかどうかわからないので、お渡しできるのは釈放後になると思いますけど……。すみません、誰あてのプレゼントかわからなくて、一度開けてしまいました」

あのレザーグローブだ。そうか、あれはクライミング用じゃなく、ライダー用か。

箱のリボンは、きれいにかけなおしてあった。

岩尾は、リボンをとめている金色のシールの、浮き彫りになった文字をじっと見つめている。ハッピーバースディ。

「警察に知っていることを全部話して、犯罪に誘ってくる人たちとは縁を切って、和瀬さんとの約束を守ってください。和瀬さんが安心できるように。——僕が言うまでもなく、そうするつもりだったでしょうが」

岩尾の目が潤む。俺は慌てて目を逸らしたが、涙が頬を伝って落ちるのを見てしまった。

彼は顔を伏せて、声を殺していた。

警察署を出て、高峰刑事と別れた。高峰刑事は建物の中へ戻っていったから、もしかしたら、岩尾から半グレグループのことを聴取するつもりかもしれない。清々《すがすが》しい気分で伸びをする。

もう五時をまわっていたが、すっかり日が長くなって、空はまだ明るかった。

和瀬幸生は自殺ではなかった。酒を飲んだのも、誰かに無理やり飲まされたわけでも、自棄になってあおったわけでもなく、友達のためだった。

少しほっとした。どんな理由でも死は悲しいが、自分と二つしか年の違わない高校生が、絶望して自ら死んだのでなかったなら、救われる。

彼の遺族にとっても、そうだといいと思った。

「これで、遺族に報告ができるね」

「そうだね、和瀬さんのお姉さんに、今夜、電話で報告するつもりだけど――その前にもう一つ、確認しておきたいことがあるんだ」

駅に向かって歩きながら、御崎はちらりと腕時計を見て、門限までぎりぎりかな、と呟く。

「門限?」

「寮のね」

腕時計から視線をあげ、俺を見て言った。

「もうちょっとだけ、つきあってくれないか」

俺はもちろん、頷いた。

放課後に、私服のまま学校の敷地内に入るのはちょっと不思議な感覚だった。

校舎のあるエリアを通りすぎ、男子寮の建物に入ってすぐのところにある受付で、松原を呼び出してもらう。もうすぐ夕食の時間だから、それまでにしてね、と寮母さんに釘を刺された。

呼ばれて出て来た松原は、さすがに迷惑そうだ。俺と御崎とを見比べ、また来たのか、というようにため息を吐いた。

「バイト代が出るわけでもないのに、よく働くね。今度は何」

「人がいないところで話せますか」

和瀬さんのことです、と御崎が付け足すと、やれやれといった様子で靴を履いて出てきてくれる。

三人で、建物の側面、ちょうど和瀬の部屋の窓が見える場所へ移動した。

ほかの部屋には電気がついているのに、一部屋だけ暗いのが、否が応でも住人の不在を感じさせる。

ふと気づくと、松原も、同じように電気の消えた窓を見ていた。しかし俺の視線に気づいたのか、すぐに目を逸らしてしまう。

「和瀬さんが亡くなったのは事故だったと、ご家族には報告する予定です。屋上から転落したわけじゃなく、門限を過ぎて寮に戻って、自室の窓に向かって壁を登っている最中に落下したことも」

御崎が話し始める。

「ご遺族は自殺の可能性を疑っていたようなので、そうではないとわかっただけでも、安心されると思います」

「よかったじゃん。で、それを何で俺に？」

「心配されていると思ったので。松原さんは、和瀬さんと仲がよかったでしょう」

頑《かたく》なな様子の松原に、御崎は怯むことなく言った。

「和瀬さんがあの夜どこへ行っていたか……岩尾さんに会いにいっていたってこと、松原さんは、知っていたんじゃないですか」

松原は答えない。

探るような目で御崎を見つめて、黙っている。

御崎がどこまで知っているのか、敵なのか味方なのか、見極めようとしているかのようだった。

「だから、何故転落したのかも、本当は、全部知っていた。それは和瀬さんがあなたのことを信頼して、何でも話していたからじゃないですか」

はっとした。

松原は、和瀬が屋上からではなく、壁を登ろうとして落下したと聞いても驚かなかった。

「二年生までは同室だったと聞いています。その頃から、和瀬さんは、門限を過ぎた後に部屋を抜け出して、窓から出入りすることがあったんじゃないですか。ルームメイトに隠れてはできません。あなたは知っていて、協力していたのでは？」

松原はやはり、答えなかった。

御崎はかまわず、ショルダーバッグから深緑色の箱を出して、松原に見せる。

「和瀬さんの遺品の中に、この箱がありました。中身は本革のグローブです。高価な品ですから、誰か大人の、たとえば両親からのプレゼントかと思いました。でも、ご家族に確認したところ、知らないとのことでした。第一、和瀬さんの誕生日は九月です。よっぽど気の早いプレゼントか、去年もらったものをずっと開けずに置いておいた、というのでなければ、誰か誕生日が近い人のために、和瀬さんが買ったということになります」

松原は、挑発的に、「で？」と顎をあげる。

さっさと本題に入れと言わんばかりだが、その表情には、不安が見てとれた。

俺は御崎と松原とを見比べる。御崎が何を言おうとしているのか、松原が何をおそれているのか、わからなかった。

「僕たちはさっき、岩尾侑司さんに会ってきたんですが――彼の誕生日が今月末であることや、グローブがライダー用で、彼がバイクに乗る人であることなどから、これは和瀬さんが岩尾さんの誕生日の贈り物として買ったものだとわかりました」

「だから、それが……」

「高校生にとっては、思い切った買い物です。友達に気軽にあげるようなものじゃない。これが岩尾さんへの贈り物だとわかって、僕も気がついたんです」

何か言い返そうとしていた松原が、それで黙った。

あきらめたように。

「和瀬さんは門限を破って、窓から抜け出してまで岩尾さんに会いにいって、彼の飲酒運転を止めるために慣れない酒を一気飲みして……誕生日に、高価な贈り物を用意していた。和瀬さんにとって、岩尾さんは特別な人だったということです。和瀬さんは岩尾さんとのやりとりのほとんどを、アプリの通話や、履歴の残らないメッセージアプリで行って、記録を残さないようにしていたので、最初は、彼らは犯罪グループの一員なのかとも思ったんです。すぐに違うとわかりましたが……。それくらい慎重に、和瀬さんは、岩尾さんとの関係を隠していた」

松原を見据え、静かに、はっきりと告げる。

「和瀬さんと岩尾さんは、恋人同士だったんですね。あなたもそれを知っていた」

松原が深く息を吐いた。

いつもの笑顔は消えて、泣きそうな表情だった。けれどその姿は、まるで、背負っていた重い荷物を下ろしたように見えた。

「飲酒運転を止めるために……そっか。そんなことがあったんだな。あいつが飲酒なんて、おかしいと思ってた」

安心したというように呟いてから、うつむいて続ける。

「……誰にも言わないって、約束したんだ」

ようやく聞きとれるくらいの、小さな声だった。

俺はようやく、彼から感じていた違和感の意味を悟る。

形見のハンカチを、遺族のために届けてくれたこと。和瀬とは仲がよかったと言われていたこと。その一方で、俺や御崎が彼の死について調べることをよく思っていない風だったこと――和瀬について、ほとんど何も語ろうとしなかったこと。どうにも噛み合わない気がしていた。

理由はわからない、たぶん感覚的なものだが、松原が和瀬を嫌っているようには思えなかったから、彼が何故そんな態度をとるのかが不思議だった。調べられて困ることでもあるのだろうかと思っていたが、それもあながち間違いではなかったようだ。

和瀬がどのように転落したのかが発覚したら、彼がその夜どこへ行っていたのか――誰と会っていたのかがわかってしまうかもしれない。和瀬と岩尾の関係も、知られてしまうかもしれない。

それは、和瀬が、スマホでのやりとりまで極力残さないように気をつけて、隠していた秘密だった。

松原は、その秘密を守っていた。そのために、口をつぐんでいた。

友人が何故死んだのか、誰にも、遺族にも言わなかったのだ。

「彼の死は自殺じゃなかったこと、犯罪グループに巻き込まれそうになっている人を止めようと、説得のためにバーへ行ったこと、アルコールが検出された理由も、ご遺族には伝えます。それ以外は、話すつもりはありません。ご遺族にとっては、自殺じゃなく事故だったということが重要で、依頼されたのも実質その点の調査ですから」

秘密は守ります、と御崎は松原に言った。

約束します、と。

松原はようやく、御崎に対する警戒を解いたようだった。

張りつめていた気配が緩み、柔らかい表情になった。

御崎が手にした箱を、「それ」と指して、

「……そのグローブ、俺も買いに行くのにつきあったんだ。一生懸命選んでたのに、渡す前に死んじゃって、あれはどうなるんだろうって思ってた」

ぽつぽつと話す。

「ご遺族の許可を得たらお預けしますので、岩尾さんが釈放されたら、松原さんから渡してください」

「俺から？」

「和瀬さんの話をできるのは、お互いだけだと思いますから」

岩尾もまた、和瀬との関係を伏せていた。

面会室で話をしたとき、御崎は二人の関係を「友人」と言い、岩尾も否定しなかった。あの場には高峰刑事も立ち会いの警察官もいたから、言葉を選んでいたのだろうが、岩尾は、御崎が自分たちの関係を知っていると、気づいていたかもしれない。

「それが、隠す必要のあることかというのは、個人の置かれた環境や、考え方次第だと思いますが……和瀬さんは、秘密にしていた。徹底して隠していた。だから松原さんも、秘密を守ったんですね。和瀬さんが亡くなってからも」

和瀬は、家族にも隠していた秘密を、松原にだけは打ち明けた。信頼していたのだろう。そして松原も、その信頼に応えたのだ。

御崎は、松原を見て、尊敬します、と言った。

「家族にさえ、自分の大事な人のことを話せないと思うような環境にあったとしても、和瀬さんは幸せな人だったと思います。あなたがいたんですから」

松原は顔を伏せ、やめてよそういうのさあ、と涙声で言った。

「まじで……ちょっと今、見ないでもらえる？」

御崎は黙って頭を下げ、彼に背を向ける。

俺も一緒に歩き出したが、かなり離れてから振り返っても、まだ松原はそこにいた。涙を拭いて、平気な表情ができるようになってから、寮へ戻るつもりなのだろう。

俺は彼が好きなだけ一人で泣けるように、前を向く。

和瀬幸生の死の真相についてはもうわかっていて、わざわざ松原に会いに来る必要はなかった。それでも御崎が松原に話をした理由を考える。

もしかしたら、御崎には、松原を呪縛《じゅばく》から解き放とうという考えはなかったのかもしれない。真実を知り、自分の推理が正しいのか確認したかっただけかもしれない。そうだとしても、間違いなく、松原は御崎の言葉に救われたはずだ。

助手として、友人として、誇らしい気持ちだった。

「御崎くん、今日一日で二人も泣かせちゃったね」

歩きながら俺が言うと、御崎は「僕がというか……」と口ごもる。

「二人とも、なかなか泣けずにいたんじゃないかな。和瀬さんのことを話せる相手もいなかっただろうし……きっかけを与えただけで、僕が泣かせたというのは表現として適切じゃないと思うが」

言葉を切り、俺を見て、「それはそうとして」と首を傾ける。

「どうして山岸くんまで泣きそうなんだろう」

共感する力が強いのかな、と分析する口調で言うので、俺は洟をすすって、「泣いてないよ」と答えた。涙までは出ていないはずだ。

「もらい泣きしそうになったけど。松原さんと和瀬さんの友情に感動したっていうか」

松原の本心が聞けてよかった。和瀬に松原がいてよかった。松原が和瀬を思う気持ちに感動した。それは全部本当だったが、それと同時に、松原が守ろうとした友達は、和瀬幸生は死んでしまったのだと、その、大前提にある事実を思い出して、悲しくなった。

松原もきっと、あのとき、自分を信じて秘密を打ち明けてくれた彼が、もういないということを思って泣いていた。

俺にとって、和瀬幸生は名前しか知らない先輩だったが、泣いている岩尾や松原を見たとき、彼は俺の中でやっと、生きている人になった。——生きていた人、というべきか。

調査の対象としてでなく、一人の高校生としての彼を認識して、それでようやく、俺は彼の死を悲しいと感じたのだ。

それは口に出さないでおいた。

それならいいけど、と言って御崎は、それ以上は突っ込まなかった。

横断歩道の前で立ち止まり、点滅している青信号を眺める。

「友達だって家族だって、何もかもを打ち明けなきゃいけないなんてことはない。誰にだって大なり小なり、秘密はあるよ。家族を愛しているかとか、どれだけ仲のいい友達なのかとは関係なくね」

前を向いたまま、そんなことを言った。

和瀬幸生は誰とでもうまくやっていたが、深く踏み込むことはなかった。そう、彼のクラスメイトだった笹村は言っていた。

それは、和瀬が恋人の存在を隠していたことと、関係していたかもしれない。

中学生のころ、一時期悩んでいる様子があったと、彼の姉は言っていたという。それも、同じ秘密についての悩みだったのかもしれない。

今となっては、想像することしかできなかった。彼が抱えていたかもしれない痛みも、苦しみも。

御崎が、遺族にすべてを伝えないと決めたのは、和瀬の遺志を汲《く》んでというだけでなく、遺族のためでもあるのだろう。本人と話をすることもできない、理由を訊くことも謝ることも何もできないのに、彼が自分たちに話さずにいた秘密のことなど知っても辛《つら》いだけだ。

「秘密があるからって、本当の友達じゃないわけじゃない。でも、和瀬幸生には、家族にも言えないことを話せる友達がいたんだ。それは本当に幸運なことだと思うよ。うらやましいくらいだ」

御崎はわずかに目を細めて、赤になった信号を見つめている。その横顔が、どこか寂しげに見えた。

御崎の言うとおり、誰にだって秘密はあって、それを共有できるかどうかで関係の深さが決まるわけじゃない。すべてをさらけ出さなければ本当の友達じゃないなんてことはない。

俺だって、御崎に自分のことを何もかも話しているわけじゃないし、御崎に、俺に言えないことがあったとしても、だからといって、心を開いてもらっていないなんて思わない。

ただ、本当は知ってほしいけれど、知られたら離れてしまうのではないかと、怖くて言えないことがあるなら——そんな心配はいらないと、わかってほしい。

急に、胸に熱いものがこみあげてきて、

「み、」

気がついたら、声が出ていた。

「御崎くんには、俺がいるからね」

御崎は驚いた表情をしてこちらを見た。

俺も驚いた。口から出た言葉の臆面《おくめん》のなさに気づいたが、今さらなかったことにはできない。

俺はじわじわと顔が熱くなるのを感じたが、御崎は嬉しそうに、とても嬉しそうに笑ってくれた。

「そうだね。君がいる」

今度こそ俺は、今日御崎に泣かされた三人目になった。

第四話　村人A、魔王様と友情を深める

昼休み終了のチャイムが鳴る前に、御崎と、俺のクラスの教室の前で別れた。

涼しげに言って、御崎は自分の教室へと歩いていく。「うん、授業終わったらそっち行くね」と、その背中に返事を投げた。

「じゃあ、後で」

今日の放課後、一緒にハンバーガーショップに行く約束をしている。俺のスマホにクーポンが届いていて、期間限定の和風バーガーを食べてみたいという話になったのだ。

御崎はその店に入ったこと自体ないというので、俺が注文の仕方から教えてあげることになっていた。

足取りも軽く教室に入った俺が自分の席につくと、

「意外と勇者だよな山岸って」

椅子に後ろ向きに座った橋田が言った。

橋田の席は俺の一つ前だ。

「何が？」

「よく平気で話せるなと思ってさ。あの魔王様と」

「御崎くんは怖くないよ。ていうか、こないだ橘田たちも話したじゃん」

「あのときは魔王様がご機嫌うるわしかったから平和なご挨拶《あいさつ》だけで済んだけどな、こっちは粗相しないか気が気じゃなかったっての」

「先入観にとらわれすぎだよ。二人が勝手に緊張してただけで、御崎くんは普通だったのに」

「いーやあれは普通とは言わない。何か、何か違うだろ、こう……雰囲気が！　笑い方とかが！」

先月、アポ電強盗の首謀者「サトウ」が逮捕された直後、二人は御崎と話していた。俺と橘田と竹内が廊下で話しているところに御崎が教室から出てきて、御崎と話してみたいと竹内が言っていたのを思い出したから、ちょうどいい機会だと紹介したのだ。御崎と橘田は中学校で同じクラスだったこともあったので、御崎は、久しぶりだね、みたいなことを言っていた。

直前に魔王様呼ばわりしていた気まずさからか、橘田と竹内の態度はぎこちなかったが、御崎は気を悪くした風はなく、むしろ楽しそうだった。

「こいつ、御崎がヤクザの組長の孫だか隠し子だかって噂を気にしてるんだ」と竹内にばらされ、慌てていた橘田を思い出す。御崎はそれに対しても笑っていた。はっきり否定しないあたり、人が悪いというか、完全におもしろがっていた。

本人曰《いわ》く、御崎は自分のクラスでは何のトラブルもなく、穏やかに過ごしているそうだ。

怖い人らしい、という噂があっても、毎日同じクラスで授業を受けていれば、次第に慣れてくるし、意外と怖くないんだな、とわかってくるのだろう。クラスが違うと、かえってインパクトの強い噂ばかりが先行して、イメージが修正される機会もないまま来てしまうのだ。

この間、顔を合わせたときは、その固定イメージを覆すチャンスだと思ったのだが、竹内はともかく、橘田はまだ御崎への苦手意識を払拭《ふっしょく》できずにいるようだ。

「そうかなあ、平和的な顔合わせだったと思うけど……御崎くん、魔王様って呼ばれてるのを知っても怒ってなかったし」

「怒ってなかったか？　あれ本当に怒ってなかったと思うか？」

「大丈夫だよ、本人もそう言ってたじゃん」

魔王様呼ばわりを謝罪した二人に、御崎は、「怒っていないよ。僕は心が広いからね」と言って笑っていた。

それが逆に怖かったと後で橘田は言っていたが、俺の見たところ、御崎はそういう橘田の反応も想定して楽しんでいた風がある。

御崎は冗談のつもりだったのだろうが、橘田は真に受けたようだった。

トイレに行っていたらしい竹内が戻って来て、一列隣、通路を挟んで斜め後ろの席につく。

「今、廊下で御崎に会ったよ、『やあ』って言われちゃった」

「ほら見ろよ、語彙《ごい》がもう違うんだよ普通の男子高校生と」

俺が「やあ」なんて挨拶したらふざけてんのかと思われるぞ、と橘田は言って息を吐いた。

「中学の頃と比べても、ますます魔王様オーラが増量してた気がする。穏やかに話しかけられても、なんていうか、おそれおおい感じっていうかさー」

竹内が、「あーわかる」と同意の声をあげる。

「やっぱ近寄りがたいもんな。思わず敬語で話しそうになる、同じ学年なのに」

「わからなくもないけど……大人っぽいしね」

貴公子然としているので、緊張してしまうのはわかる。俺は大分慣れたが、今でも、ときどきはっとして、背すじを伸ばしてしまう。

俺がそう言うと、橘田は「は？」と無遠慮な声をあげる。

「貴公子っていうか魔王み溢《あふ》れてましたけど？」

「え、そうかな」

「先入観のせいで目が曇ってるのはおまえのほうじゃないの」

「そんなことないと思うけどなあ……」

苦笑しながら、おざなりに返事をした。

何故俺が責められているのか、という理不尽さと同時に、若干の優越感も覚える。俺はもう、御崎のことが怖くないし、それは俺が、橘田たちより御崎を知っているからだ。

　御崎自身、別に交友関係を広げたいとか皆に本当の自分を知ってほしいとかいう思いはないようだし、このままでもいいか、という気持ちになっていた。

「いや、わかってるよ。怖いだけの奴じゃないっていうのはさ。山岸が仲良くしてる時点で、そうなんだろうなってわかるし。けど、やっぱ、色々聞いちゃうとさあ」

　色々？　と俺が訊《き》き返すと、橘田はそっと辺りを見回し、声をひそめる。

「地元ではしゃぎすぎだっつって、特殊詐欺か何かやってた半グレの奴らをシメたんだろ。実家はハマ一帯を仕切ってるヤクザで、御崎はその跡取りで、スーツの男を従えてて……」

「何それ、ないない、ていうか何か噂がパワーアップしてない？」

　営利目的の盗撮やアポ電強盗を組織的に行っていた半グレグループの主要メンバーの逮捕に、御崎が貢献したのは事実だ。危害を加えられそうになり、撃退したことも一度あったが、「はしゃぎすぎだからシメた」というのはかなり語弊がある。

　何より、横浜《よこはま》一帯を仕切っているヤクザの跡取り、というのは根も葉もない話だった。

「御崎くんの家に行ったけど、普通のかっこいい高級マンションだったよ。それに、御崎くんの叔父《おじ》さんは刑事さんで……」

「お父さんとかおじいさんがどうかはわからないだろ！」

「ええー……」

橘田はともかく、横であははと笑っている竹内は、物騒な噂を本気で信じてはいないようだ。まあそういう噂がたつのもわかるよな、と言って椅子の背もたれに体重をかけた。

「ミステリアスっていうかさ。挨拶返すくらいはできるけど、いざ二人になったら、何話していいのかわかんなくなりそう」

「確かにちょっと浮世離れしてるところがあるかもしれないけど、何にでも興味持ってくれるし、話してみると話題には困らないよ。知識欲が旺盛《おうせい》っていうのかな。来週、一緒に横浜ブルクに映画観に行くんだ。キューティーホームズ劇場版第二弾、初日に」

「おまえまじで勇者だよ……」

呆《あき》れたというか、怯《おび》えたような声音で橘田が言う。

昼休み終了のチャイムが鳴った。

御崎と二人で向かい合って、ハンバーガーショップで期間限定のセットを食べる。

期間限定の和風バーガーはちょっと高級感があって、醤油《しょうゆ》が香ばしい。御崎も気に入ったようだ。

ハンバーガーにかぶりついていても、御崎の食べ方はどこか上品だった。指についたソースを紙ナプキンで拭《ふ》いて、そういえば、と思い出したように口を開く。

「『サトウ』たちのグループだけど、ようやくもう一人別のリーダー格の素性がわかったみたいだよ」

外であることを配慮して色々省略しているが、「サトウ」のグループというのはつまり、半グレの犯罪グループのことだ。そのリーダー格を逮捕する目途がついたと、叔父の高峰刑事から聞いたのだろう。

店内はざわついていて、誰も他の客の会話なんて聞いていないようだったが、余計なことは言わず、そうなんだ、と返した。

「サトウ」のグループは、もともと友人同士のリーダー格数人から成る第一グループ、その下に第二グループ、さらに下に、SNSの裏バイト募集等で集まった下っ端の第三グループと分かれているらしい。

犯行に失敗してもつかまるのは何も知らない第三グループのメンバーか、せいぜい彼らに直接指示を与えていた第二グループのメンバーまでで、警察はなかなか、そのさらに上にいる第一グループにたどりつけずにいた。メンバー同士は偽名で呼び合っていて、やりとりの記録もほとんど残さないので、長い間第一グループの実体がつかめなかったためだが、そうやって周到に犯行を行うためのシステムを作ったブレーンの「サトウ」が逮捕されたことで、これからどんどんぼろが出てくるのではないかと、警察は期待しているようだ。

「『サトウ』に続いてもう一人幹部が逮捕されたら、グループはかなり弱体化するよね？」

「どうかな、『サトウ』の作ったシステム自体は残っているから、彼らの事業……彼らは自分たちの犯罪を事業って呼んでいるらしいんだけど、すぐには、それに直接的な影響は出ないかもしれない。でも確実に痛手ではあるはずだよ。不測の事態が起きたときに頼れるメンバーが欠けたっていうことは」

主要メンバーの残りの数人については、まだ名前もわかっていないみたいだけどね、と付け足して、御崎は期間限定フレーバーのポテトを一本手にとり、興味深げに眺めてから口に運ぶ。揚げたてだから熱いね、と、当たり前といえば当たり前の感想を言うのが、お忍びの王子様のようで微笑ましい。わさび風味のパウダーがまぶされたそれを、彼は気に入ったようだった。

「『サトウ』——本名は斉藤らしいけど、彼が光嶺の生徒だったから、ほかにも関係している生徒がいないか、情報があったらほしいって叔父に言われてる。でも、校内にはいないみたいだ。たぶん斉藤が、校内には『事業』を持ち込まないようにしていたんじゃないかな。そこから足がつくことを恐れて」

第三グループのメンバーたちは、第一グループの顔も知らないという。手足として使うのは縁もゆかりもない相手のほうが、つかまったとき簡単に切り捨てられるし、自分までたどられずに済むと考えてのことだろう。そう考えると、同じ学校の生徒を使うことを避けるのは理解できた。

「『サトウ』……じゃなくて斉藤か、せっかく逮捕したんだから、情報を引き出せない結構のかな。斉藤は、全員の名前も住所も知ってるんだよね」

『『サトウ』たち第一グループのメンバーはもともと友達同士だっただけあって、結構結束力が強くて、仲間の名前については口を割らないらしい。何人かに関しては、スマホの解析とかで、こいつらかな、ってある程度目星はついているらしいんだけど、具体的にどの犯罪にどう加担していたのかがわからないと逮捕はできないからね」

逮捕されたメンバーとつるんでいた、というだけでは第一グループのメンバーかどうかはわからないし、第一グループのメンバーらしいということを特定できたとしてもそれだけでは足りず、個別の事件について関与していたことの証拠が必要らしい。なかなか難しそうだ。俺は指についたわさびパウダーを舐《な》めた。単体だと、結構鼻にツンとくる。

俺がコーラを注文したとき、食事に甘い飲み物を合わせるのか、と御崎は驚いていた。Mサイズのコーラを引き寄せてストローを吸った。

彼の中にはない発想だったらしい。御崎は迷った結果、無糖のアイスコーヒーを選んでいた。

そういえば彼の両親についてはあまり聞いたことがなかったが、厳しい家なのだろうか。御崎がジャンクフードや買い食いや寄り道に慣れてしまったら、俺は彼の両親に悪い友達認定されてしまうかもしれない。

「まあ、警察も意地があるからね。履歴の復元不可能という触れ込みのメッセージアプリでも、多くの場合復元できる。時間はかかっても、そのうち証拠をつかむと思うよ。

後は時間の問題だ」

御崎は話しながら、ハンバーガーを包んでいた紙を四角く畳んでいる。

窓ガラスごしに、光嶺生が数人連れ立って歩いていくのが見えた。彼らはそのまま通り過ぎたが、十代の男女が注文を済ませて、近くの席に座る。

どうせ誰も気にしていないと、つい気が緩んでいたが、たとえば彼らが半グレのメンバーたちに通じていないとも限らないのだ。「サトウ」こと斉藤も、逮捕されるまで、普通の高校生だと思われていた。

会話の内容には気をつけなくてはいけないことを今さら思い出し、俺は包み紙を手の中で丸める。

「あ、そうだ、忘れてた。御崎くん、英語のリーダーなんだけどさ、ちょっとだけ教えてもらっていい？」

「かまわないよ」

思い出して、鞄《かばん》から教科書を取り出した。

ハンバーガーを食べ終わり、ポテトが少し残っている状態のトレイを脇へ寄せて、テーブルの上にノートを広げる。

御崎は丁寧に教えてくれた。

ノートにちょっとポテトの油が滲《し》みてしまったが、宿題は終わった。

その翌日のことだった。

逮捕目前だった、半グレグループの幹部の一人、鈴木《すずき》貴明《たかあき》が遺体で見つかった。

現場となったアパートの住人の悲鳴を聞いて駆けつけ、遺体を確認したのは、彼を逮捕するため追っていた、高峰刑事とその相棒だった。

＊

神奈川県警本部庁舎は、見上げるほど大きい建物で、入り口にはモニュメントや銅像まで設置されていた。近所の警察署と比べると、三倍以上の大きさだ。

車は、敷地内に入るときに確認されるようだが、徒歩の俺たちはノーチェックだった。

御崎は慣れているのか、平然と敷地内へと入っていく。慌てて追いかけた。

今日は一緒に参考書を見に行くことになっている。その前に少し寄りたいところがあると御崎が言うので快諾したのだが、それがまさか県警本部だとは思わなかった。

俺が銘板に刻まれた「神奈川県警察本部」という文字を見て啞然《あぜん》としていたら、叔父の高峰刑事に着替えを届けるのだ、と御崎は教えてくれた。

グループ内では「タカギ」と呼ばれていたという鈴木貴明が殺害されてから数日が経っていた。犯人は見つかっていない。

御崎の叔父の高峰刑事は組織犯罪対策本部の刑事で、本来殺人事件を捜査する立場にはないが、被害者がマークしていた半グレグループの幹部だったということで、捜査一課と合同で捜査をすることになったらしい。現在も、県警本部に泊まり込みで手がかりを探しているという。頼まれて着替えを届けたり、洗濯物を引き取ったりするのもこれで二回目だと御崎が言った。

「ちょっといいかな」

建物に入ろうとしたところで、知らない男に声をかけられた。

一瞬、身元確認でもされるのかと思ったが、男は私服で、警察官には見えない。

「君たち、もしかして、鈴木貴明の関係者だったりする？」

思わず身構えた俺に、男は、予想していなかった質問をした。

へ？　と間抜けに訊き返した俺の反応で、答えが「否」だと察したらしい。男は取り出しかけていた名刺をしまった。

「いえ、違います」

御崎がはっきりと否定する。男は「そうか、ごめんね」とあっさり謝罪すると、軽く片手をあげて離れていった。

「たぶん雑誌の記者だよ」

去っていく後ろ姿を横目で見て、御崎はすぐに歩き出した。

「鈴木と年齢が近いから、事情聴取に呼ばれた関係者かもしれないと思ったんだろう」

ああして張っているということは、今日関係者の聴取予定があるのかもしれないな、と呟《つぶや》いた。

「そういう予定とかって、叔父さんに教えてもらってないの？」

「さすがに捜査のスケジュールを一般人には漏らさないよ。その割に記者には漏れているわけだから、情報の管理が甘い気がするけど……まあ、記者もプロだからね」

自動ドアをくぐり、慣れた様子で、アクリル板で仕切られた受付へと向かう。

俺は、少し後ろの壁際で待機した。受付にいた女性の警察官は御崎の顔を知っているようで、一言二言言葉を交わすと、すぐに受話器を取り上げてどこかに連絡をし始める。

俺は壁にもたれてその様子を眺めた。

受付の前には待合スペースがあって、ソファが置かれていたが、座って待たなくても、着替えを渡すだけならすぐに済みそうだ。

鈴木貴明は、横浜市内、日《ひ》ノ出町《でちょう》の外れにあるアパートの一階の一室で遺体となって発見された。鈍器で頭を殴られたような痕跡《こんせき》があったことから、警察は殺人とみて捜査をしている。ここまでが、報道されている情報だ。

ニュースでは、鈴木は「十九歳・無職」とされていて、アポ電強盗や特殊詐欺、盗撮映像の売買などで利益をあげている半グレグループの幹部の一人であることは、まだテレビでは流れていない。

しかしああやって県警本部に出入りする人間を張っているということは、記者は何かつかんでいるのかもしれない。

遺体を発見したのは高峰刑事とその相棒だったが、そもそも彼らは、逮捕するつもりで鈴木を捜していたのだそうだ。

警察は鈴木を、グループの幹部としてマークしていたものの、具体的な事件への関与の証拠をつかめずにいた。そこへ突然、逮捕するに足りる材料が降って湧いたのだという。

鈴木は、殺害された日の前日、横浜市内にある飲食店で暴れ、通報されていた。他の客に迷惑行為を咎《とが》められ、警察が到着する前に退散したようだが、後で、彼が組織犯罪対策本部のマークしている半グレグループの幹部らしいということがわかった。

警察にとっては、またとないチャンスだった。店に対する迷惑行為を理由に鈴木の身柄を確保して、スマホやパソコンや自宅を捜索すれば、アポ電強盗や詐欺などの集団犯罪の証拠も何か出てくるだろう——そう考え、高峰刑事たちは彼の逮捕状をとった。まずは自宅へ行ってみたが、見つからず、行きつけの店等、本人が立ち寄りそうな場所をしらみつぶしに当たっていたところ、アパートから悲鳴をあげて飛び出してきた住人に助けを求められ、現場へ急行して、遺体を発見した。

アパートの住人は、草むしりをしようとして、カーテンの隙間から鈴木が倒れているのを見ただけだったので、現場に最初に踏み込み遺体を確認したのは高峰刑事とその相棒、ということになる。

「もうすぐ叔父が来るから」

少し待って、と御崎が着替えの紙袋を提げたままこちらへ来る。受付で、高峰刑事を呼び出してもらったようだ。

ほかの来庁者の邪魔にならないよう、二人そろって壁際に並んだが、来庁者はほとんどいなかった。

「泊まり込みなんて、大変だね叔父さん」

「泊まり込んでする作業があるってことだね。たとえば、周辺の防犯カメラをかたっぱしから回収して、録画をチェックするとか……凶器の捜索とか」

受付まで届かないよう、小声で言葉を交わす。

ここまでの道中で、事件について、御崎が知っていることは聞かせてもらっていた。

鈴木は、室内でうつぶせに倒れて死んでいた。死因は、鈍器で複数回頭部を殴られたことによる脳挫傷《ざしょう》。最初の一撃は背後からで、その後何度か続けて殴打されたものと考えられる。凶器の形状は恐らく棒状のもの、太い鉄パイプか、金属バットではないかと思われ、畳に、凶器を落としたときについたらしい血の痕《あと》も残っていたが、凶器自体は残されていなかった。

現場となったアパートの一室は、鈴木の兄が知人から格安で借りていた部屋で、鈴木とその仲間たちが休憩所がわりに使っていた……ということになっているが、実際には、アポ電強盗や特殊詐欺を行う際の待機部屋として使われていたと思われる。仮眠用らしき布団のほかには何もない部屋だったが、部屋中の指紋を調べたら、逮捕歴のある人間の指紋がいくつか出たので、まずは彼らに事情を聴くことになった。それが犯罪のために用意された部屋だったことは確認できるだろう――と、警察は期待しているようだ。そうなれば、犯罪集団の壊滅にまた一歩近づく。

しかし、鈴木の殺害については、捜査がどこまで進んでいるのか、犯人の目星がついているのか、御崎は何も知らされていないという。

「今回は、御崎くんは捜査協力しないの？」

「僕は一般人の高校生だよ。当事者たちと何か関係でもない限り、そんな要請は来ないよ」

御崎は謙虚にそう言った。進行中の事件の捜査上の機密だから、身内相手であっても、取り扱いに慎重になるのは当然だ。しかし、御崎なら、何か捜査のヒントになるようなことに気がつくかもしれないのに。

「俺が高峰刑事の立場だったら、こっそり情報を流して相談しちゃうけどなあ……」

「山岸くんが将来刑事になったら、いつでも情報を流してくれていいよ」

御崎はすました顔でいるが、

「でも、身近で本物の殺人事件が起きるなんて滅多にないし、御崎くんだって興味はあるでしょ」

俺が指摘すると、彼は一度口をつぐむ。それから、改めて口を開き、秘密を告白するかのように答えた。

「実は、とても興味がある」

「やっぱり」

謎解きが好きな御崎のことだ。

何者かが被害者を撲殺し、凶器を持って逃げたというだけの単純な事件で、本来御崎が興味を惹《ひ》かれるような謎めいた話ではないが、これまで遭遇したことのなかった本物の殺人事件となれば、好奇心を刺激されるのもわかる。

「本当は、叔父にも、それとなく訊いてみたんだ。でも、さすがに口が堅くて。こんなに献身的に尽くしているのに、ひどいと思わないか」

何も、関係者の個人情報を明かせと言っているわけじゃないのに。冗談めかした口調でそう言って、御崎は、着替えの入った袋を胸の高さまで持ち上げてみせる。

御崎は「サトウ」こと斉藤の逮捕に貢献し、グループに声をかけられていた光嶺のOB、岩尾侑司の事情聴取にも協力した。しかも御崎自身、拉致《らち》されそうになったこともあり、無関係ではないのだから、教えてくれてもいいのではという気もしないでもないが、やはり殺人事件となると、おいそれと情報を外部に漏らすわけにもいかないのだろう。

これまで、高峰刑事が御崎に個人名を伏せて実際の事件の話をすることはよくあったそうだが、今回は最初から被害者が特定されているうえ、捜査中の事件だ。同列には扱えない。

御崎だってそれは理解しているとわかっていたが、俺はわざと「本当だね」と同調してみせる。

「色々協力したんだから、ちょっとくらい教えてくれてもいいのに。身内にくらいね」

「まったくだよ。融通がきかない叔父だ」

今度はお酒を飲んで口が軽くなったときを狙ってみるよ、と御崎は冗談なのか本気なのかわからない口調で言った。

「まあ、たぶん、部屋の用途を確認したら、部屋からなくなっているものがないかを関係者たちから聞き取って……裏どりも必要だから、すでに逮捕されて隔離されている斉藤に確認するんじゃないかな。仲間の名前は吐かなくても、仲間を殺した犯人を捜すための情報提供なら応じるかもしれない」

高峰刑事が下りてきたらすぐわかるようにだろう、御崎はエレベーターホールのほうへ目を向けている。

「財布も中身の現金も盗《と》られていなかったらしいけど、殺される前に被害者が何かあの部屋に持ち込んでいたかもしれないから……たとえば金を隠そうとしていて、それを奪われたとか、そういう可能性もゼロではないから、今、関係者の聴取と並行して、本人の死ぬ前の行動を追っているんじゃないかな」

そこまで言って、俺を見て、

「ゲームみたいにこんな話をするのは不謹慎だね。身内が殺人事件を担当するなんて初めてで、テンションがあがっているみたいだ。特殊詐欺集団のリーダーで、あまり同情的になれない被害者とはいえ、人が一人亡くなっているのに」

自重するよ、というように、軽く目を閉じ、片手を自分の胸に当てる。

俺は、今さらじゃない？　と苦笑した。

母さんなんかも、よくニュース番組やワイドショーを観ながら、「絶対、夫が犯人よね」とか「この、同居の息子っていうのが怪しい」とか、勝手なことを言っている。無責任だし、不謹慎だが、知らない誰かの身に起きた事件を娯楽として消費するのは、誰もがしていることだ。御崎の場合は、同じノリでも推理ごっこのレベルが違いそうだが。

「よくないという自覚はあるんだ。事件や謎に注目すると、関係する事柄を情報としてしか認識しないこと……パズルと、それを解くためのパーツみたいにとらえてしまうこと。関係者の心情を考えはするけれど、それは行動の理由を分析するためで、共感したり同情したりするわけじゃないから、それは人としてどうなのかと」

学校では魔王様なんて呼ばれている割に、そして実際にそんな風に振舞っている割に、「人として」なんて気にするのが意外だった。

御崎は、視線を宙に泳がせて、なおも続ける。

「捜査協力がしたいとか、僕なら解決できるとか、そんなことを考えているわけじゃないんだ。本当にただの興味本位で、自分一人で考えてみているだけなんだが――だからと言って、軽々しく事件のことを知りたがったり、話したりすべきじゃないんだろうね。

反省するよ。節度を保たなければいけない。実際の、しかも未解決の事件で、悲しんでいる遺族もいるんだから」

まるで自分に言い聞かせているようだ。そして、たぶんこれは、俺に対しての言い訳でもある。

本当は事件に興味津々なのに、俺に、不謹慎だとか、冷たい人間だとか思われたくなくてこんなことを言い出したのかと思うと、その行動にはむしろ人間味があるように思えた。

好奇心が旺盛なのは知っていたし、そもそも名探偵というものは皆少なからず身勝手なところがあるものだと俺は思っている。そんなことで、幻滅したりはしないのに。

「でも、遺族も関係者も、ここにはいないしね」

「……まあ、そうだね」

俺の言葉に、御崎はちら、とこちらを見た。

「俺の前で推理をするだけなら、誰も傷つけないわけだし、いいんじゃないかな。俺も御崎くんの推理、聞きたいし」

俺が笑顔を向けると、御崎は少し驚いた表情をして、それから、小さく息を吐く。

困ったように笑って、山岸くんは僕に甘いな、と言った。

「っていうか、高峰刑事が情報をくれないって言ってたけど、現場のこととか凶器のこととか財布は盗られていないとか、そこまで聞き出せてるなら十分じゃないかな……」

「母が弁護士でね、尋問はこうやるんだと教えてもらったことがある」

「え、すごい。プロ仕込み……っていうか、それを叔父さんに使ってるの？」

そんな話をしていると、エレベーターが開く音がした。

俺は思わず姿勢を正したが、下りてきたのは高峰刑事ではなく、半袖《はんそで》のブラウスにショートパンツといういでたちの若い女性だ。俺や御崎と同年代かもしれない。

彼女はかかとの高い靴を鳴らし、うつむきがちに俺たちの前を通り過ぎた。一瞬、泣いた直後のように赤くなった目元が見えてどきっとする。見てはいけない気がして慌てて目を逸《そ》らしたが、彼女はこちらに気づいた様子もなかった。

続いて、別のエレベーターが到着する音がして、小走りに高峰刑事が駆けてくる。

「ごめんごめん、お待たせ」

俺に会釈して、御崎に駆け寄り、「悪いな」と言って紙袋を受け取った。

「ちゃんと寝ているの？」

「仮眠室があるからな。明日か明後日《あさって》にはいったん帰るよ」

本当に忙しいのだろう、顔に疲れが滲《にじ》んでいる。

しげしげ見ても悪いかな、と目を逸らし、何気なく辺りを見回して、自動ドアの向こうで、さっきの女性がしゃがみこんでいるのに気がついた。

気分が悪いのかと思ったが、どうやら、何か落として、捜しているようだ。

「お待たせ、山岸くん。行こうか」

「あ、うん」

御崎から着替えを受け取るだけ受け取って、高峰刑事は、すぐに仕事へ戻っていったらしい。声をかけられて振り向くと、もう、エレベーターの扉が閉まるところだった。

俺は御崎と並んで歩き出しながら、「あれ」ときょろきょろしている女性を示す。御崎の目がわずかに細められた。

自動ドアが開く音を聞いて、女性は、「あっ」という表情になり、少し脇へ移動する。すみません、と小さく言うので、

「あの、捜すの手伝いましょうか。コンタクトレンズですか？」

腰をかがめて声をかけた。

女性は、「いえ」と言いかけたが、俺のすぐ横に立っている御崎を見て、「ありがとうございます」と言いなおす。イケメン、強い。

「キャッチを落としちゃって……」

「キャッチ？」

「あ、ピアスをとめる金具みたいな」

彼女は手のひらにのせたピアスを見せた。見ると、右の耳にだけピアスがない。

俺と御崎も、その場に屈《かが》みこんだ。落としたのがコンタクトレンズだったら、うっかり踏んだら大惨事だが、金具ならそこまで神経質にならなくてもいいだろう。

「小さいものだから、落ちたときに跳ねてどこかに転がっちゃったかも……」

広い範囲を捜す必要がありそうだ。

タイルの間とかに落ちているかな、と地面に顔を近づけて捜していると、

「……キャッチが見つかったら、このまま正面から出ずに、駐車場のある側の裏口から出たほうがいいかもしれません」

視線を地面に這《は》わせたまま、御崎が言うのが聞こえた。

「外で、記者が張っていたので」

女性が、はっとしたように御崎を見る。

御崎も地面から視線をあげて、彼女を見た。

「鈴木貴明さんの関係者ですよね。僕たちも、その関係で今日来たので……彼は付き添ってくれただけですが」

そうなんだ、と言って彼女は、ほっとしたように息を吐いた。

嘘はついていないが、御崎が意図的に誤解を招く言葉を選んだのは俺にもわかる。

「貴明の友達？」

「というほどの関係ではないんですけど……。御崎と言います」

「あ、香川《かがわ》莉乃《りの》です」

先に名乗っただけで、あっさり名前を引き出してしまった。たぶん半分くらいはイケメンの力だ。

キャッチを捜すふりをしながら聞き耳をたてる。

「警察に事情を聴かれるのって、緊張しますよね」

共感を示されてほっとしたのか、莉乃は頷《うなず》き、私も友達についてきてもらったらよかったかな、と言った。

「貴明のスマホに通話履歴が残ってたから呼ばれたの。貴明は、私と会った後で殺されたみたい」

「そうなんですか」

「うん、電話で会おうって呼び出されて、会った後で、もう一回着信があったんだけど、そのときは電車に乗ってたから出られなかったんだ。コール音がうるさくて気になったから切っちゃった。たぶん、私に電話をかけた後すぐ襲われたんじゃないかって、警察が……」

ということは、おそらく、生きている鈴木を最後に見たのが彼女ということだ。

「遺体の確認もあなたがされたんですか？」

「あ、ううん、それは弘明《ひろあき》くん……貴明のお兄さんが。私はダメ、死体を見るなんて……写真もまともに見られなくて」

「話を聞かれるだけじゃなくて、写真まで見せられるんですか？」

御崎が、彼にしては大げさに驚いてみせる。自分もいずれ見なければいけないなら嫌だな、というような口調だ。彼女は、「死体の写真じゃなくて、現場の写真」と首を振った。

「部屋からなくなっているものはないか確認したいとかって……でも、現場の写真だけでも、たぶん血とか飛んでるでしょ。私はその現場には行ったことがないから見てもわかりませんって言ったから、結局見なくて済んだけど」

話しながら、サイドの髪を耳にかける。左耳にはキューブ形の銀色のピアスが光っていて、そこから垂れた細い鎖の先で薄ピンク色の石が揺れている。

「鈴木さん、仲間内で使っていた部屋で亡くなっていたんですよね」

「そうみたい。たまり場みたいな感じだったのかな。だから、知り合いの犯行じゃないかと警察は思ってるっぽかった。彼を恨んでいる人に心当たりはないですかとか訊かれちゃったけど、そんなのわかんないよ。貴明、喧嘩《けんか》とかよくしてたし……」

恨んでいる人――というなら、いくらでもいるだろう。特殊詐欺や強盗の主犯格なのだ。しかし、彼女がどこまで知っているかわからない以上、そこに触れるわけにはいかない。

光るものが視界の端に見え、俺は、あ、と声をあげた。

「あった。これ？　かな」

小指の先ほどもない、小さな銀色の金具をつまみあげる。キラキラしていた。

「あっ、それです。よかった！　ありがとう」

落とさないように気をつけて、莉乃の手のひらの上に置く。

彼女はすぐに、右耳にピアスをつけた。慣れた手つきだった。鏡もないのに、よくピアスの穴の位置がわかるものだ。

「見つかってよかった。安物のシリコンのとかだったらもうあきらめちゃうんだけど、これ、いいやつだったから……キャッチもホワイトゴールドの」

前に貴明がくれたんだ、と小さな声で言い、彼の死を思い出したのか、表情を曇らせる。やっぱり、目元が赤い。

多くの被害者を苦しめた犯罪集団の幹部でも、莉乃にとっては優しい彼氏だったのかもしれない。

彼女は俺たちに頭を下げて、建物の中へと戻っていった。

御崎の助言に従い、反対側の出口を使うことにしたようだ。

俺と御崎はそのまままっすぐ歩いて、堂々と正門から外に出る。

「あの人が鈴木の関係者だって、なんでわかったの？」

「記者が張っていたからね。鈴木の関係者の聴取が今日あるって情報をつかんだんだろうと思った」

訊いてみて違ったら、すみませんで済む話だしね、と御崎はこともなげに言った。

ついさっき、興味本位に知りたがるのは人としてどうか、なんて言っていたとは思えない。俺はむしろ感心していたのだが、御崎ははっとしたように俺を見て、ばつが悪そうな表情になる。

「恋人の死を悼んでいる人を、利用するようなことをしてしまったな」

「まあでもほとんど彼女が自分からしゃべってたし」

目の前に関係者が現れたら、情報を引き出そうとするのは探偵としては当然の行動だ。相手を不快にさせたわけでもない。――多少、あえて誤解させた側面はあったにしても。

「このままここで待っていたら、ほかの関係者も来るかもしれないけど、さすがに怒られそうだからおとなしくしておこう。さっきのは、親切で捜しものを手伝ったら、それがたまたま事件の関係者だっただけだから問題ない」

「そうだね、叔父さん忙しそうだもんね」

「合同捜査でいつもと勝手が違うところもあるだろうし、今回は本人が第一発見者みたいなものだからね。ただでさえ、鈴木を逮捕し損ねて力を落としているところに追い打ちをかけられたわけだから、本人が思っている以上に、ストレスがかかっていると思う。あまり困らせないようにするよ」

幹部の一人である鈴木を逮捕して、色々と聞き出し、仲間も一網打尽にするという計画だっただろうに、あと一歩というところで本人に死なれてしまったのだ。苦労が水の泡、とまではいかないにしても、がっくりくるのは理解できる。

「押収したスマホの履歴を調べれば、鈴木が犯罪に加担していたことはわかるだろうけど、当の本人が死んでいるんじゃ逮捕はできないし、彼らは犯罪に関することはすべて偽名でやりとりをしていたそうだから、やりとりの相手が誰かまではわからない。また振り出しだ」

「そっか、鈴木本人を情報源にする予定だったんだもんね」

警察としては、当てが外れた形になる。

反対に、半グレグループのメンバーたちにしてみれば、命拾いした、というところだろうか。

正門の近くでさっきの記者がスマホをいじっているのが見えた。こちらには注目していないようだ。通り過ぎて、しばらく歩く。

「もしかして、それが殺された理由だったりしないかな。鈴木が逮捕されたら自分たちもつかまるって思った仲間が、それを恐れて、とか……」

思いつきだったが、御崎は否定しなかった。

「可能性はあるかもしれないね。さっきの彼女の話だと、警察も、仲間内の犯行じゃないかと疑っているようだったし」

犯罪集団の幹部だったのだから、彼を恨んでいる人間も、利害関係のある人間も山ほどいるだろう。動機のある人間が多すぎて、そこから犯人を絞り込むのは難しそうだ。

それでも、早晩犯人は逮捕されるはずだ、と御崎は言う。

「聞いた限り、犯行自体は、行き当たりばったりのずさんなものだ。死体はカーテンも閉め切っていない部屋に放置されていたし、犯人は現場に証拠を残しているかもしれない。警察だって、すでに手がかりをつかんでいるかもしれないよ」

早く解決するといい、と口では言いながら、せっかくの大事件に推理する余地がないことが少し残念そうだった。

＊

神奈川県警本部へ着替えを届けに行って数日、事件発生から数えると、十日ほどが過ぎた。

鈴木貴明を殺した犯人は、まだ逮捕されていない。

高峰刑事はあれから家に帰って、今は本部に泊まり込んではいないそうだが、犯人へとつながる手がかりはまだ見つからないようだ。

「忙しそうで気が引けてね、まだあまり話を聞き出せていないんだけど」

昼休み、いつもの北通路で、御崎は、高峰刑事が自宅に戻ったときに聞いた情報を共有してくれた。

まず、鑑別所にいる「サトウ」こと斉藤や、数人の関係者たちから話を聞いたところ、殺害現場となったアパートの一室にあったはずの金属バットと、空のスポーツバッグがなくなっているということだった。スポーツバッグと金属バット。その用途については明らかだったが、もちろん誰一人、犯罪行為に使用したとは言わなかった。

「誰かが持ち込んだんじゃないですか。バッティングセンターに通ってるやつとか」

と、斉藤は言ったらしい。草野球やってる奴が、と言った者もいたらしいから、言い訳の中では一番ましだ。

　とにかく、犯人はその場にあったバットで鈴木を撲殺し、スポーツバッグに入れたそれを持って逃げたということらしい。衝動的な犯行である可能性が高くなった。

　事件当日の鈴木の行動は、昼過ぎに家を出て、交際相手の香川莉乃を電話で呼び出し、買い物をした後、彼女と会ったところまで確認できているそうだ。昼過ぎに家を出たというところは同居している兄・弘明の供述、莉乃と会ったということはスマホの通話履歴と莉乃の供述が裏づけだろう、と御崎は言った。

　莉乃と会う前に買い物をしていたということは、彼の財布の中にあった、アクセサリーショップのレシートでわかった。その店に確認したところ、防犯カメラに、買い物をする鈴木の姿が映っていた。女性もののアクセサリーを購入し、午後二時頃に店を出る様子が、映像として残っている。

　莉乃と会った後、鈴木は仲間内で利用していたアパートへ行き、殺されたのだが、誰かと一緒にアパートへ行ったのか、先に誰かが来ていたのか、後から来たのか、そのあたりはわかっていない。アパートの入り口にも、付近にも、防犯カメラの類《たぐい》はなかった。

「香川莉乃は、鈴木と会った時間を正確には憶《おぼ》えていなかったが、午後二時から三時の間くらいだったと思うと話している。会った場所は、アパートのすぐ近くの公園らしい。スマホの通話履歴によると、呼び出しがあったのが一時半、店を出たのが二時頃だから、移動時間を考えると、たぶん早くて二時半、遅くて三時ってところかな。その後、鈴木は一度別れた彼女に、何か伝え忘れたことでもあったのか、電話をかけているが、彼女はその電話には出られなかった。鈴木が殺害されたのは、その後……最後の発信履歴は午後三時二十分だったそうだから、それまでは彼は生きていたということになる。鈴木が莉乃と別れてすぐにアパートへ向かったとしても、五分くらいはかかるだろうから……遺体が発見されたのが午後四時頃ということを考えると、犯行時刻はかなり狭められるね」

「すごい、そんな細かい時間まで教えてもらえたんだ」

この件に関しては高峰刑事も口が重いと言っていたのに。

俺が感嘆してそう言うと、御崎は「いや」と首を横に振った。

「叔父が入浴している間に上着をハンガーにかけてあげたら、ポケットに入っていた手帳が落ちてね。たまたま中を見てしまったんだ」

「たまたま」

「たまたまね」

そういうことにしておく。

俺は購買で買ってきた焼きそばパンの袋を破った。ソースのにおいが食欲をそそる。ここに来る前に教室でサンドイッチを食べていたが、御崎との待ち合わせの時間に間に合わなくなりそうだったので、まだ封を開けていなかった焼きそばパンを持って出てきたのだ。

俺が食べ始めると、御崎は「いいにおいだね」と言った。

「しかしそばをパンで挟むという発想がすごいな。どっちも主食じゃないか」

「え、もしかして食べたことない？」

「そういえばないね」

「食べてみる？」

「君の昼食だろう。今度自分で買ってみるよ」

御崎は意外と知らないことが多い。知識と経験に偏りがあるんだと言っていたから、本人も自覚しているようだ。

焼きそばパンはこの青のりと紅ショウガがポイントなんだ、と教えてあげた。

購買で売っているパンは、近所のパン屋さんの手作りなので、個体差がある。俺は、焼きそばは紅ショウガがたっぷりのほうが好きなのだが、このパンは少なめでちょっと残念だ。

二口で半分を食べ終わって、飲みかけのまま持ってきたパック牛乳をストローで飲んだ。

「順番としては、アクセサリーショップに行って、彼女と公園で会って、アパートに行って、殺された。で間違いないんだよね。あ、殺害現場には、アクセサリーショップの袋とか商品はなかったってことだよね？　レシートで初めて買い物してたのがわかったってことは」

「ああ、公園で会ったとき、交際相手に渡したんだろう。カメラの映像を見つけた時点では、まだ彼女に確認はできていないようだったけど」

俺が「推理を聞きたい」と言ったからか、御崎も、割り切って推理ごっこを楽しむ気になっているようだ。高峰刑事の手帳までチェックしているのには驚いたが、さすがにやると決めたら行動力がある。遊びにも全力だ。

「もし彼女が受け取っていないって言ったら、犯人が持ち去ったってことになるよね」

本気でそう思っているわけではなかったが、思いついて言った。

「犯人にはそれを持ち去らなければいけない理由があった、それは何か――って考えたら、ドラマが生まれるかも」

もともと、謎も何もない事件で、御崎の出番はなさそうだ。そもそも、一介の高校生が捜査にかかわれるとも思えない。あくまで推理ごっこだ。それなら、多少荒唐無稽《こうとうむけい》でも、仮の設定で色々な可能性を挙げていくほうが楽しい。

御崎は俺の意図を察したらしく、「ちょっとミステリらしくなるね」と笑った。

「店の名前が書いてあったから価格帯を調べたが、それほど高価なものじゃなさそうだ。被害者の財布も手つかずだったようだし、物取り目的の犯行だとは思えない。鈴木が購入したアクセサリーを犯人が持ち去ったんだとしたら、金銭目的以外の理由があったんだろうね。犯人の痕跡でも残っていたとか」

「反撃されて血がついたとか？　あ、指紋がついたとか」

「それが一番ありそうかな。でも、せっかくならもう少しロマンがほしいところだね」

「ロマン……うーん、犯人はジュエリーデザイナーで、鈴木が買っていったアクセサリーは彼の渾身《こんしん》の作だったとか……」

「なるほど、警察に押収されて人目に触れなくなるのが忍びなかったということかな」

「全然だめだ。御崎くんは？　何か思いつく？」

「そうだな、アクセサリーか、その袋に、被害者のダイイングメッセージが残されていたとか」

「ミステリっぽい！」

もちろん、実際は、犯人に襲われる前、彼女に会ったときに渡したのだろう。警察も確認済みのはずだ。意味のない推理だし、どの仮説も現実的でないことはわかっていたが、ちょっと盛り上がって楽しかった。

焼きそばパンの残りを口の中に詰め込み、袋をくしゃくしゃと丸めてポケットに入れる。

もうじき、昼休みが終わる時間だ。

「こうして考えるのは楽しいけど、実際の事件では、謎とかあんまりないもんだね。犯人が誰か、っていうのは、推理でどうこうできるものじゃないし」

事件はすんなり解決したほうがいいのだから、つまらない、などと思うのは不謹慎だが、正直残念な気持ちもある。

現実はそんなものだよ、と言われるかと思っていたのだが、御崎は意外にも、「そうでもないよ」と首を振った。

「謎というと大げさだけど、今回の事件でも、ちょっと引っ掛かるというか、不思議に思うところはある。事件に直接関係があるかはわからないけど」

「え、なになに?」

「たとえば、被害者の行動——どうして犯人に襲われる前に、彼女に電話をかけたのか、とか」

言われてみれば、そうだ。

交際していたのだから、特に用がなくても声が聴きたくて電話をするということはあるかもしれないが、彼らは直前に公園で会ったばかりだったのだ。用事もなく電話をかけるということは考えにくい気がする。

「人の行動というのは、合理的に説明がつくことばかりじゃないし、個人差が大きいからね。会ったばかりでもまたすぐに話をしたくなって電話をかけるような人もいるだろうし、彼らの間ではそういうことが当たり前にあったのかもしれないが」

短い時間でも会ってデートをしたい、というタイプの人だったようだしね、と御崎が付け足した。

確かに、さっきの話だと、鈴木が莉乃と会っていた時間はせいぜい数十分だ。デートの時間としては短い。

彼女と会っている間に用事が入ってしまったのか、その後で何か用事があったのに、少しでも時間を作って会いたいと思ったのか。警察は、莉乃に話を聞いているかもしれないが、御崎が高峰刑事から引き出した中にはその情報はなかった。

「短いデートの直後に電話……うーん、そういうのが当たり前の人もいる、のかな？　俺からすると、デートを数十分で切りあげなきゃいけなかった理由も、謎といえば謎かも。スマホに履歴がなかったなら、誰かに呼び出されたとかじゃないだろうし……あ、彼女といるときに、偶然誰かと会ったとかかな」

「彼女と会っていた公園は、仲間内で使っていた休憩所のすぐ近くだったわけだから、それは十分あり得るね。それなら、香川莉乃が警察でそう証言していると思うけど」

「彼女のほうは気づいてなかったけど、鈴木は誰かが休憩所に向かうのを見つけて、彼女と別れて追いかけたとか！」

「なるほど、それでその相手に殺された……鈴木は、何かを目撃してしまい、そのために殺されたってことか。相手は一人じゃなかったかもしれないね。密談を聞いてしまったせいで殺されたとか」

芝居がかった調子で御崎が頷く。

昼休みも終わろうかというところで推理ごっこが再開されてしまった。

短い逢瀬《おうせ》。その直後の電話。そういうものだと言われてしまえばそれで終わりの小さな不自然さだが、考えてみれば色々と仮説を思いつくものだ。ほとんどがこじつけだが、こんな遊びの中に事件の真相へのヒントが隠されていないとも限らない。

「あ、それこそ、彼女のために買ったアクセサリーを渡すのを忘れてて、思い出して呼び戻そうとしたんじゃない？　別れた直後の電話」

教室へ戻ろうと歩き出しながら、ふと思いついて言った。

急な用事ができて、あるいは思い出して、予定より早く彼女と別れることになり、渡すつもりで用意していたプレゼントを渡しそびれたことに気づいた――それなら、別れた直後に電話をかける理由になる。

御崎は足を止め、なるほど、というように頷いた。

「それは、説得力があるね」

お遊びの推理につきあってくれていたときとは違い、本気で同意してくれているらしいのがわかった。

もしも香川莉乃が、公園で会ったときにアクセサリーを受け取っていないと証言したら、彼女に電話をした理由がそのためだったというのは、ありそうな話だ。納得できる。

そして、もしそうなら――アクセサリーが莉乃に渡っていなかったとしたら、それを持ち去ったのは犯人ということになる。

そうなると、ついさっき推理して遊んでいた、「犯人がアクセサリーを持ち去らなければならなかった理由」も問題になってくる。

しかしこんな推理は、香川莉乃に確認して、アクセサリーは自分が受け取ったと言われてしまえば意味のないものだった。

「いずれなんとか叔父さんに確認するとして……。場合分けをして考えようか。香川莉乃がアクセサリーを受け取っていなかった場合は、その所在が問題になるし、電話はおそらく彼女を呼び戻すためのものだった、と考えるのが自然だ。じゃあ、プレゼントはちゃんと彼女に渡ったと仮定して、それでも彼女に電話をした理由としては何があるか。……たとえば、彼女と別れた後、偶然共通の知人と会って、それを伝えようとしたとか、彼女を呼び戻そうとしたとかなら……」

「それが犯人？」

それなら、犯人は知人だろうという警察の見立てにも合致する。仲間内で使用していたアパートの一室で殺されているのだし、後ろから頭を殴られていたのだから、油断して背を向けるような関係だったのだろう。

それを考えると、詐欺や強盗の被害者による復讐《ふくしゅう》という線はなさそうだ。警察の言うとおり、仲間割れ……たとえば、金の配分で揉《も》めたとか、そのあたりか。警察が話を聞いた、斉藤をはじめとする関係者たちからは、その部屋に現金を保管していたというような話は出ていないようだが、当日犯人か鈴木が持ち込んだ金があり、鈴木を殺害した後、犯人がそれを持ち去ったという可能性もある。

鈴木が、莉乃と別れた後で誰かに会い、彼女にそれを伝えようと電話をかけたのだとしたら、電話をかけたときには、すでに犯人と会っていたということになる。もしかしたら、殺されたのは、まさに電話をかけた直後だったかもしれない。

俺は、犯人に背を向けて莉乃に電話をし、「出ないなあ」とスマホを下ろしたところで犯人に殴られる鈴木を想像した。犯人にも鈴木にも会ったことがないから、想像の中の彼らは無個性なぼんやりした顔だ。

莉乃が電話に出ていれば、犯人は鈴木を殺さなかったかもしれない。少なくともそのときには。誰々に会ったよ、今一緒にいる、と彼女に伝わってしまえば、後で鈴木の遺体が見つかったとき、疑われるのは自分だ。しかしタイミング悪く、莉乃は電話に出られなかった。

今鈴木を殺しておかなければ、自分がここにいたことが誰かに知られてしまう――そう思って、鈴木がそれ以上誰かにコンタクトを取ろうとする前に殺したのだろうか。犯人には、その日鈴木と会ったことが人に知られると困る理由があったとか――。

話し込んでいるうちに、予鈴が鳴った。

続きはまた明日かな、と言って御崎が歩き出す。

「情報が足りなすぎて、可能性だけならいくらでも思いつくね」

「うん、何か、思いがけず盛り上がった。これ、楽しいかも」

「そうだね。楽しかった。こういう、ちょっとした謎、疑問から、思いがけず真相が浮かび上がってくる……ということもあるのかもしれないね」

まあ今回はたぶん関係ないけどね、と身もふたもないことを言って、御崎は軽やかに階段を上がる。

前提となる情報を警察と共有できていない以上、ここでどれだけ推理しても意味はないと、二人ともわかっていた。楽しいだけだ。遊びとしては、それで十分だった。

＊

帰り支度をしながら橘田と竹内とどうでもいい話をしていると、窓の外を見ていた橘田が、見ろよ、と正門を示した。

「何か怖そうなバイカーっぽい兄ちゃんが校門前にいる。やばくね？　何してんだ、あれ」

距離を考えれば、こちらの声が届くはずもないのに、何故か小声になっている。

そちらを見た竹内が、あ、ほんとだ、と声を上げたが、俺にはよく見えなかった。黒い服がちらっと見えた気がしたが、角度のせいか、それが「怖そうなバイカーっぽい兄ちゃん」かどうかは確認できない。

「あれかも、カチコミってやつ。今外に出ないほうがいいかも」

「誰が何のために高校にカチコミかけるんだよ……」

「高校間の争いとかあるのかもしれないだろ、俺らが知らないだけで！」

「にしたって一人じゃ来ないだろ。普通に誰か待ってんじゃねえ？」

つい最近、半グレグループのメンバーがスカウトを装い、生徒を待ち伏せして声をか

けるという騒動があって問題になったばかりだ。男が無関係な生徒に声をかけるような
ことがあれば、学校側も迷わず通報するだろう。

「別に誰にも声かけてないし、立ってるだけっぽいよ」

「仲間が集まんの待ってんだって、多分！　それか、ターゲットが出てくんの待ってる
んだよ」

よく見えないしまあいいか、と窓から離れたとき、

「あ、御崎」

「え？」

竹内の一言が聞こえた。

急いで窓際へ戻り、「ほら」と竹内が指さした先を見ると、窓の下、校庭を横切って
御崎が、正門に向かって歩いている。下校する生徒たちはほかにもいるのに、やっぱり
一人だけ目立っている。

「あ、もしかしてあのバイカー、御崎の舎弟とか？」

竹内が言い、

「逆にお礼参りとかだったら危険じゃね？」

橘田も、半ば本気の口調で言う。

正門の陰にいる男の姿はよく見えなかったが、御崎が校庭に現れた後、男は少し立ち
位置を変えたようだった。おそらく、御崎に自分の姿が見えるようにしたか、その反対

かだ。

　舎弟だお礼参りだというのはともかく、橘田と竹内の言う通り、あの男は、御崎を待っているのではないか。

　不穏な用事ではないといいが、と思いながら見守っていると、御崎が歩きながら振り向いて、こちらを見た——気がした。

　俺は急いで鞄をつかむ。

「ごめん俺、先に帰るね」

「え、山岸突撃すんの？　やめとけって、危ないって」

「大丈夫！　たぶん」

　なんとなくだが、御崎は、黒い服の男が自分を待っていることに気づいているようだと感じた。それなら、危険な相手ではないのだ。

　警察関係者だろうか？　それなら、学校の前で待ち伏せしたりはしないか。

　階段を駆け下り、校庭を走って、校門の手前で御崎に追いついた。

　御崎は歩く速度を落として、俺を待っていたようだった。振り向いて「早かったね」と言った。

　とっさの判断だったが、助手の行動としては正解だったようだ。ほっとして、「そういうときは『来い』ってメールしてよ」と笑った。

「相手を確認したら呼ぶつもりだったよ」

でも振り向いたらいたから、と言って、御崎も少し笑う。期待に応《こた》えられたようで嬉《うれ》しかった。

そこまで来ると、もう、校門の向こうに立っている相手の姿が見える。

目を向けて、思わず、あ、と声が出た。知っている顔だった。

岩尾侑司だ。

目が合って俺が会釈をすると、彼は居心地悪そうに小さく頷いた。

正門前で立ち話というわけにもいかなかったので、駅の近くのコーヒーショップへ移動する。

奥のボックス席で、岩尾はまず、学校の前で待ち伏せしたことを詫《わ》びた。連絡先を交換していなかったので、名前のほかには光嶺生であることと、高峰刑事の身内らしいことくらいしかわからなかったのだという。

御崎は気にしないでください、と言っていたが、今回のことで、御崎に関する不穏な噂にはさらに尾ひれがつきそうだ。

「世話になったし、挨拶に行かないと、とは思ってたんだけどな。遅くなって悪かった」

並んで座った俺と御崎に、向かいの席で岩尾が頭を下げる。

前に会ったときもこの配置だったな、と思った。ただしあのときは、間にアクリル板があった。

「ご丁寧にありがとうございます。でも、それだけじゃないでしょう。何か、お話があるんじゃないですか」

御崎が言うと、岩尾は視線だけを動かして周囲に人がいないことを確認したようだった。

「『タカギ』が……いや、本名は違うんだろうが、第一グループのメンバーでそう呼ばれてた奴が、殺されただろ」

じっと御崎を見て、口を開く。

御崎がどこまで知っているのか、反応を見るためだろう。

近くの席には誰もいなかったし、店員の姿も見えなかったが、それでも声をひそめていた。

「第一発見者は組対の刑事だって……高峰さんだろ？　グループ内でも、情報が回ってる。警察でこんなこと訊かれたとか、事件前日の『タカギ』の行動とか、犯人は誰だって憶測、妄想みたいなもんまで、いろいろ」

犯罪にかかわったことはないとわかって不起訴になり、釈放されたものの、岩尾は半グレグループのメンバーとつきあいがあった。

「グループは抜けたんじゃなかったんですか」

「抜けたよ。そもそも入ったつもりもなかった。知り合いに声をかけられてただけだったからな。とにかく、あいつらの言う『事業』ってやつにはかかわらないってはっきり言った。俺が逮捕されたのは知ってるから、向こうも、まあしょうがないよなって感じで、しつこくはされなかった。けど、まだ、親切心のつもりで内情を教えてくれる奴もいるし、噂も流れてくる。大した情報は入ってこねえけど」

その様子だと、事件のことは知ってたみたいだな、と岩尾が言い、御崎は「多少は」と応じた。

「僕にも、大した情報は入ってこないんです。刑事は口が堅くて」

「まあそうか。殺人事件だからな……けど、ただの殺人事件じゃない。『タカギ』は小さくはない組織の幹部だった。『サトウ』と同じ、グループの創立メンバーだ。それが死んだ、殺されたとなると、色々と……影響が出かねないだろう」

俺には岩尾の発言の意味がわからなかったが、御崎は察したらしい。

「何か不穏な動きでもあるんですか？」

すぐにそう尋ねた。

「いや、俺も、具体的なことは何も聞いてない。ただ、なんとなく、まずい風向きなんじゃないかと感じたんだ。警察に通報するほどはっきりした何かがあるわけじゃない。ただ、こういうことを考えてる奴がいる、ってことは、知っておいたほうがいいんじゃないかと思って……とはいえ、俺の立場上、警察に直接行くのはちょっとな」

岩尾はばつが悪そうに、テーブルの端に立てられたメニューのほうへ目を向ける。

捜査情報がほしいのかと思ったら、反対だった。彼は、情報を提供してくれるつもりなのだ。

「岩尾さんはあくまで知人に世間話をするだけで、その内容の一部がどこかから警察へ流れたとしても、それは岩尾さんの責任ではありません。僕たちも、誰から聞いた話かは伏せます」

心得たように御崎が言い、岩尾が、ああ、と頷いたところで、アイスコーヒーが三つ運ばれてくる。

店員がテーブルを離れるのを待って、御崎が口を開いた。

「『タカギ』……本名は鈴木ですが、どんな人だったんですか」

「俺は会ったことがない。けど、第一グループの中でも武闘派って印象だな。話に聞くだけでも。『サトウ』と違って、タタキの現場に出ることもあったらしい。第二グループの教育のためとか言って……」

「タタキ？」

「ああ、……強盗のことだ。タ……鈴木は、荒事が好きだったみたいで、そのへんも『サトウ』とは対照的だな。血気盛んで、地元のヤクザと揉めることもちょくちょくあって、本人はそれを武勇伝みたいに話していたらしい」

全部第二グループの知り合いから聞いた話だけどな、と言って、岩尾は俺たちの知らなかった情報を話してくれた。

「鈴木は、実兄と同居していたと聞きました」

「ああ、兄貴のほうも創立メンバーだな。仲間内では、『タカギ兄』『タカギ弟』って呼ばれてたみたいだ。兄貴も弟と同じで、グループの中じゃ荒事好きの武闘派タイプだ」

「そういう人なら、色々と恨みも買っていそうですが……グループ内では、彼は誰に殺されたと思われているんですか。わからなければ、岩尾さんがどう思うのかでもかまいません」

岩尾は御崎のこの質問に、「俺はメンバーじゃないからな」と念押しをしてから、少しの間、迷うように視線を泳がせた。話したくないというより、どこから話そう、と考えているようだった。

「俺は、鈴木と面識がないし、誰がやったかなんて言われても何も浮かばない。けど、グループ内じゃ、色々噂が流れてるようだ。それこそ、ヤクザのしわざじゃないか、とか」

それはまた。ちょっと揉めたことがある程度の相手を殺すほど、ヤクザも暇ではないだろう――が、鈴木が半グレの犯罪グループを率いて組の縄張りを荒らしていることを組も把握していたとしたら、その程度によっては、動機はないとは言えないか。

「警察は、仲間内での犯行じゃないかって思ってるのか？」

「警察がどう考えているかは僕から答えられることじゃありませんが、僕個人としては、その可能性が高いだろうと思っていました。何せ他に情報もないので」

御崎は躊躇《ちゅうちょ》せず答える。

腹を割っている、と示すためだろう。岩尾は、そうか、と言って、アイスコーヒーのグラスを水滴が伝うのに目をやり、

「第一グループのメンバーたちは、鈴木が殺された時間にはアリバイがあるらしいんだ。ちょうどそのとき、皆で一緒にいたらしい。『サトウ』は鑑別所にいるから、それ以外のメンバーだな。第二グループは人数が多いからアリバイまで確認してるわけじゃないだろうけど」

俺と御崎はもちろん、おそらく警察も知らないだろう情報を岩尾は明かした。

御崎が軽く目を見開く。

第一メンバー、つまり、一番鈴木と関係が深かった連中だ。又聞きで、しかも本人たちが言っているだけなので鵜《う》呑《の》みにはできないが、警察が目をつけている容疑者第一候補である彼らにアリバイがある？

だったら何故警察に言わないのか――と言いかけて思い出した。

彼らは犯罪集団で、第一グループのメンバーは仲間内でも偽名を使い、素性を隠しているのだ。

「グループ内で、鈴木の素性を知っていたのは第一グループのメンバーだけだからな。人間関係が深い分、警察に疑われるってことは、本人たちもわかってるんだろう。メンバーたちは、お互いが犯人じゃないことは知っているけど、自分たちにはアリバイがある、とは言い出せない。まだ自分たちの素性は割れていないのに、名乗り出るわけには

いかないからな。それをいいことに、犯人は自分たちに罪を着せて、陥れようとしているんじゃないかって考えている」

素性を知られていないのだから、疑われたところで、警察は自分たちにはたどりつけないとたかをくっているのかと思ったが、彼らもそれなりに危機感を覚えてはいるということだろうか。もしくは、警察につかまるとは思っていなくても、罪を着せられそうになっていること自体に腹を立てているのかもしれない。

仲間を殺した真犯人が憎いなら、捜査に協力してほしいところだが、自分たち自身も犯罪者とあってはそれも難しいのか。

「犯人が、そこまで考えていたと？」

「第一グループのメンバーたちはそう考えてるってだけだ。被害妄想かもしれない。けど、タイミングもよくなかった」

アイスコーヒーのグラスをつかみ、ストローを使わずに直接口をつけて、岩尾は続ける。

「鈴木は、地元のヤクザ……額賀《ぬかが》組《ぐみ》系の、桜龍会《おうりゆうかい》ったかな。そこの組員の女が経営してる店にちょっかいを出していたそうだ。第二グループの奴らを数人引き連れて、難癖をつけたり、店先に居座ったり、営業妨害だな」

「組関係者の店だと知っていてですか？」

「ああ、下っ端の組員とひと悶着《もんちやく》あったらしくて、まあ個人的な嫌がらせだな。ヤクザなんて怖くないって、下の連中へのパフォーマンスの意味もあったのかもしれないが」

鈴木が飲食店に因縁をつけて警察を呼ばれた、という話は知っていたが、その店が暴力団の関係する店だったとは初めて聞いた。確かに、穏やかではない。

「鈴木が因縁をつけて暴れていたら、店側に呼ばれて桜龍会の関係者が来た。別に何をされたってわけでもなく、他の客に警察を呼ぶと言われて退散したそうなんだが……鈴木本人はともかく、ついてきていた第二グループの奴らは本物のヤクザを見て不安になったらしくて、『やばいんじゃないすか』って声もあがった。鈴木は『ヤクザはちょっとでも民間人に手ェ出したらソッコーパクられっからな、びびって何もしてこねえよ』って、平然としてたって話だけどな」

それはそれで舐めすぎな気もするが、結局通報すると言われて退散したのだから、さすがに組側も、追いかけてまでどうこうすることはないだろう。それに、暴対法があるので、昨今、組関係者は暴力沙汰《ざた》どころか、相手を脅すような発言をうかつにしようものなら、たちまち手が後ろに回る。若造が多少粋《いき》がったところで、実害がなければ放っておくはずだ。

しかし、鈴木がヤクザと揉めた、という印象が強く残って、そのとき同行していた第二グループのメンバーたちから、桜龍会黒幕説が広がったということだろうか。

鈴木が店での迷惑行為を理由に警察を呼ばれた――桜龍会と揉めたのが、殺された前日だったことも、影響しているはずだ。岩尾もそのことは把握しているらしく、殺されたのは揉めた翌日で、タイミングが合いすぎる——と続けた。

「殺されたのは、店に対する嫌がらせへの報復だと？　殺すまでしますか、それで」

「普通はしないだろうが、ヤクザは面子《メンツ》を重んじるからな。ないこともないんじゃないか、って考えてるんだろ。第二グループで、『タカギ』に世話になったと感じてる奴の中には、組に話をつけに行くべきだとか言い出すのもいたらしい。まああいつらもヤクザは怖いだろうから、滅多なことはしないだろうが……中には怖いもの知らずっていうか、何もわかってない奴もいるからな」

「サトウ」こと斉藤は警察に自分たちの素性を知られないよう、細心の注意を払っていた。末端の実行犯たちが逮捕されても第一グループまではたどりつけないようなシステムを作り、他のメンバーたちにも目立つようなことはしないよう言っていたようだ。ヤクザと揉めるようなことも、当然彼はいい顔をしなかっただろうが、鈴木は斉藤と同じ第一グループで、斉藤より年も上なので、個人的な行動までは制限できなかったのだろう。

慎重派の斉藤が逮捕されて、歯止めがかからなくなっているとすると、これからまた何かしでかすメンバーが出てくるかもしれない。

「彼らのグループは、ヤクザに目をつけられて危険視されるほどの勢力なんですか？」

「いや、基本的にはこそこそ高齢者をだまして金を奪うだけの組織で、縄張り争いとかもないし、本職ににらまれるようなものでもないと思う。俺の知る限りでは」

それこそ、斉藤は目をつけられないように気をつけていたはずだし、いくら斉藤が逮捕されたとはいえ、いきなり残りのメンバーたちが暴力団たちの縄張りで暴れまわるようなことをしたわけでもない。そんなに急に状況は変わらないだろう。

岩尾はアイスコーヒーをもう一口飲み、グラスを脇へ寄せた。

頭を掻《か》いてから、テーブルの上で両手の指を組む。

「だから、まあ、被害妄想というか、一部のメンバーの考えすぎだ。確かに、鈴木とその兄貴には、グループを大きくしていきたいって考えもあったようだが、少なくとも現状は、ヤクザが『潰《つぶ》しておこう』って思うほどの規模じゃない。組関係者の店に因縁つけたってのは、鈴木の個人プレイで、桜龍会の側は、そのこととグループを結びつけてはいないだろうし」

ただ、第二グループのメンバーは、そのあたりを把握してるわけじゃないだろうしな、と言って眉根《まゆね》を寄せる。第二グループのメンバーたちの中には、本気で、暴力団が自分たちを潰しにかかっていると考えている者もいるということか。

「そんなわけで、俺個人としては、鈴木がヤクザにやられたって話はピンときてない。けど、グループ内の多数派の意見は、前日に揉めた店のバックにいる額賀組桜龍会の報復説だ。それは口実で、組は、自分たちのグループが大きくなるのを危険視していて、グループを潰すためにリーダー格で武闘派の『タカギ』をやったんだ、って説も同じくらいある。……中には、自分たちを潰すために、組と警察が手を組んだんじゃないかなんて言ってる奴もいる。遺体の第一発見者が警察官だったからな」

御崎は、呆れ半分、感心半分といった様子で、「色々考えるものですね」と息を吐いた。

岩尾も、「本当にな」と、さらに深く息を吐いて、どうしたものかというようにまた頭を掻く。

「それで教えに来てくれたんですね。一部のメンバーが警察に敵意を向けるかもしれないし、暴走して桜龍会に何か仕掛ける可能性もゼロじゃない。そうなったら、大事《おおごと》になりかねないから」

「まあ、口で言ってるだけで、実際にそこまでやるほど無謀じゃない……と思いたいけどな。万が一ってこともあるだろ。そういう風に考えてる奴もいるってことは、知っておいたほうがいいかと思って……高峰さんにでも言っておいてもらえたら」

「はい。うまく伝えておきます」

御崎は優雅に頷いて、自分のグラスを手に取り、氷が溶けて少し薄くなったアイスコーヒーをストローでかきまぜるようにして口をつけた。

うまく、というのは、情報源を伏せて、という意味だろう。御崎のことだから、岩尾から得た情報を材料に、高峰刑事からも捜査情報を引き出すつもりでいるはずだ。

御崎は今回、誰に調査を依頼されたわけでもなく、ただ外部から、得られた情報に基づいて現実の事件について推理するゲームを楽しんでいるだけの立場だ。事件の関係者でもなく、何の責任もない身なので、気楽なのだ。

推理で犯人を特定できるような事件でもないとわかっていて、遊びと割り切って現実味のない推理を楽しんでいる。だから、今の御崎には、以前警察署の面会室で岩尾と対面したときのような緊張感はない。岩尾は、前回と雰囲気が違うと感じているかもしれない。

「組織の実態を知らない人たちが想像をたくましくしているのはともかくとして、第一グループ内では、どう考えているんですか。第二グループ以下のメンバーは、第一グループからの指示がなければ動かないんでしょう。第一グループのメンバーにも、今挙がったような、桜龍会犯人説を信じている人がいるんですか？」

「誰が、とか詳しいことはわからないけどな、たぶん、いる。というか、まず第一グループの誰かが言い出して、それが第二グループに広がったんじゃないかって俺は考えてる。第二グループでの噂が第一グループの耳にも入って、それで不安になった、って可能性もあるけどな」

「え、第一グループの人たちも、自分たちを潰すための殺人だと思っているんですか？」

それは被害妄想が過ぎるのでは、と思わず口を挟んだ。

仲間内で使っていた休憩所兼待機部屋の中で、うつぶせに倒れていた——つまり、背を向けた状態で撲殺されたという態様一つ見ても、顔見知りの犯行——そうでなくても、油断しているところを襲われたのは明らかだ。さすがに、武闘派だったという鈴木が、ヤクザの組員に警戒せずに背中を見せたりはしないだろう。

岩尾もそう思っているのだろう、顔をしかめて頷いた。

「タイミングのせいだろうな。たまたま最近、色々と重なったらしい。盗撮ルートもつぶれたし『サトウ』もつかまったし、自分たちのグループを弱体化させるために組が手を回してるんじゃないかって、疑心暗鬼になっているんだ」

「うーん、それは偶然というか、警察の努力がここにきてようやく実を結んだというか――」

盗撮ルートがつぶれたというのは御崎が隠しカメラに気づいた「北町ユニオンビル」の件がきっかけだろう。

どちらも御崎がかかわっているのだが、それは言えないので、歯切れが悪くなる。

御崎は涼しい顔でアイスコーヒーを飲んでいる。

「俺は第一グループのメンバーの顔は知らないけど、そういう風に考えている中心人物は、なんとなく『タカギ兄』じゃないかと思ってる。弟が殺されたんじゃ、冷静でいられないだろうしな」

岩尾はアイスコーヒーの残りを飲み干し、氷だけになったグラスをコースターの上に置いた。

「万一が起きないように止められればいいんだろうけど、聞く耳を持つような奴らじゃないからな。まあ滅多なことはないと思うが、また首を突っ込んでるんなら気をつけろよ」

「首は突っ込んでいませんが、気をつけます。ありがとうございます」

しれっと答えた御崎に、岩尾は、どうだか、という表情をしている。

彼は、警察の捜査や、界隈《かいわい》の治安のためというより、御崎や俺個人のことを心配して来てくれたらしいとようやく気がついた。

何かあったときのため、と御崎と連絡先だけ交換して、岩尾は立ち上がる。

「じゃ」

「はい。ありがとうございました」

俺と御崎のアイスコーヒーはまだ残っていた。

岩尾は伝票をつかみ、「飲んでから出ろよ」と顎《あご》をしゃくった。

俺が財布を出すより早く、「さすがに、高校生に払わせられねえだろ」と言って、レジに向かって歩き出す。

「ありがとうございました！」

慌てて言ったが、岩尾は振り向かない。

腰の左側に、見覚えのあるレザーグローブが、グローブホルダーで吊《つ》るされているのが見えた。

「興味深い話だったね。叔父さんより、僕たちにとってだけど」

店を出ていく岩尾を見送り、御崎が口を開く。

アイスコーヒーはまだ半分近く残っていたので、「そうだね」と答えながら、俺は御崎の向かいの席に移動した。

確かに、第一グループのメンバーにアリバイがある、という情報は、現段階ではあまり意味はないように思えた。そもそも、鈴木貴明の兄の弘明を除けば、警察は第一グループのメンバーの素性もつかめていないのだ。裏どりのしようもない。

桜龍会犯人説は、グループのメンバーたちの妄想に近い憶測にすぎない。

そういう意味では、岩尾からの情報は、捜査を進展させる有用なものとは言えなかった。とはいえ、メンバーたちの中に不穏なことを考えている輩《やから》がいるということは、確かに、警察も知っておいたほうがいいだろう。前知識があったほうが、いざというときにすぐ動ける。いざというとき、が来る確率は低いにしても。

「山岸くんはどう思う?」

「犯人が誰かってこと? うーん……うっかり喧嘩を売った相手が怖い人だったとか……お金をだましとった相手が怖い人の身内だったとか……? でも、その割には家の中で殺されてるし、犯人に背中を向けていたわけだし、やっぱり顔見知りなんじゃないかなあ。それか、いかにも弱そうな……危険を感じないような相手だったとか。老人とか」

ストローをくわえながら考える。

「あ、だまされた被害者の身内が、復讐のために仲間のふりをしてグループに入りこんで、被害者が油断してるところをガツッと……っていうのはどうかな。ドラマチックすぎるかな」

「ないとは言えないよ。それなら動機だけじゃなく、殺された状況の説明がつくからね」

ヤクザに殺されたのだとしたら、動機はもちろん、仲間内で使っていた休憩所というプライベートな空間で、油断しきった状態で殺された説明がつかない。それよりはまだ、復讐者犯行説のほうが可能性があると言われているのだ。

「組が関与している、って話についてはどう思った？」

確かめるように訊かれたので、笑って首を横に振った。

「さすがにないかなあって。鈴木が店に因縁をつけたのは下っ端の組員と個人的に揉めたのがきっかけって話だったから、その組員個人はともかくとして、組自体が、半グレグループのメンバーをわざわざ殺すっていうのがね。そのとき喧嘩になってやりすぎた、っていうならともかく、わざわざ日を改めてっていうのは……そりゃ、半グレをよく思わない組員は少なくないだろうけど、殺すほどのことじゃないと思う」

万一、俺たちの知らない何かの事情があって、桜龍会に鈴木を殺す動機があったとしても、日中に彼の仲間内の休憩所で、その場にあった金属バットで殴る、というのはしっくりこない。ただ殺すつもりだったら、もう少し確実でスマートなやり方をするだろうし、半グレのメンバーたちへの見せしめにしたいのなら、数人がかりで袋叩《ふくろだた》きにするくらいのことはしているはずだ。

やり口が、どう考えてもヤクザのそれではない。

「そうだね。半グレのメンバーたちの一部は、グループが大きくなって目をつけられたんじゃないかなんて考えているみたいだけど、グループの第一メンバーの素性は、警察もなかなかつかめなかったんだ。桜龍会がグループの実体を詳しく知っていたとは思えない。仮にあのグループの犯罪行為が組に不利益を与えていて、組がそれを問題視していたとしても、正体がわからないんじゃ排除のしようもない」

「あ、そうか」

組織犯罪対策本部が追いかけて追いかけて、ようやくしっぽをつかんだのが「サトウ」と「タカギ」——斉藤と鈴木の二人だけだったのだ。ヤクザにも独自の情報網があるだろうが、それにしても、警察以上に何かつかんでいたとも考えにくい。

「斉藤がつかまったからって、そんなに急にメンバーの情報が流出するってこともないんじゃないかな。誰かが意図的に漏らしでもしなければ」

桜龍会は、鈴木が半グレの犯罪グループのリーダー格だということ自体、知らなかった可能性が高い。そして、犯罪グループと無関係に、鈴木個人に、暴力団員に殺されるような理由があったかというとかなり怪しい。

「組員の関係者の店と前日に揉めたことは警察も知っていたわけだから、桜龍会には話を聞きにいっていると思うよ」

「そのうえで、警察は組のしわざだとは判断していないってことだもんね。やっぱり一部のメンバーたちの思い込みだよねえ」

御崎は頷いて、薄まったアイスコーヒーをストローで混ぜた。

「暴力団が絡んでいるなら、そもそも死体が出てこないだろうね」

「うん、証拠も全部消されて、本人が失踪《しっそう》しただけってことになるよね。もしくは、スケープゴートの犯人役が用意されてて、死体発見と同時に自首、逮捕ってルートができてるか」

「詳しいね山岸くん」

「任侠《にんきょう》映画で観たんだ。血が出たり、痛そうなのは怖いからあんまり観ないんだけど、好きな脚本家だったから」

そういうのも観るんだね、うん、アニメのほうが好きだけど、という会話をきっかけに、話題は今週末に一緒に観る予定のアニメ映画のことに移る。

俺たちにとっては、知らない誰かの殺人事件もアニメ映画も同じような娯楽だった。アポ電強盗の目撃者捜しをしたり、亡くなった生徒の家族から依頼されて死因を調べていたときとは違い、自分たちとは無関係なところで起きた、責任も思い入れもない事件だ。

手元にあるだけのわずかな情報に基づいて楽しく推理して、新しい情報が入って仮説が否定されれば、また別の推理をする。御崎が、最初から、本気で犯人を当てようなんて考えていないのはわかっていた。だから俺も、何でも思いついたことを、これはさすがにないなと思っても口に出していた。

いずれ、指紋があったとか防犯カメラに映像が残っていたとか、推理なんてする余地もないような平凡な理由で犯人はつかまるのだろうと思っていた。

結局のところ、自分たちには関係のない事件だと思っていたのだ。

＊

コーヒーショップで岩尾と話した二日後、鈴木貴明殺人事件の凶器である金属バットが発見された。同じく現場から持ち去られたと思われるスポーツバッグの中に入れられて、とあるマンションのゴミ捨て場に捨ててあったのだ。

凶器が見つかり、未成年の被疑者を逮捕した、というところまでは俺もニュースで観て知っている。映画の前に腹ごしらえをしようと入った、映画館に併設されたカフェダイナーで、御崎がもう少し詳しい話を教えてくれた。

逮捕されたのは、鈴木たちの組織の第二グループに属する男らしい。未成年ということで、氏名は報道されていない。

凶器入りのバッグはゴミ袋に包まれて、事件とも鈴木とも何の関係もないマンションのゴミ捨て場に、いくつかのゴミ袋と並べて捨てられていたが、もともとその時間帯に残っていたゴミ袋は皆、ゴミ収集のルールを守らなかったため回収されずに残っていたものだった。マンションのご意見番的立場の住人が、誰が捨てたものか特定するために袋を開けたところ、バッグの中に血のついたバットが入っているのを見つけて通報した……という、なんとも間抜けな展開だった。

バットやスポーツバッグの指紋は拭き取られていたが、それを入れたゴミ袋には指紋が残っていたため、ゴミ袋を捨てた男はすぐに見つかった。警察に、指紋の登録があったのだ。男は、鈴木の組織内では第三グループに属する下っ端だったが、「自分は頼まれてゴミを出しただけだ」とあっさり口を割り、警察はたやすく、バットを捨てさせた男に行きついた。

その男が、第二グループのメンバーだった。

「名前は、仮にAとしておこうか。名前は僕も聞いていないからね。彼は逮捕されたけど、殺人については否認しているようだ」

この店の看板商品、アボカドバーガーに添えられたコンソメ味のポテトを口に運びながら、御崎は報道もされていない新事実を口にする。

おそらく、岩尾から得た情報と引き換えに高峰刑事から引き出した情報だろう。

「彼は、自分がアパートに着いたときには、もう鈴木は死んでいたと言っている。鈴木と会う約束をしていたわけでもなく、昼寝をしようと……まあ実際には、犯罪の待機時間だったか、そうでなければ薬物でも持ち込もうとしたんだろうが――とにかく部屋を使おうと思って行ってみたら、鍵《かぎ》が開いていて、倒れている鈴木を発見したと、そういう話らしい」

仲間内で使っていた部屋ということだから、そういうこともあるかもしれない。Aが嘘をついていないとしたら、遺体の本当の第一発見者は高峰刑事たちではなく、彼だった、ということだ。

しかし、Aの行動には説明のつかないこともある。

「遺体を見つけたのに、通報しなかったんだよね。しかも、バットを現場から持ち出して捨てて……」

俺も乾燥パセリがふりかけられたフライドポテトをつまんだ。ファストフード店のものとは違う、ちょっと上等な味がする。これおいしいね、と言うと、御崎も「パセリの風味がいいね」と同意した。

映画が始まるまでは、まだ、一時間近くある。話をしながらゆっくり食べても十分間に合うが、ハンバーガーとポテトでは、すぐに食べ終わってしまいそうだ。

「金属バットは、もともと、彼が買ってアパートに置いておいたものだったそうだ。バッグも、学生のころに買った私物で、それを現場に置いたままにしておいたら、自分が疑われると思って持ち去ったと、本人は供述している」

「あー……すごく考えなしな行動ではあるけど、理解はできるというか……ありそうっていうか」

その場面を想像すると、気持ちはわかるような気がしてしまう。

御崎も頷いて同意を示した。

「そうなんだ、とっさの行動として理解はできる。彼に鈴木を殺害する動機がなかったかについては今警察が調べているようだけど……これといった動機が見つからなくても、他に怪しい人間が出てこなければ、彼が犯人ということになるかもしれない」

犯罪グループのリーダー格と、その配下だ。表面上は問題がなかったように見えても、内心グループを抜けたがっていたとか、金の配分に不満があったとか、動機はいくらでもこじつけられる。

それに、鈴木は第一グループの中では珍しく、現場に出ることもあり、斉藤ほど、身元を隠すことを徹底していなかったようだ。事件の前日に桜龍会の関係者の店で揉めた際も、第二グループのメンバー数人を連れていたということだから、Aとも接点があってもおかしくない。

俺も御崎も、鈴木は休憩所の存在を知る仲間内の揉め事で殺されたのだろうと思っていたが、いざこうして容疑者が逮捕されてみると、なんとなくしっくりこないような気がしていた。

逮捕されたのが、第二グループのメンバーだったからかもしれない。第一グループのメンバー同士なら、もともと友人だったそうだし、いわば共同経営者のようなものだから、殺人に至るような何かがあってもおかしくはないが、第一グループと第二グループ以下との間には、明確に線が引かれていたはずだ。

岩尾の話してくれた、第一グループのメンバーにはアリバイがあるという話が本当で、かつグループ内に犯人がいるとしたら、第二グループか第三グループのメンバーということになる。しかし、鈴木の性格から、多少は交流があったにしても、普段はほとんどアプリで指示を出すだけの関係で、殺す殺されるという話になることがイメージできなかった。

「僕は、Aの言うことには一応筋が通っていると思うけど、それだけで頭から彼の言い分を信じるわけにもいかないだろうからね。警察は、今のところこのAを最有力の容疑者として見ているようだ」

「まあそうなるよね。でも、Aは自分は犯人じゃないって言ってて……何か、真犯人の手がかりになるような情報は持ってないのかな。たとえば、現場でこんなものを見たとか、こんな匂いがしたとか、こういう人とすれ違ったとか」

そういうのがあればよかったんだけどね、と御崎は頭を振る。

「彼自身は、桜龍会が怪しい、休憩所で殺したのはきっと自分たちをはめるためだ、と主張しているらしい。やっぱり、被害者と前日に揉めたというのが印象に残っているんだろうね」

真犯人については、何の情報も持っていないということだ。これでは、Aが最有力の容疑者、という警察の判断は覆らないだろう。

普通にかぶりつくとアボカドが零《こぼ》れ落ちそうだったので、皿の横につけられていた紙、でハンバーガーを半分包んで、手に持って食べることにした。

ナイフとフォークも添えられていたが、やっぱりハンバーガーはかぶりついたほうがおいしい気がする。

御崎も同じようにして、ハンバーガーを口元へ運ぶ。

「このほうがおいしい気がするけど、あっというまに食べ終わってしまうね」

時計をちらりと見て、御崎が苦笑した。同じことを考えていたようだ。上映時間に合わせて待ち合わせをすればよかったのだが、休日だし、大作SFアクション映画の封切日でもあったから、早めに座席指定しておかないと、自動券売機前に行列ができそうだと思ったのだ。

一時間以上前に来て座席の指定を済ませてあるので、後は飲み物を買ってそのまま上映スクリーンへ行くだけだ。

「まあいいか、おしゃべりしていよう。……どこまで話したんだったかな」

「話に夢中になって遅れないように気をつけなきゃね。……えーと、警察はAを疑っているけどAは犯行を否認していて、でも凶器は持ち去ったことを認めていて、真犯人につながるような情報は何も持ってないっぽいってところまでかな」

Aが休憩所がわりのアパートへ来て偶然遺体を発見し、自分が疑われないようにと慌ててバットとバッグを持ち去った直後に、アパートの住人が窓ごしに倒れている鈴木を見つけ、警察が踏み込んで遺体を発見、事件が発覚した。Aの言っていることが本当だとしたら、結局、捜査はほとんど進展していないのと同じだ。多少は犯行推定時刻が狭まるだろうが、それだけだ。

「あれ、ということは……そのAの言うことが本当なら、現場に凶器は置いたままになってたってこと？」

「そうだ。死体の横に転がっていたらしい」

つまり犯人は、凶器すら持たずに逃げたことになる。それだけ混乱していたということか。突発的な犯行だった証拠だ。やはり、ヤクザの関与の線はなさそうだ。

「ああ、ちなみにアクセサリーショップのレシートについては、やっぱり香川莉乃へのプレゼントとして買ったもので、アパートに来る前に渡していたそうだ。あの後彼女に確認したらしい」

「そうなんだ、じゃあ事件とは関係ないね」

凶器すら打ち捨てたまま逃げた犯人が、鈴木が買ったアクセサリーを持ち去るとは思えないから、それはそうだろう。ショップの袋に犯人を示す証拠が残ってしまったのかも、というような推理は、どれも本気で考えていたわけではないから、残念な気持ちもない。

「でも、そのAも、桜龍会の関係者が犯人だと思ってるってことは……やっぱりグループの中で、そう考えてる人は少なくないってことなのかな。岩尾さんが警告に来てくれたのも、考えすぎじゃなかったのかも」

「うーん、彼らのグループは武闘派集団ってわけじゃない、基本的には経済犯罪のための集まりにすぎないはずだから、そうそう過激なことは……まさか、組に殴り込みをかけるなんてことはしないだろうと思うけど」

自分が車で拉致されかかったことなど忘れているかのように言う。俺がそれを指摘すると、御崎は「高校生を拉致するのと、組事務所に殴り込みをかけるのとじゃ、ハードルの高さが全然違うよ」と笑った。

「まあ、でも、彼らも状況次第で過激なことをやるかもしれないとは言えるかな。でも、あのまま連れて行かれたとしても、簀巻《すま》きにされて東京湾に沈められるなんてことはなかったと思うよ。さすがにね。余計なことを言うなって釘《くぎ》を刺されて、脅しつけられておしまいだ。まあ多少は痛めつけるつもりだっただろうけど」

「さらっと怖いこと言わないでよ……」

グループの中では一番慎重だったはずの斉藤ですら、逮捕を免れるために御崎を拉致しようとしたのだ。とっさのことだったにしても、そういう判断をしてしまうような連中だということだ。

横のつながりが強いのは第一グループだけで、後は「事業」のために集めた、それこそビジネスライクな関係の集団らしいと聞いてはいるが、たとえば第一グループが鈴木の敵討ちとして第二グループ以下を金で動かして組関係者を襲撃させるというようなことは、可能性としてはゼロではない。

顔を隠して大勢で襲えば問題ないとか、このままでは鈴木だけでなく第二グループのメンバーも狙われるかもしれない、とでも言われれば、信じてしまう者もいるかもしれない。

「相手はヤクザだからね、滅多なことはしないと思うけど……確かに、彼らは統制のとれたグループでもないし、斉藤が逮捕されて今は冷静な判断のできる人間がいない可能性があるし、危うい気はするね。犯人がつかまれば落ち着くだろうと思っていたけど、彼らはAが犯人だとは考えていないだろうから、今回の逮捕はむしろ逆効果かもしれない」

犯人はわざと、自分たちのグループに疑いを向けさせるためにあのアパートを殺害現場に選んだのだとAは主張しているという。組の関与を疑っていたメンバーは、それに同調し、Aは罪を着せられたに違いないと考えるのではないか。Aが否認しているとなればなおさらだ。すべてはグループの弱体化のために組側が仕組んだことだと、彼らがかえって確信しただろうことは想像がついた。

「何もないといいね」

Aが犯行を認めるか、ほかにグループとは無関係の真犯人が現れ、逮捕されでもしない限り、彼らの中で不満と疑念はくすぶり続けそうだ。

御崎は、口元を紙ナプキンで拭《ぬぐ》いながら頷く。

「そうだね。祈るしかない。でも、起きてもいないことを心配しても仕方がないよ」

警察には、そういう動きがあるかもしれないとは伝えてあるが、どこまで真剣にとられているかはわからない。そもそも実体をつかめていないグループだから、警戒しようにも、できることは限られている。

「僕たちは気にしないで映画を楽しもう」

「だね。あ、まだ時間あるから、デザートも食べる？　映画館でポップコーン買えばいいかな」

御崎が、ふと何かに気づいたように周囲を見回した。

壁一面がガラス張りになった窓の向こうに目をやり、またすぐに視線を戻す。

「どうかした？」

「……いや、気のせいだと思う」

視線を感じたような気がしたんだけど、と小さく呟いた。


「並びの席、端っこしか空いてねえじゃん、最悪」

映画館に移動して、手洗いに行った御崎が戻ってくるのを待ちながら、グッズ売り場を覗《のぞ》いていたら、そんな声が聞こえてきた。

「席数足りねえんだよ。アニメとかドキュメンタリーとかの上映やめて、スクリーン数増やせばいいのにさあ。キューティーナントカとか、誰が観るんだって」

同年代と思われる、男三人女二人のグループのうち、男二人が話しているようだ。

一緒にいた女の子の一人が俺に気づいたようで、「ちょっと、聞こえるって」と言うのも聞こえる。

「つーか、いるんだ、ああいうの買う人」

「おいおいほっといてさしあげろよ、趣味は人それぞれなんだからさ。オタクが経済回してるっていうし」

一人はこちらを見ながら話しているし、もう一人も止めているようでいて、おもしろがっているのがあきらかだ。

「つか、ああいうアニメ一人で観にくるってのがもう普通のメンタルじゃないじゃん、ハート強すぎだろ」

「一人で映画とかその時点で俺無理だわー耐えられんわ」

おお、なかなか感じ悪いな。オタク相手にマウントをとるにしても、ここまであからさまなのも珍しい。今時、ここまでテンプレート的な嫌な感じの人は、それこそアニメの中でくらいしか見ないんだけどな……と半ば感心しながら聞いていたら、

「山岸くん、お待たせ」

御崎が戻ってきた。

グループの前をすっと横切って、俺と彼らの間に立つ。完全に背を向けるのではなく、横顔が見える角度なのは、たぶんわざとだ。

ぴたりと、彼らの軽口は止《や》んだ。

まあそうなるよね、と思わず苦笑してしまう。

「もう入れるみたいだよ。先に買い物する？」

「あ、終わってからにするよ」

ちらっと五人組のほうを見ると、女子二人が、御崎を見てひそひそと何か話している。さっきまでとは明らかに表情が違い、急に雰囲気が華やいでいた。こういうとき、女の子の反応はわかりやすい。

彼らの視線には頓着《とんちゃく》しない様子で御崎は、飲み物を買うだろう？　と売店を示した。

「品のない連中は放っておいて、行こう」

大きくはないが、よく通る声だ。少なくとも一番近くにいた男二人には聞こえたはずだ。

一人が、悔しげに眉を寄せ、もう一人が目を逸らすのが見えた。

絡まれるだろうかと思ったが、すぐ横を通りすぎても、何も言われなかった。

黙ってうつむいてしまいそうなタイプの相手にしか、ああいうことは言わないよなあ、と思いながら飲み物を買って、場内へ移動する。

キューティーホームズの上映スクリーンへの通路は空《す》いていた。

「御崎くんって冷静に見えるけど、意外と……結構喧嘩上等だよね」

歩きながら横目で彼を見ると、

「心の声が口から出てしまって少し反省しているよ。無言でプレッシャーをかけるにとどめるべきだったかな」

平然と返される。

無言でも、存在だけでマウントをとることができる人間の発言だ。

「本当なら、ああいう場面で現れるのは、異性のほうがいいんだろう。惜しかった」

「あはは、そうだね、王道のシチュエーションかも」

確かに登場の仕方は王子様みたいだったね、と言ったら、御崎は紙カップを持っていないほうの手を、ふむ、というように顎先に当てた。

「ここは、別にあんたのためじゃないんだからね……とか、言うべきなんだろうか」

ツンデレ系ヒロインの定番すぎるセリフに、思わず御崎を見る。

御崎もこちらを見て、

「勉強したんだ」

わずかに首を傾げるようにして、口元に笑みを浮かべた。

どう？　と言いたげな表情に、思わず噴き出す。御崎がこういう冗談を言うとは思わなかったし、御崎が「勉強」のつもりでラノベを読んだりアニメを観たりしているのを想像するとおかしかったし、何より、俺の好きなものに興味を持ってくれたというのが嬉しい。

「何か違ったかな」

御崎は、あれ、というように反対側へ首を傾けた。

「違わないよ、さすがの学習能力だよ」

笑いながら座席を探して、並んで座って、コーラを飲みながら映画を観た。

映画を観終わって、グッズ売り場で買い物をしているとき、視線を感じた。

さっきの学生グループかな、と思って気にしていなかったのだが、映画館を出て喫茶店で存分に感想を言いあって、満足して御崎と別れたところで、また、同じ感覚があった。

御崎と一緒のときならば、別に気にしない。よくあることだ。そりゃ見るよね、と思うだけだ。

しかし、今は俺一人だ。見られる心当たりがない。

周囲を見回したが、誰かがこちらを見ている、ということはなかった。そもそも、人通りがほとんどない。

気のせいかな、と振り向きながら歩いていたら、道路沿いに停められた車のドアが突然開き、

「――だな？」

車道と反対側の路地から出てきた男に声をかけられた。何と言ったのかは聞き取れなかった。

そちらに気をとられ、車に背を向けた瞬間、後ろから口をふさがれる。

気づいたときには、車に連れ込まれていた。

*

山岸巧が拉致された。

僕が目撃者だった。

正確に言えば、拉致されるところを見たわけではないが、事件が発生した際、一番近くにいたのが僕だった。

一緒に映画を観て喫茶店へ行き、別れた直後、かすかに声と、車のドアの開閉音が聞こえた。不穏な気配を感じて戻ってみると、そこに山岸の姿はなく、車道と歩道の境目に、見覚えのあるスマホが落ちていた。シリコンのスマホケースには、彼が映画館の売店で買ったばかりのストラップがついている。

何が起きたのかを察して車道を見、走り去っていく黒い車をかろうじて確認できたが、ナンバープレートが視認できる距離ではなかった。車自体も、一瞬見えただけだ。

その場で通報し、叔父にも連絡して、山岸の自宅の電話番号を教えた。拉致事件の発生場所、時間、車の色や、形、どの方向へ行ったかはその場で伝え、その後すぐに県警本部へ行って詳しい事情を話した。

本来、誘拐事件の担当部署ではないはずの組織犯罪対策本部に連れて行かれたのは、叔父の所属と伝えてあったから、気を遣われたのだろうか。単に、空いている部屋がなかっただけかもしれない。廊下をばたばたと人が行きかい、忙しそうだった。

「……すみません、散らかっていて。座っていてください」

僕を案内してきた女性の警察官は、ドアを開け、片づいていない室内に顔をしかめる。

本来の用途は会議室なのだろうが、ついさっきまで何等かの作業に使用していたらしく、紙のファイルに綴《と》じられた資料らしきものがテーブルの上に積んであった。

さすがに関係者の調書類は別にしてあるようだが、カラー写真を貼りつけたA４の紙と、作業前と思われる写真が数枚、机の上に並べられている。ノートパソコンも置いたままになっていた。

「第二会議室片づけていいですか？　ここ誰が使ってました？」

女性警察官が、廊下から顔を出して同僚たちに確認している。

勧められた椅子に座り、並べてある写真を見るともなしに眺めた。

一番近くに置かれた一枚は、防犯カメラの映像を写真にしたもののようだ。

アクセサリーショップの袋を持った男が、報道番組で観た鈴木貴明だったので、それが例の殺人事件に関する写真らしいと気づく。

写真の下部には、「十四時五分、女性用イヤリング一点（二万二千円）を購入し、退店」と書かれた付箋《ふせん》が貼ってあった。

アクセサリーショップの商品ページのコピーや、押収したと思われる金属バットやスポーツバッグの写真もある。「アクアマリン・ホワイトゴールドイヤリング」「一般軟式用バット・アルミ合金・カラー：ブラック」「ダッフルバッグ・ショルダータイプ・カラー：ブルー」。付箋の説明書きが目に入ったが、今は山岸の安否が気がかりで頭に入ってこない。

誰かが資料をまとめるために使っていた部屋を、聴取のために無理やり空けさせたのだろう。

叔父と同年代くらいの男性警察官が慌てた様子で部屋に入ってきて、写真をかき集め、パソコンを閉じて、ひとまとめにしたものを持って部屋を出ていった。

「お待たせしました。高峰刑事は今手が離せないので、私がお話を聞きますね。もちろん、いただいた情報をもとに、もう警察は動いています。でも、取りこぼしがあるかもしれないので、改めてお話を聞かせてください。ほかにも、思い出したことがあれば、何でも」

一度電話で話したことを、改めて聴取される。

しかし、僕が提供できる情報は限られていた。山岸が消えてしまったときの状況をなるべく詳しく話したが、情報量が少なすぎて、十分もしないで終わってしまう。

彼が拉致される理由に心当たりがないか訊かれたが、何も思い浮かばなかった。自宅に招かれたこともあるが、彼の家はごく普通の家庭のようだった。営利目的の誘拐とは考えにくい。しかし、怨恨《えんこん》という線はもっとピンとこない。父親には会ったことがないが、少なくとも母親は、恨みを買いそうな人間には思えなかった。

そして山岸自身も、拉致されるほど誰かに恨まれているとは到底考えられない。

どんな小さなことでも、と言われたので、無関係の可能性の方が高いが、と前置きをして、カフェダイナーで昼食を食べているときに視線を感じた気がすることを伝えた。

もしも山岸を拉致した人間が、あのときから近くにいたのなら、周辺の防犯カメラにその姿が映っているかもしれない。

ついでに、映画館での学生グループとのやりとりも念のため伝えたが、さすがに関係はないだろう。仮に、彼らが女性の前で恥をかかされたことを恨んでいたとしても、狙うなら山岸ではなく、自分だ。

車のナンバーや車種は特定できなかったが、車が走り去った先にはコインパーキングがあり、入り口に防犯カメラがついていたはずだ。あの車が前を通ったなら、ナンバーが映っているかもしれない。

事件が発生してから時間が経っているから、すでに周辺の防犯カメラは確認しているかもしれないと思ったが、念のためそう伝える。事情聴取を担当していた刑事は少し驚いたようだったが、対応済みかどうかすぐに確認する、と言ってくれた。

三十分ほどすると、叔父が来て、聴取担当の刑事と交代した。

「大丈夫か」

端的な質問に、黙って頷く。

友人を拉致されたこと、近くにいながらそれを阻止できなかったことにダメージを受けていないわけではないが、平静を保ててはいるはずだ。

「山岸くんが拉致される理由が思いつかない。でも、犯人は何か誤解して、理由があると考えているのかもしれない」

待っている間に考えていたことを話した。

単なる目撃者が警察の事情聴取で話すようなことではないかもしれないが、叔父は咎めない。

「僕が組対本部に通されたってことは、警察は、山岸くんの拉致が組織犯罪だと考えているということなのかな」

最初はただ単に、聴取ができる部屋に空きがなかったか、警察官の身内である未成年者に気を遣い、叔父の近くのほうが安心するだろうと考えてのことだったのかと思っていたが、普通に考えれば、組織犯罪対策本部で対応すべき案件だと判断されたからここへ通された、とするのが自然だ。

廊下を行きかう捜査員が多いのは、別部署と共同で捜査しているためではないか。

叔父は質問には答えなかったが、否定されないのが答えのようなものだった。少なくとも、その可能性を視野には入れているということだ。

たとえば、山岸を攫《さら》ったのが、鈴木たちのグループだとしたら——警察が、そう考えるに足る何かをつかんでいるのだとしたら、組織犯罪対策本部が動いているのも頷ける。

「僕が、鈴木貴明の事件について、彼に話をしたんだ。遊びみたいな推理ばかりだったけど、それを漏れ聞いた誰かが、僕たちが捜査に関係していると勘違いしたのかもしれない」

「そうだとしても、おまえの責任じゃない」

すぐさま否定されたが、ほとんど反射的に僕を気遣っただけだとわかっていた。気が楽になることはなかった。

高校生の他愛無い推理ごっこを真に受けて人一人拉致するなど、普通は考えられない。しかし、鈴木の所属していたグループは無鉄砲なこともやりかねない。

僕を目撃者だと勘違いしたとき、グループ内で一番冷静で慎重なはずの斉藤でさえ、とっさに拉致という手段を選んだのだ。まして、岩尾の話では、残っている主要メンバーは、殺された鈴木貴明の兄弘明を筆頭に、思い込んだら冷静な判断ができなくなるタイプのようだ。第二グループにも同じような考えの者が少なくないようだから、強硬手段に出ることは十分あり得る。

僕たちは、斉藤の逮捕にかかわった。彼らの動機を考えたとき、最初に浮かんだのはそのことに対する逆恨みだったが、それなら僕を狙うのが筋だろう。それに、斉藤が逮捕されてから、もう二か月も経っている。お礼参りにしては、時機を逸しているように思える。

タイミングを考えれば、鈴木の殺害に関することだろうと想像はついた。

僕も山岸も、鈴木の事件については、捜査協力なんてしていない。しかし、彼らはそれを知るはずもない。

斉藤の逮捕にかかわっていたことをどこかで知って、今回も協力しているはずだと思い込んだのだろうか。彼らは思い込みが激しそうだから、なくはない。なにしろ、鈴木の殺害や仲間の逮捕を、ヤクザや警察の陰謀だと考えているほどだ。

しかし、僕と山岸が事件の真相を知っていると勘違いして――警察も真犯人を知っていてその事実を握り潰しているのだと思い込んでいるのだとしても、桜龍会を鈴木殺しの真犯人と目しているのなら、組のほうを標的にしてもよさそうなものだ。

さすがに、彼らも、ヤクザと直接ことを構えるのは躊躇したのだろうか。

内情を知るらしい民間人を攫って警察にプレッシャーをかけ、真犯人の逮捕と無実の仲間の解放を求めるほうが勝機があると考えたのか。随分と迂遠《うえん》なやり方だ。

何故僕でなく山岸を狙ったのかはよくわからないが、僕の拉致には一度失敗しているから、山岸のほうが攫いやすいと思ったのかもしれない。

いずれにしろ、山岸はあくまで助手の立場で、ただ僕と一緒にいて、手伝ってくれただけだ。逆恨みにしろ、彼らに恨まれる原因があるとしたら、それを作ったのは僕だった。

そもそも、目をつけられたのは僕の不用意な行動のせいで、叔父が何と言おうと、僕には責任がある。

「ここ一週間のうちに、山岸くんと一緒に入った店や歩いた道を全部挙げる。優先順位は低いかもしれないけど、行き詰まったら参考にしてほしい。犯人はそのどこかで、僕たちの会話を聞いたのかもしれない」

「わかった。俺は戻らなきゃならないけど、さっきと同じ刑事が話を聞く。ここ数日、おまえたちにつきまとっていた奴がいたら、どこかのカメラに映っているかもしれないしな」

叔父は頷いた後で、「でも、これだけは言っておくぞ」と付け足す。

「あんまり気に病むな。彼が拉致されたのは、おまえの推理ごっこが原因じゃない」

気休めにしては、断言する口調で言うのが気になった。

「何かわかったんだね」

叔父が口ごもる。

ということは、やはり何かあるのだ。山岸が拉致された理由、あるいはそれについての手がかり。そしてそれは捜査上の秘密なのだろう。

言って、と促すと、叔父は一つ息を吐いてから、外に漏らすなよ、と念押しをして口を開いた。

「額賀組桜龍会の事務所に脅迫電話があったらしい。詳しい内容はわからない。ちょうどうちの刑事が鈴木殺しの件で、事務所に話を聞きにいっていて耳に入ったらしいんだが、組側を追及すると『なんでもない、いたずら電話だ』とごまかされたそうだ」

「桜龍会に？」

「無関係かもしれないが。どうも、鈴木を殺した犯人を引き渡せと言ってきたようだ」

このタイミングで、無関係なはずがなかった。

「──誰かと引き換えに？」

「そこまでは確認できていない。組員同士のやりとりが漏れ聞こえただけだからな」

組に電話をかけてきたのが鈴木貴明の兄、弘明や、グループのメンバーたちなのだとしたら、彼らは桜龍会の組員が鈴木貴明を殺し、組が犯人を隠していると結論づけたのか。

早く真犯人を逮捕しろと警察にプレッシャーをかけるよりは、組に真犯人を引き渡せと要求するほうが直接的ではある。桜龍会が真犯人を隠しているという前提が正しいかどうかは別の話だ。

「どうして、山岸くんを？」

「わからない。電話を受けた組員も、ガキどもがわけのわからないことを言っている、と困惑している様子だったそうだ」

それはそうだろう。そもそも桜龍会が事件の背景にいるとは思えない。組からしてみれば、身に覚えのないことで顔も知らない人質と、存在しない真犯人とやらの交換を求められていることになる。

「いいか、この話をしたのは、首を突っ込んで相手を刺激するようなことをすれば、おまえにとっても、山岸くんにとっても危険だってことをわからせるためだ。心配なのはわかるが、おまえは自宅でおとなしくしてろ」

警察を信じて、と叔父は警察官らしく言った。

形だけでも、わかったと答えればよかったのだろうが、僕は視線を落とす。

警察がすでになんらかの意図を持って具体的に解決に向けて動いているのなら、それを邪魔する気は毛頭ない。しかし、現状では、警察もどう動けばいいのか、次の行動を決めかねているのではないか。

相手は、もともと実体がつかめなかったグループだ。これを機に一斉検挙しようという意気込みはあるだろうが、そもそもがいくつもの勘違いに基づいた拉致事件では、どう対処していいかわからない。それは勘違いだと相手に伝えようにも、その術《すべ》がないのだ。

かといって民間人が拉致されている以上、相手を刺激することはできない。

どうにかして犯人の居場所を見つけて、説得して、納得してもらうしかないが——そうすると、どうやって穏便に相手を見つけ出し、接触するか、という話に戻ってしまう。

「車の持ち主は、特定できそう？」

「まだだが、必ず特定できる。逃走ルートと時間帯がわかっているからな、どこかのカメラには映像が残っているはずだ」

「犯人からの連絡は、桜龍会に来ただけで、警察や家族には要求はないんだね」

「今のところはな」

叔父は椅子を引いて立ち上がった。

「まだ正式に決まったわけじゃないが、組対本部も一緒に動くことになる。山岸くんはきっと助けるから」

おまえはとにかく、事情を話し終えたら、いったん家に帰れ。

もう一度そう念を押して、部屋を出ていくとき、廊下から執務室の誰かに声をかけた。

戻ってきた女性警察官に、ここ数日で山岸と学校帰りや休日に立ち寄った場所について説明し終え、県警本部を出る。

日の長い季節だが、それでももうあたりは薄暗い。

山岸が拉致されてから、約四時間。誘拐事件は時間との勝負だというが、捜査がどこまで進んでいるのかはわからない。叔父と話した感触では、てこずっているようだった。

真犯人を引き渡すことが、山岸を拉致した相手からの要求で、要求の電話を受けた額賀組に、引き渡せる真犯人などいない。交渉自体、成立のしようがない。

そして、桜龍会に犯人から要求の電話があったことは警察側の推測で、組のほうはそれを認めていない。組側の協力を得られれば、電話を逆探知するなどの方法をとれるかもしれないが、それは望めないだろう。

そもそも、桜龍会には、交渉に応じる理由もない。

最初から桜龍会と交渉するつもりだったのなら、犯人グループは、何故、山岸を拉致したのか。すべてが彼らの勘違いと思い込みに基づく犯行なので、そこを追究しても仕方がないのかもしれないが、それにしても不可解だった。

警察に対してなら、民間人を、それも、警察官の知り合いを攫えば要求を通せるのではないかと考えるのはまあわかる。浅はかだが、そう考えたのだろうな、と想像はできる。

しかし、ヤクザを相手に交渉をするのに、どうして山岸を攫ったのか。

捜査に協力していると勘違いされたとしても、桜龍会への人質として攫う理由にはならない。人質になるはずだ、と思い込む理由があったのだろうか。だとしたらそこにもきっと何か、勘違いがあるのだ。

——勘違い。

頭に浮かんだ考えに、足が止まる。

彼らが、桜龍会がかくまっている真犯人と引き換えにできると考えるような人質。組が真犯人をかくまっているということ自体が妄想なのだから、人質についても、いもしない組関係者の身内を、いると思い込んだのではないか。たとえば、組長の子どもや、孫。

校内で、自分について、そんな噂があるということは知っていた。

荒唐無稽な話だと、気にもとめていなかったが——光嶺学園高校に組長の身内がいると、そんな話を、彼らがどこかで聞きつけたのだとしたら。

――山岸は、僕と間違えられたのか？

血の気が引いて、指先までが一気に冷えた。

高校生の、根も葉もない噂話を真に受けて、何故かそれを山岸のことだと思い込んで、半グレグループの連中が彼を攫ったのだとしたら、いったいどうすればその誤解を正せるのか。誤解を正すことができれば、山岸は無傷で解放されるのかどうかもわからない。

交渉しようにも、相手の望むものをこちらは持っていない。警察も、山岸の両親も、持っていないものを材料に交渉はできない。

真犯人を差し出せという要求自体が端《はな》から無茶だが、これでは駆け引きのしようもなかった。

人違いだ、と話して、相手は納得するだろうか。接触する方法すらわからないが、岩尾に頼めばもしかしたら、第二グループの誰かを通して伝言をすることくらいはできるかもしれない。

一度道を踏み外しかけ、今グループと手を切ってやりなおそうとしている岩尾に、できれば迷惑をかけたくなかったが、手段を選んではいられない。

しかし、どうにかして山岸は無関係だと犯人に伝えたところで、信じるだろうか。

直接会って話せば、説得できる自信はあるが、そのためには、手ぶらというわけにはいかない。彼らの望むものを一部でも渡すことができなければ、話も聞いてもらえないだろう。

真犯人の情報、あるいは、逮捕されている彼らの仲間が真犯人であることの明白な証《あかし》——。

いっそ、噂が事実で、僕が本当に組長の孫だったら、人質を交換しろと交渉することもできただろうが、あいにく僕は組とは一切かかわりのない身だ。

桜龍会はほぼ間違いなく本件とは無関係で、犯人側と交渉するつもりも、その理由もないだろう。相手が半グレグループだとわかれば、面子の問題と考えて多少は何らかの動きを見せるかもしれないが、基本的には、犯人たちからの電話もいたずら電話程度にしか考えていないに違いない。

なんとか桜龍会を説得して、協力してもらうことができれば——直接組事務所に話をしにいくか。無謀だが、ダメでもともとではないか。それこそまさに、叔父がやめろと言ったことだとわかっていたが、半ば本気で考える。

事態を悪化させたくはない。どうするのが一番いいのか。一か八かではだめなのだ。山岸の安全が第一だが、ぐずぐずしていても事態は悪くなるばかりだ。

警察が真犯人を逮捕して、その事実が報道されたら、彼らは自分たちの誤りに気づくだろうか。

しかし、警察が、現在逮捕されている半グレグループの男以外に犯人の目星をつけたという話は聞かない。

彼がこのまま起訴されても、彼らは事件が解決したとは考えないだろう。彼らが納得できるかどうかが重要なのだ。

現状、警察に任せておけば安心だとは思えなかった。

犯人たちが山岸のことを、恨みのある相手の身内だと思っているだろうことも、もちろん心配だが、それ以上に――山岸が人質として機能しないとわかったら、犯人たちはどうするのか、それも気がかりだ。

ただ解放して終わってくれるとは限らない。

その前になんとかして接触して、主導権を握るためには――真犯人を見つけるしかない。

今自分にできることがあるとしたら、それしかない。

彼らの望むとおりの真犯人を見つけ、説得力のある推理で、それが真犯人なのだと誘拐犯たちにも警察にも理解させる。引き渡すことはできないが、逮捕され罪が裁かれるようにする。

おそらく、単に桜龍会と無関係の真犯人が逮捕されることだけでなく、ある程度それについての、彼らが納得できる説明をすることが必要だ。

それも、真犯人がいると仮定しての話だ。

最悪、架空の真犯人をでっちあげ、誘拐犯たちを説得することも考えなければならないが、やはり実際に「逮捕された」という事実とセットにしない限りは彼らを納得させることは難しいだろう。

　真犯人。

　限られた情報だけで、推理で真犯人を見つけるなんて到底無理な事件だと、最初から真剣に向き合おうともしていなかったが——本気で考えれば、思いつくことがあるだろうか。警察にある資料をすべて見せてもらい、関係者たちへの聴取に立ち会わせてもらえればあるいは、と思うが、そんなことは望むべくもない。現実的ではない。

　じりじりと焦燥が胸を灼《や》き、落ち着け、と自分に言い聞かせる。考えろ。

　何か、引っ掛かってはいるのだ。

　山岸が拉致されたことで頭がいっぱいで、あまり鈴木の殺人事件のことに脳のリソースを割けずにいたが、どこかで何かが、センサーに触れたような気はしていた。いつ、何が引っ掛かったのか、思い出せない。

「すみません。御崎秀一さんですか」

　記憶を呼び起こそうと、思考の海に沈みかけたとき、左側から声が聞こえた。

　県警本部の敷地を出たところで立ち止まっていた僕を、不審者と見た職員かと思ったが、正確に名前を呼ばれたことで、そうではないと知る。

　目を向けた左側には、知らない男が立っていた。

　子ども向けの絵本に出てくる、狐のような男だと思った。

狐が化けた人間のイメージそのまま、目を細め口角をあげた笑顔だが、どことなく、油断のできない気配を感じる。

僕は問いかけに答えなかったが、男は気にする風もなく、最初から、こちらを知っていて声をかけてきたのだとわかった。

片足を後ろに引き、男に対峙《たいじ》する。

県警本部の前で手荒な真似をされるとは思っていなかったが、ほとんど無意識のうちに身体が動いていた。

男は笑顔のまま尋ねる。

「もしかして、山岸巧さんのスマホ、あなたがお持ちですか？」

確かに山岸のスマホは拉致現場で拾って、僕が持ったままだ。僕から山岸の家族へ返すと叔父にも伝えてあった。その時点ですでに犯人側から桜龍会に電話があり、山岸の行動や交遊関係は犯人の手がかりにならないとわかっていたからだろう、特に提出するようにとは言われていない。

「何故ですか」

「GPSで」

ああ、と納得する。愚問だった。

拉致されたとき、山岸がスマホを持ったままだったら、GPSでたどることができたのに。

「どなたですか」

警備会社の人間です、と男は答える。

「坂城《さかしろ》と言います。巧さんのお母様から、ご相談を受けまして」

拉致事件について知っている、ということだ。

警備会社。山岸の母親は不動産の管理会社に勤めていた。その関係の知り合いだろうか。

しかし、男から感じる気配は——。

坂城は手を差し出し、

「ご両親に渡しておきますよ」

にこやかに申し出た。

「……いえ、直接渡しにいきます」

プライバシーの塊のようなものだ。拾って預かっているだけの僕が無断で他人にゆだねることはできない。

今後、必要があると判断すれば、警察が提出を求めるだろうが、提出するかどうかは山岸の家族の判断だ。

男は、そうですか、とあっさり引き下がった。

僕は腕時計に目をやる。

山岸の自宅には警察官が詰めているはずだ。迷惑になるだろうか。

家でおとなしくしていろと叔父には言われたが、スマホを届けるために寄るだけなら、今から行けば夜遅くなる前に届けられる。

「ご家族に、身代金の要求はないようですよ。違うことを要求してきたようですが」

坂城がするりと言った。顔をあげて目を合わせると、彼は笑っている。

どこかおもしろがるような、こちらを探るような目つきだ。

「……真犯人の引き渡し」

「ご存じでしたか」

山岸の家族は、何のことやらわからず混乱しただろう。

今は警察に、事情を知らされているだろうか。

確定していない情報を伝えて混乱させるべきではないが、スマホを渡しにいって、自分は山岸の家族に、何も言わないでいられるだろうか。

謝ってしまいそうだ。そんなことをしても、自分の気が楽になるだけだとわかっているのに。

「あなたのこともうかがっています、御崎さん」

自分でも、大分素っ気ない態度をとっていると思うのに、坂城は立ち去ろうとせず、気を悪くした風もなく慇懃《いんぎん》に言う。スマホのこと以外にも、用があるのか。そちらへ向き直った。

「ご家族は、巧さんが拉致されたのに気づいたのはあなただと知って、感謝していました。すぐに気づいてもらえなかったら、対処がさらに後手後手になっていただろうからと」

「……僕は何も」

感謝されることなど何もない。近くにいながら、拉致を阻止することはできなかったし、そもそも、山岸が拉致されたのは自分と間違えられた可能性が高いのだ。

口に出しはしなかったが、苦い思いが表情に出てしまったかもしれない。

いつまでも県警本部の前に突っ立ったままではいられないと、僕が歩き出すと、坂城もついてきた。

「随分真剣に、考えごとをしていましたね。何を？」

「……どうすれば、山岸くんを安全に取り戻せるかを」

正直に答えた。

「でも、考えがまとまりません」

優秀な助手が、今、いないので。

そう続けると、坂城は「なるほど」と頷く。

助手というのが誰のことか、伝えてもいないのに察したようだった。

「私でよければ、壁打ちの壁くらいにはなりますよ。聞かせてください」

にこやかに申し出られて面食らった。

高校生の言うことを真に受けて、わざわざ話を聞こうとは、物好きな人間もいたものだ。それに、初対面なのに、随分となれなれしい。

普段ならば不審に思うところだが、山岸の母親から相談を受けた警備会社の人間で、僕のことも知っているということが、多少警戒心を薄れさせた。

一人で考えるより、それを口に出して誰かとキャッチボールのようにやりとりしたほうが、考えがまとまったり、他者の意見や反応が刺激になって何かを思いつくことが多い。それを、山岸が助手を買って出てくれて以降、実感していた。

警察の捜査上の秘密は漏らせないが、自分の考えをまとめて、思考を深めるきっかけにするくらいならかまわないだろう。そう判断して、山岸の家の方向へとゆっくり歩きながら口を開いた。

「僕が見ていたので、車の色や形、何時ごろどの角を曲がったかはわかっています。いずれ車の持ち主は特定できると思いますから、遅かれ早かれ、警察は拉致犯にたどりつくはずです。でも、山岸くんがどこにいるかまではわからない。時間がかかればその分山岸くんの危険が増すし、どうにかして居場所を見つけても、強行突入して無事に救出できる保証はない。かといって、相手の要求に従おうにも、警察は交渉のカードを持っていない。もちろん、言われるままに勾留《こうりゅう》中の被疑者を釈放するわけにはいかない」

意識の浅いところを漂っていた、まとまらないままの思考を声に出す。

言葉にしたことで、ばらばらだった思考がひとかたまりになって、はっきりとした形を持ったような気がした。少なくとも情報を整理する役には立ちそうだ。

「鈴木殺害の犯人は組関係者じゃないことを、拉致犯に伝えて納得させる。まずは居場所を特定したうえで、話を聞いてもらえる状況に持っていくのが一つ目の関門です。そして、相手を刺激しないように……対話を通じて、山岸くんを解放することが、彼らにとっても最善だと思わせる」

「できますか？」

坂城の短い問いかけが、するりと滑り込んでくる。

「――首謀者と話ができれば、説得は可能だと思います」

しかし、そのためには首謀者がどこにいるのかをつきとめる必要があり、何よりまず、交渉の材料とするため、鈴木殺しの真犯人を見つけ出さなければならない。

話はそれからだった。

「まず、鈴木殺害の真犯人を見つけて警察に伝える。警察が納得すれば、真犯人が逮捕され、現在勾留中の被疑者は釈放されます。拉致犯たちの要求は、一応通ったことになる。実際に彼らの仲間の被疑者が釈放されるまで待たなくても、十分に交渉はできます」

真犯人。鈴木貴明を殺した犯人。

現場は仲間内で利用していた休憩用のアパートの一室。出入りができたのは仲間たちだけ、ただし、犯人は鈴木の顔見知りで、彼と一緒に部屋に入った可能性もある。凶器はもともとその場にあった金属バット。少なくとも初撃は、後ろから殴られたとみられる。つまり不意打ち。鈴木は犯人に背中を向けていた。打撲の痕は複数あった。凶器が、中が空洞になった金属バットだから、一度殴ったくらいでは致命傷にならなかったのだろう。何度も殴ったのは強い殺意の表れか？　普通ならそう考えるところだが、犯人はアパートの部屋に入るまで、殺意を持っていなかったはずだ。犯行はあくまで、突発的なものだった。だとしたら――二撃目以降は、反撃をおそれてのことかもしれない。武闘派だったという鈴木を殴ってしまい、復讐されるのではとパニックになって、繰り返し殴りつけたのではないか。もちろん、部屋に入ってからのやりとりで、強烈な殺意が湧きあがり、確実に殺すために何度も殴った、という可能性も残る。

これだけの情報からは、具体的な顔は一つも浮かんでこない。

ただ、拉致犯たちが考えているであろう、桜龍会の組員が最初から殺意を持って鈴木を狙って殺したという説がおかしいことはわかる。鈴木は犯人を自ら部屋に招き入れ、あるいは、もともと部屋にいた犯人とともに過ごし、油断して背を向けていたのだ。

しかし、「だから桜龍会は事件とは関係がない」と言ったところで、拉致犯たちが納得するとは思えない。もっと具体的な説得材料、それこそ、真犯人の名前くらいは必要だ。

僕は鈴木貴明の交遊関係について、ほとんど把握していない。グループのメンバーの名前すら、彼の兄の弘明くらいしか知らないのだ。

それについては、警察ですら、大した情報は持っていないかもしれない。たとえ今から捜査資料を全部見せてもらえたとしても、そこに真犯人につながるヒントがあるかどうかはわからない。

「犯人は仲間内の誰かだ」という根拠を示すだけでは、仲間の逮捕を不当だと信じて人一人を拉致したような相手を納得させるには足りない。

何か。何かないのか。

自分は、何かに気づいたはずだ。そのときは気にとめなくても、頭のどこかには情報として残っているはずだ。

集中して、脳内に散った記憶の断片を探す。

思い出せ。どこだ。何が引っ掛かった。

防犯カメラの映像、凶器の写真、鈴木が買ったアクセサリーの写真、写真に貼られた付箋。

犯人は、凶器のバットを放置して逃げ出すほど動揺していた。

後から遺体を発見した第二グループの男は、自分に疑いがかかることをおそれてバットを持ち去った。半グレグループの一員として、普段から犯罪に手を染めていたからこそ、とっさに保身のために動いたのだ。詰めが甘かったせいで逮捕されてしまったが、自分を守るための行動としては合理的だった。

鈴木を殺した犯人は、そんなことも考えつかないほど、ショックを受けていた――荒事に不慣れだったのか、何か、バットを持ち去れない理由があったのか……？

ふと、何かがまた頭に引っ掛かる。

とるにたらないようなことだった、はずだ。

そうだ、不可解だと感じていたことの答えが、そこにあると感じたのだ。

謎というほどの謎なんてない、いわば平凡な殺人事件の中で、唯一違和感を覚えていたこと——被害者の行動だ。

鈴木が死ぬ前、交際相手の香川莉乃にかけた電話。

彼は何故、直前まで会っていて別れたばかりの恋人に、電話をかけたのか。

鈴木がアクセサリー店で買ったプレゼントを、公園で会った際に彼女に渡していたのなら、別れた後で彼女に電話をかけたのは何故だ。プレゼントを渡し忘れて電話したのかと思ったが、莉乃は、プレゼントを受け取っていたという。

まさか、犯人に襲われて、恋人に助けを求めたわけではないだろう。別れた後で急いで伝えなければならないことがあったのか、彼女と共通の友人にでも会ったのか。

警察は香川莉乃に心当たりを尋ねただろうか。彼女は何と答えたのか。警察がその後新たな容疑者を見つけていないということは、彼女にも思い当たることがなかったのか。

恋人と会うにしては、時間が短いと思っていた。その後に人と——犯人と会う予定があったのに、少しの時間でも莉乃と会ったのは、彼女にプレゼントを渡すためだったのか。

プレゼント——アクアマリンのイヤリング。

会議室の机に置かれていた写真と、商品の説明書きを思い出した。その瞬間、つながった。

事情聴取の前、写真を見たときに抱いた、もう一つの違和感。とるにたらない小さなことだが、その些細《ささい》な引っ掛かりが、最初の手がかりになるかもしれない。

スマートフォンを取り出し、通話履歴の叔父の名前をタップする。

「急いで確認したいことがあるんだ」

電話に出た叔父に要求を伝える。渋る叔父を説得し、妥協点を示して、半ば丸めこむような形で了承させた。叔父の警察官としての職業倫理に照らしても、後で問題になることはないはずだ。

「犯人がわかったんですか」

電話を切って息を吐いたタイミングで声をかけられ、隣に坂城がいたことを思い出した。

「そうだといいですが、まだ、ただの思いつきです。これから確かめます。そうだったとしても、証拠はありません。自白をとるしかない」

「その人が犯人だと確認できれば、拉致犯の要求は満たせますね」

スマートフォンを左手に持ったまま、「少なくとも一部は」と頷く。大きな一歩で、必要不可欠な一歩だ。

「でも、その事実が拉致犯に伝わらないと……逮捕まで時間がかかる可能性がありますし、仮に手続きがすぐに進んだとしても、伝え方には気をつける必要があります。報道で逮捕を知って、自発的に山岸くんを解放してくれればいいですが、また組や警察がスケープゴートを用意したんだろうと思い込むかもしれない」

「拉致犯は、随分思い込みの激しい人のようですからね」

「そうですね。そのぶん、話の持っていきようで、説得は可能だと思うので……できれば、直接会って話したいんですが」

まずはこれから鈴木殺しの犯人と話ができるかどうか、自白を引き出せるかどうかだが、成功したとしても、重要なのはその後だ。

拉致犯がどこに潜んでいるのか、山岸の身柄がどこにあるのかを特定しなければ話のしようがない。

坂城は、「あまり長くは待てませんが」と前置きをして、

「そこは、私がお役に立てると思います」自信に満ちた口調で言った。

「当社で利用している商品がありまして……」坂城と僕は、手持ちのカードを開示しあう。

互いに情報を伏せていることにはどちらも気づいていたが、暗黙の了解で口に出さなかった。それぞれが何故その情報を伏せているのかも、おそらく互いに察しがついていた。

僕たちは、互いを、利用価値があると判断したのだ。

少しして、僕のスマートフォンに、待ち望んでいた電話がかかってきた。

＊

拉致される、というのは人生初の経験だった。

車に押し込められ、ナイフを突きつけられて、俺は騒いだり暴れたりすることを断念した。ここで暴れたところで助かるとも思えない。人間、諦《あきら》めがかんじんだ。

車の中で、両手を結束バンドで拘束されたが、抵抗しなかったからか、暴力を振るわれるようなことはなかった。

車は、街中から港のほうへ三十分ほど走り、積み上げられたコンテナの間を抜けて、重そうな鉄扉の奥にある箱型の建物の中へ入る。俺が車から降りたときは、鉄扉はすでに閉められていて、助けを呼ぶチャンスすらなかった。

使われていない倉庫か何かなのだろう。中は広くて、がらんとしている。潮の匂いがして、海が近いことがわかる。左右から腕をつかまれて歩かされ、倉庫の奥へと連れて行かれた。

あー、ヤンキーものの漫画とか、映画でよく観るやつ……麻薬とか武器の取引き場所に使われるやつ……と他人事《ひとごと》のように思いながら歩く。

唯一違うのは、壁にも床にも、漫画や映画にあるようなグラフィティアートや落書きがないことと、鉄パイプや角材を持った特攻服の兵隊が配置されていないことだ。

段ボール箱や、小型のコンテナがそこここにあって、数人がそこに腰掛けていたが、服装は普通のストリートカジュアルだったし、倉庫の内部は殺風景だった。普段からたまり場にしているわけではなく、一時的に使っているだけなのかもしれない。

入り口の正面、まっすぐに進んだ倉庫の奥の壁際に、コンテナが複数積まれて、そこに男が一人、大きく脚を開いて座っている。

あーはいはい、これもヤンキーものの漫画とかドラマで観た……リーダーが座る場所ですね、わかりやすい。

半ば投げやりな気持ちになって、俺はえらそうに座っている男を見る。

武闘派という噂の鈴木弘明だろうな、と思ったが、わざわざ名前を呼ぶことはしなかった。何も知らないふりをしていたほうが、解放される確率が上がる気がする。

「あのー、俺、何で連れてこられたんでしょうか……全然心当たりがないんですけど」

へらっと笑ってみせた口元が、演技じゃなく引きつった。戸惑っている様子を前面に出して、せいぜい卑屈に見えるようにと意識する。

それが功を奏したのか、暫定鈴木弘明は完全に小物を見る目で俺を見た。

「おまえになくても、おまえの家にあるんだよ。祖父《じい》さんだか父ちゃんだかに助けてもらえることを祈ってろ」

「はあ……うち、お金とかそんなにないと思いますけど……」

父さんは普通の会社員だし、お祖父ちゃんは名古屋にいるし……なんて言ったところで聞いてもらえなそうだったので、諦めて口を閉じる。俺を攫ったところで、事態はこれっぽっちも進展しませんよ、弟さんの事件のこと、俺は何も知らないし俺の家族も無関係だし意味はないですよ、と言いたかったが、相手は半グレグループのリーダーで、何がきっかけで逆上するかわからない。ここはおとなしく助けを待ったほうがよさそうだ。

勘違いと思い込みで人を拉致するようなグループだけあって、犯行自体も大分ずさんなので、いずれ警察はここをつきとめるだろう。いつまでもこのままというわけではないのだから、救出のときまでとにかく穏便にやりすごすしかない。

とはいえ、そもそも俺が拉致されたことが発覚するまでに時間がかかる可能性があった。捜査が始まらなければ、それだけ救出も遅くなる。

拉致犯たちがどこに対してどういうアクションを起こすつもりなのか、あるいはもう起こしているのかわからないが、相手の反応次第では——あるいはリアクションがないまま何日も経てば、だんだん犯人たちも余裕がなくなって苛《いら》つき始めるだろうことは想像に難くなかった。

御崎が気づいてくれていることを祈りたいが、すでに別れた後で、御崎は角を曲がっていたから、難しいかもしれない。

人通りがなく、誰も見ていない瞬間を狙っての犯行だったので、下手をすれば、どこでいつ拉致されたのか、そもそも拉致なのか家出なのかわからないまま数日が過ぎてしまうおそれもある。

こうなると、むしろ、拉致犯たちが実家に身代金要求の電話をかけてくれていることを祈るしかなかった。そうすれば、少なくとも、拉致されたことだけは両親や警察に伝わる。

内輪の話を聞かれないようにするためか、俺は、連れてこられた車の中へ戻された。拘束は解かれなかったが、車のシートは当然、倉庫の床より座り心地がいいのでありがたい。この様子なら、今すぐ手荒な真似をされることはなさそうだ。

鈴木が、本気だと示すために指を切って送りつけようとでも言い出したらどうしようかと思っていたので、少し安心する。油断はできない。しかし、彼らに、カタギの人間には手を出さない、などというルールはないだろう。

空き倉庫を無断で使っているだけだろうから、倉庫の持ち主が気づいてくれたりしないかなあ、と淡い期待を抱きつつ、なるべく怖いことは想像しないようにして、時間が過ぎるのを待った。

車の近くにはいつも人がいるし、倉庫の扉の前にも二人立っている。見張りが目を離した隙に逃げ出しても、出口にたどりつく前に取り押さえられるだろう。

無抵抗でいれば危害を加えられないという保証はないが、危険を最小限にとどめるためには、おとなしくしているほかかない。

拉致されてきて一時間ほどで、一度ばたばたと人の出入りがあった。さらに二時間ほど経って、ペットボトルの水とコンビニのおにぎりをもらった。それからまた、時間が流れた。

トイレに行きたいと言って、結束バンドと見張りつきで外に出ると、もうあたりはすっかり暗い。仮設トイレは、倉庫で作業をする人用に設置されたものらしく、往復する間、倉庫の前に立っている見張り役以外誰とも会わなかった。

隙を見て走っても、人のいるところまで逃げ切るのは難しそうだ。むしろ、倉庫が孤立しているため、大声を出しても無駄だということがよくわかっただけだった。

トイレを済ませて倉庫へ戻り、再び車の中に入れられる前に、「あれから連絡は？」と誰かが誰かに尋ねるのが聞こえた。

車のドアが閉められてから、そっと見ると、窓ガラスごしに、鈴木（兄）が誰かと電話で話しているのが見える。

こちらには、内容までは聞こえてこない。表情から、彼らにとってすべてが順調にいっているわけではなさそうだとわかった。

事態が動き出したようだが、不穏な雰囲気だ。よくない兆候だった。

それから三十分ほど経って、

「出ろ」

後部座席のドアが開けられる。

当然だが、和やかな雰囲気ではない。

おかまいなく、と言いたかったが、刺激しないことを第一に考えて、言われるまま車を降りた。

また、奥の壁際、コンテナが積んであるあたりまで連れて行かれる。

見張り役は入れ替わったようだったが、鈴木（兄）が同じ場所に座っていた。

明らかに、機嫌が悪そうだ。

「なんで連れてこられたか、心当たりがないんだったな」

俺を見て、眉間《みけん》にしわを寄せた表情のまま、口を開く。

「俺らの仲間が、ヤクザにやられた。まず間違いなく、おまえの実家だ。額賀組桜龍会」

「え」

「警察は、別の仲間を、犯人だっつって逮捕してる。桜龍会とぐるになって俺らを潰そうとしてんのか、単に無能なのかは知らねえけど」

そのとき初めて、俺は、自分が拉致された理由を察した。

いや、俺には拉致される理由などなく、完全に相手の勘違いだが、とにかく、相手が何を思って俺を拉致したのかはわかった。

鈴木貴明の所属していた半グレグループのメンバーたちは、彼の殺害を桜龍会の差し金だと考えている、と岩尾が言っていた。だとしても、まさか暴走して組事務所を襲撃するようなことはないだろうとたかをくくっていたが……彼らは、それよりは多少穏便な手段を選んだわけだ。

組関係者を拉致して組と交渉しようとは。無茶がすぎる。そして迷惑すぎる。

とばっちりもいいところだった。

「えーと何か誤解があるみたいなんですけど」

「しらばっくれなくていい。どうも光嶺の生徒が色々嗅《か》ぎまわってるようだって話は聞いてた。ガキの遊びなんかほっときゃいいと思ってたら、収益は落ちるわ仲間はつかまるわ……タイミング考えりゃ、いくらなんでも無関係とは思えねえだろ。俺たちもそこまでバカじゃねえよ」

怒らせないようにそっと言いかけたのを遮って、鈴木（兄）は続ける。

「光嶺に、ヤクザの組長の孫がいるって情報が入って、全部つながった。桜龍会が、俺らを潰すために動いてたんだってな」

つながってない。全然つながってない。

俺は首をぶんぶん横に振って訴えたが、鈴木（兄）は見てもいなかった。

「警察とも裏で話がついてんだろ。おまえがこそこそ動いてたってことは、主導してんのは桜龍会のほうだな」

いや知りませんけど、ていうかあんたたちそんな大物じゃないでしょ、自意識過剰すぎじゃないですか、とはさすがに口に出せない。

「俺らの仲間を犯人にしたてあげたのも陰謀だろ。でっちあげなのはわかってる。俺らは仲間を裏切らねえ」

いやいや、そんな結束力のあるグループじゃないですよね？　横のつながりがしっかりあるのはもともと知り合いだった第一グループだけで、あとはほとんどお金目当てでSNSで集めた人員ですよね？　そんな「絆《きずな》」みたいな話されても。

それももちろん口には出せない。

思い込みが激しいのは察していたが、ここまでとは。

周囲にいた見張り役らしい二、三人が、そのとおりだ、というように鈴木（兄）の言葉に頷いている。

この場にいるのが特に鈴木（兄）に近しいメンバーだから、というのもあるだろうが、こんな考えがグループの多数派だとしたら、何を言っても無駄な気がする。

「組でかくまっている真犯人を引き渡せって言ったんだけどな、あいつら、シラを切りやがる。おまえが可愛くないらしいな」

あいつら、というのは桜龍会のことだろう。鈴木（兄）が視線を俺に向け、目が合った瞬間に脳内で危険信号が鳴った。

あ、もしかして、本気を示すために指を切って送りつけようとか言い出す流れ？　髪くらいにしておいてくれないかな。っていうか、俺の髪なり指なり切って組事務所に送りつけたところで、要求はとおりませんよ、そもそもぜーんぶ勘違いですよ。

頭の中でぐるぐると言葉が回った。

勘違いで拉致されたうえ、指のピンチだなんて、運が悪いの一言ではすまされない。

そろそろ、言い訳をしたほうがいいだろうか。何もされないなら何も言わないでおこう、身の安全のためにはそれが一番だと思っていたが、黙っていてもひどい目にあうのなら、黙っている意味もない。

人違いです？　いや、犯人は桜龍会の組員じゃないと思います？　俺に、彼らを納得させるだけの説明ができるだろうか。

指を切ると言い出されたら悪あがきをするつもりで、俺が頭の中でその算段をつけていると、入り口のほうで何やら言いあうような声がして、ばたばたと一人がこちらへ走ってきた。

ちら、と俺を気にする様子を見せるので、鈴木（兄）が、「何だ」と促す。

「来ました、組の遣いです」

「は？　なんでここに」

問いかけは、何故ここがわかったのか、という意味だろう。

わかりません、と首を振る男に、鈴木（兄）は立ち上がり、漂う空気がぴりっと張りつめた。

「兵隊連れてきてんのか」

「いえ、話し合いに来たって……一人です」

「一人？」

伝えに来た男も困惑した表情だ。

人質を交換しろと要求したのは自分たちなのだから、相手から何らかのリアクションがあることは予想していたはずだが、この場に乗り込まれることは想定していなかった、ということか。

鈴木（兄）は、俺と、倉庫内に散っている仲間たちとを見比べ、相手が一人ならば、招き入れても危険はないと判断したらしい。

改めてコンテナの上に腰を下ろし、男に指示を出した。

「入れろ。何も持ってねえか確認しろよ」

頷いた男が入り口のほうに走って行ってから、ナイフや銃を持っていないか警戒しろという趣旨だと気づく。

この場が今から戦場になる可能性もゼロではないと、少なくとも彼らは考えているのだ。

いやいやいくらなんでも、勘違いでそれはないだろう、直接話をして、前提からしてすべてが誤解だとわかれば平和的な解決も可能だろう——そう思いたいが、自然と顔が引きつった。

ヤクザは何より面子を重んじると聞く。すべてが勘違いの上に成り立つ脅迫でも、半グレに好き勝手されて放っておくわけにはいかないと考えたら……勘違いなのに血が流れるなどということも、起こり得るのか。

どこかの段階で彼らが自分たちの間違いに気づいて、何事もなかったかのように解放されないだろうかと考えていたが、甘すぎる夢だった。

組から交渉役まで来てしまったとあっては、なかったことにはできないが、せめて話し合いが穏便に進み、無事誤解が解けることを祈るしかない。

扉が開く音がして、足音が近づいてくる。

組からの遣いが穏健派でありますようにと祈りながら、おそるおそる振り向いて、

「み、」

思わず名前を呼びそうになった。

御崎が、見張り役の男二人に左右を挟まれて歩いてきて、鈴木（兄）の正面、俺から二メートルほど離れたところに立ち止まる。

目が合って、少し微笑まれた。

「ケガはない？」

うわ何それかっこいい。惚《ほ》れそう。

「えっ嘘、助けに来てくれたの？　ヒーローすぎる……」

「思ったより元気そうでよかったよ」

俺が、結束バンドで両手首をまとめられた手で胸を押さえる仕草をすると、御崎は呆れたように言って、視線を前へと戻した。

元気そうに見えたのなら、それは御崎が来てくれたからだ。

一人じゃなくなっただけで、しかも、ここにいるのが御崎だというだけで、全然違った。もう大丈夫なんじゃないかとすら思えた。

何せ、御崎だ。彼は無計画に動いたりはしない。こうして一人で乗り込んできたということは、この場を切り抜ける自信があるということだ。相手を油断させるために一人で来たふりをしていても、バックアップは用意しているはずだった。何かあれば突入できるように倉庫の外に警察が待機しているとか。

鈴木（兄）はじろじろと御崎を見て、

「……組員には見えねえな」

低い声で言った。

「彼の友人だ。でも、組の遣いだってことも嘘じゃない。僕自身は組員じゃないけど、ちゃんと同意を得てきたからね」

平然と視線を受け止めた御崎に、

「俺は、こいつとタカを殺した犯人、交換だって言ったんだ。どこにいる？　見たとこ、一人みたいだが」

さらにドスを利かせた声で続ける。

「それとも、おまえが犯人か？」

本気で訊いたわけではないだろう。しかし、その場に緊張が走った。

そんなわけはないと知っている俺ですら、一瞬、御崎が肯定したらどうしようかと思った。たとえば俺を逃がすために、そうだ、と答えでもしたら。

「僕じゃない」

御崎が静かにそう答えたので、ほっとする。

「でも、犯人を知っている。証拠もある」

倉庫内でざわめきが起きた。

「まず、大前提として——鈴木貴明の殺害に、桜龍会を含め、額賀組は一切関与していない。そして、警察に逮捕されたあなたたちの仲間も犯人じゃない」

脅しつけるような視線に少しも動じず、御崎は続ける。

「あなたたちは、殺害は桜龍会のしわざだと思っていた。警察は、仲間内の誰かだろうと思っていた。どちらも間違いだ。真犯人は別にいて、あなたたちと桜龍会が争う理由はない」

鈴木（兄）は目を細め、自分の腿《もも》に手をついて前のめりになった。

「適当なこと言ってんじゃねえだろうな」

「根拠はこれから説明する。本人にも直接会って聞いた。自白はとれている。さっき警察に出頭して、今聴取中だ。じきに逮捕の報道が出るはずだ」

自白を録音したものもある、と言って、御崎はスマートフォンを取り出した。

有無を言わさず証拠をつきつけることにしたらしい。鈴木（兄）たちの了承を得ることなく、いきなり録音を再生する。

『殺すつもりはなかったの』

流れ出した音声は、今にも泣き出しそうな震え声だった。

女……？　と鈴木（兄）が呟き、周囲で聞いていた男たちも互いに顔を見合わせる。

『一方的に別れるって言われて、話は済んだから帰れみたいな態度とられて……もっとちゃんと話そうって言ったのに、聞いてくれなくて。私の連絡先、消すって……目の前でスマホいじり出したから、カッとなって』

『落ちてたバットで殴ったら、すごい音がした。貴明は倒れて、でもこっちを睨《にら》んで、起き上がろうとして……「てめえ」って、鬼みたいな怖い顔してて、殺されるって思って、それで』

怖くて怖くて何度も殴ったら、動かなくなったの。

そこで、彼女は泣き出したようだ。涙声が嗚咽《おえつ》に変わり、言葉が意味をなさなくなる。

御崎はスマホを操作し、音声を切った。

「彼女は、鈴木貴明さんの交際相手で、当日、別れ話のためにあの部屋に呼び出されて、衝動的に殴ってしまったそうだ。今は犯行を認めて、警察で取り調べを受けている」

無造作にスマホをポケットにしまう。

「あなたたちの仲間は釈放される。鈴木貴明さんを殺した犯人は裁きを受ける。あなたたちの望んだとおり、正義がなされたわけだ。僕はそれを伝えに来た」

鈴木（兄）に向き直り、あなたたちの要求はすでにかなっている、と改めて言った。

鈴木（兄）をはじめとする男たちは、まだ戸惑っているようだ。望んだとおりになったと聞いても、喜んでいる様子はない。それはそうだろう、思い込みと勘違いで拉致事件を起こして、ヤクザの組事務所に連絡までして、結局相手は事件には何の関係もなかった、事件は全く別のところで解決したと告げられたのだ。鈴木（兄）に言われて手を貸したのだろう男たちの何人かは、不安そうな表情になっている。

狙ったように、御崎はさらに言った。

「彼を攫ったことについては、すでに警察が動いている。なかったことにはできないだろう。でも、拘束時間は数時間だし、幸い無傷のようだ。今、自主的に解放してくれれば、確実に罪は軽くなる。……私欲のためじゃなく、正義の追求と仲間のためにしたことだったということも、考慮されるはずだ」

最後の一言に、鈴木（兄）の眉がぴくりと動いた。

仲間のため、という動機はともかく、そもそも勘違いで暴走しているのだから、その事実が彼らのプラスに働くかというと怪しい気がしたが、彼らにしてみれば、その言葉を信じたいところだろう。御崎は、相手が食いつきそうな、効果的な言葉を選んでいた。

「桜龍会は無関係だった。要求通りの結果にもなった。彼を拘束しておく理由はないはずだ」

表情を変えず、あくまで冷静に、たたみかける。

「仲間のためならヤクザとだってやりあうつもりだった、その覚悟は理解している。でも、勘違いで組とことを構えるのは、あなたたちにとっても本意じゃないはずだ。あなたたちのほうから彼を解放するなら、桜龍会も矛を収めるだろう。警察にも、自主的に解放したと僕が証言する」

解放してほしいと頼むのではなく、解放したほうが双方にとってプラスになるということを、ただ淡々と説明する。受け入れられないなら、それはそれでかまわない、と思っているようにすら見えた。

横で聞いている俺のほうが緊張していた。御崎の登場で一度は静まったはずの心臓が、またどきどきとうるさく鳴っている。

「……女が逮捕されたってニュースが出てからだ。本当につかまったのか確認しねえと」

鈴木（兄）が言った。御崎の言うとおり、ここで解放するのが得策だとわかってはいても、言われるがままに従うことに、わずかな意地が抵抗しているようだ。

「警察がここに到着してからじゃ、『自主的に解放した』ことにはならない。僕が彼を連れてここを出て、組と警察にそう報告しない限り、始まる前に止めることはできないよ」

それでもかまわないけれど、と口には出さなかったが、御崎の口調からそれを汲《く》み取ったのだろう。鈴木（兄）の眉間《みけん》にしわがよる。

「……警察はここがわかってんのか」

「把握している。もうすぐ到着するんじゃないかな。でも、少なくとも首謀者は、逃げるより、いったん警察に保護を求めたほうがいい。警察の捜査が入ったとわかったら、面子を気にする過激派の組員も手を出してこないだろうから」

遣いを名乗る御崎がこの場に現れたということは、すでにこの場所は組に知られているということだ。あまりぐずぐずしていると、痺《しび》れを切らして乗り込まれるかもしれない。

最初は、暴力沙汰になってもかまわないと思っていたのかもしれないが、そもそもが勘違いだったとわかれば、やる気も失《う》せようというものだ。鈴木（兄）を除く男たちの大部分は、今すぐ逃げ出したいと思い始めているのがありありと見てとれた。何人かは、しきりに出入り口のほうに目をやっている。

鈴木（兄）は、考えているようだった。ちら、と別の男に目配せをする。その男が、鈴木（兄）に近づいて、二人はひそひそと言葉を交わした。この男は、第二グループではなく、鈴木（兄）と同等の第一グループのメンバーなのかもしれない。

男は鈴木（兄）と話し終えると、スマホを取り出し、どこかへ電話をかけ始めた。話しながら距離をとられ、やりとりは聞こえない。

少しすると男が戻ってきて、自分のスマホを鈴木（兄）に渡した。

鈴木（兄）は男のスマホで一言二言話してから通話を終え、俺と御崎を見て、出口のほうへと顎をしゃくった。

＊

俺と御崎は、悠々と歩いて倉庫を出た。

外へ出たら警察が倉庫を取り囲んでいる、なんて想像をしていたが、そんなことはなく、本当に御崎は一人で乗り込んできたらしかった。

倉庫の前までは見張りがついてきたが、倉庫を出てからは、二人だけで歩いた。倉庫の前にいる見張りに聞こえないようにか、御崎は何も言わず、そのまま数メートル進み、迷いのない足取りで入り組んだ道を通り抜けていく。

振り向いても見張りの姿が見えないところまで来て、ようやく息を吐いた。

「すごいよ御崎くん、命の恩人だね。ありがとう」

「どういたしまして。本当に、意外と元気だね、山岸くん」

いつも通りの会話に、ほっとする。数時間前にもこんな風に話していたのに、すでに懐かしい気がした。

「さすがに疲れたけどさ、今はちょっと興奮しちゃって。ドラマみたいだったね、さっきの」

いずれ自分も桜龍会も事件とは無関係だとわかると思っていたし、そうすれば解放されると思っていたし、半グレとは言っても、本人たちが「事業」と呼ぶ経済犯罪のための集まりで、漫画に出てくるような戦闘集団ではないと聞いていたから、それほどひどいことはされないはずだとも思っていた。ずさんな犯行で、すぐに足がつくだろうから、いずれ助けがくるはずだとも。

自分が気を揉んでも仕方がないから、なるべく考えないようにしようと意識していたが、それでも緊張していたようだ。

緊張から解放されて、脱力するどころか、なんだか反対に元気になってしまっていた。徹夜明けに何故かテンションがあがってしまうときのようだ。

「被害者の交際相手って、あの人だよね？　県警本部で会った人。びっくりした。ノーマークだったよね？　なんで自首したんだろ」

「全部バレているから自首したほうがいい、罪が軽くなるって、説得したんだ。もともとあんまり精神的に強いタイプじゃなかったみたいで、すぐに自分から色々話してくれた」

「え、御崎くんが説得したの？　ていうか、御崎くんが、彼女が犯人だって気づいたの？　すごい！」

「すごくないよ。運がよかった。ヒントを見つけて、彼女の行動に違和感があって……たまたまそれが当たりだった。本当は、彼女が犯人だってことを示す決定的な証拠なんてなかったし、彼女を疑う理由も薄かったんだ」

なんとなく怪しいと思った相手が当たりだった、唯一会ったことのある事件関係者が犯人だったのは運がよかっただけだ、と御崎は頑《かたく》なに首を横に振る。相変わらずストイックだ。

「ヒントって？　何を見つけたの？」

「山岸くんのことで警察に行ったとき、鈴木殺しの資料写真を見たんだ。アクセサリーショップの防犯カメラの映像とか、彼の買ったアクセサリーについてのメモもあった」

やはり御崎が自分の拉致に気づいて警察に届けてくれたのだ、とわかったが、話の腰を折らないように、ここは相槌《あいづち》を打つだけにとどめる。

「そこに、彼が事件当日に買ったのはアクアマリンのイヤリングだと書いてあった。そのときは、特に気にとめなかったけど……頭のどこかに、何か引っ掛かった気がした。後から考えて思い出したんだ。鈴木が買ったアクセサリーは、交際相手の香川莉乃へのプレゼントで、事件の前に彼女に渡していたという話だったけど、彼女はピアスをつけていた。ピアスの穴をあけている人に、イヤリングをプレゼントするものかな」

確かに妙だ。ピアスの穴があいている人でも、イヤリングをつけられないわけではないが、普通は、ピアスをつけるだろう。

「それで、もしかしたら、プレゼントは彼女あてではなかったんじゃないかと思った。もちろん、そんなのはほんの小さな疑惑だ。でも、仮に香川莉乃が嘘をついているとしたら、という前提に立って考え始めたら、色々と筋が通った」

ごく短い恋人との逢瀬、別れた直後の電話の意味。

複数回殴られた痕、放置された凶器、油断しきった様子の被害者。計画性がなく、不慣れな犯行。

彼女が犯人だとすると、すべてに説明がついたのだ。

それで、彼女に会って、確かめようと思った。そう、御崎は続ける。

「香川莉乃と会うことになってから、叔父に頼んで彼女の誕生月を確認したら、六月だった。アクアマリンは三月の誕生石だから、ますます、イヤリングは彼女へのプレゼントじゃないと確信したよ」

「よく会わせてもらえたね？」

「そこは叔父に融通をきかせてもらってね。確認したいことがあるから香川莉乃と連絡をとりたいと言ったら、当然断られたけど、鈴木貴明殺しの犯人がわかるかもしれないって説得したんだ。こちらの連絡先を彼女に伝えて、話をしたがっていると伝えてほしいと頼み込んだ。県警本部の建物の前で会って話をしたと言えばわかるはずだからって」

なるほど、警察から部外者に関係者の電話番号を教えることはできなくても、その逆なら、双方の同意があれば問題ない。高峰刑事の立場を考慮して、ぎりぎりのところで便宜をはかってもらったわけだ。

「それで香川莉乃本人がいいと言ったら、彼女の連絡先も教えてほしいって。それなら……って、叔父はしぶしぶ了承したよ。その後すぐに彼女に電話をかけてくれたみたいで、十数分で連絡がついたからよかった。それで、急いで会いにいった」

香川莉乃が連絡先を教えることを了承したのは、御崎と一度会って、好感を持っていたからだろう。イケメンの力だな、と思ったが空気を読んで口には出さなかった。

「彼女が当日、公園で鈴木と会ったと言っていたのは嘘で、本当は殺害現場になったあの部屋に呼び出されたらしい。鈴木は彼女との別れ話の後で、別の女性に会ってプレゼントを渡すつもりでいたそうだから、彼女が怒るのも無理はないね。さっきの録音のとおり、カッとなって殴ったら、ちょうど鈴木が、消去するために呼び出していた彼女の電話番号に触って電話がかかってしまったみたいだ。アクセサリーショップの袋を持ち去った理由は、単に、ほかの女への贈り物を置いておくのは腹が立ったのと、なんとなくそうしたほうがいい気がして持ってきてしまったと本人は言っていたけど……深く考えてはいなくても、とっさに保身のための行動をとったんだと思うよ。あれが現場に残っていたら、直前に会っていた彼女に何故渡さなかったのか、彼女への贈り物じゃなかったのなら、他の女性に気持ちが移っていたんじゃないかって、警察ももっと早くに香川莉乃を疑ったはずだ」

疑いを持って見れば、鈴木が買ったのがピアスではなくイヤリングだったことの意味にも気づいただろう。

御崎の場合は、先にイヤリングのことに気づいて、逆の道筋から、彼女に鈴木殺害の動機があったことを推察したわけだ。

考えてみれば、交際相手なんて、普通なら真っ先に疑われそうなものだが、今回は被害者の鈴木が半グレグループのリーダー格で、彼を恨んでいそうな人間が多すぎたせいで、そちらにばかり目が行ってしまっていた。推理ごっこをしていた際も容疑者として彼女の名前が挙がることはなかったし、警察も参考人以上には考えていなかったようだ。

「彼女がやったなんて証拠はないから、本人を落とすしかなかったけど、すぐに自白してくれてよかった。ピアスのことに気づいてから、すごいスピード感だったよ。本当に色々と、運がよかった」

倉庫やコンテナが集まっていたエリアを抜けて、もう少し歩くと、広い通りに出た。舗道の端に車が一台停まっていて、その前で誰かが煙草を吸っている。

スーツを着た男だ。彼は、俺と御崎を見て、「お疲れ様でした」と言った。警察官にしては、民間人の御崎に交渉を任せて悠々としているのがおかしいし、何やら独特の雰囲気がある。

「御崎さん、お見事でした」

「運がよかったです。全員の顔が撮れていると思います」

御崎は彼に荷物を預けていたらしい。後部座席から取り出されたショルダーバッグを受け取り、かわりに、胸ポケットに挿していたボールペンを抜いて、男に差し出した。

男は手のひらを広げてそれを押し戻し、

「どうぞ、差し上げますよ。映像は警察に提出していただいてかまいません」

狐のような目を細めて笑う。

「倉庫から出て、ここへ来る途中でカメラを切ったでしょう。お気遣いありがとうございます」

御崎は小さく頷いてペンをポケットへ挿し直した。

「……ペン型カメラ？　そんなの持ってたんだ」

「映像はクラウドにも保存されるから、入り口で取り上げられなかった時点で役目は果たしていたんだ。見つかってもまあそれはそれでと思っていたけど、最後までバレなかったね」

俺が興味を示したからか、御崎はもう一度ペンを出して見せてくれる。

カモフラージュのために薄いメモ帳と一緒にポケットに入れていたようだが、どう見てもただのペンにしか見えない。

男は携帯灰皿で煙草を消して、かわりにスマホを取り出した。

「ご自宅までお送りしたいところなんですが、後処理がありまして」

「大丈夫です。タクシーを拾います」

彼はペンを色んな角度から眺めている俺を見てにっこり笑い、ご無事で何よりでした、と言った。

どうもありがとうございます、と状況を把握できないまま答える。

御崎が男に会釈をして歩き出したので、俺もそれに倣った。

男は早速、誰かと通話を始めている。

流しのタクシーがなかなかつかまらなかったので、御崎がアプリを使って呼ぶことになった。

タクシーが来るまでの間、歩道橋の下で待ちながら、御崎はスマホをいじるでもなく、ただ眺めている。

俺の視線に気づいたらしく、

「叔父に、何て連絡したらいいかを考えているんだ」

小さく息を吐いて言った。

「香川莉乃に会いにいくことは伝えたけど、ここへ来ることについては言っていなかったから。僕一人のほうが速く動けるし、警察を引き連れて行ったら相手も意固地になるだろうと思って……君の居場所がわかった時点で警察に言うべきだったって、間違いなく怒られるな」

もう時刻は深夜に近い。これからお説教なら、間違いなく日付が変わってしまうだろう。

「うわーごめん……」

「被害者がそんなこと、気にすることないよ。山岸くんを家まで送ってから、僕は警察に行くけど、山岸くんは今日は休んで。また後日、事情を訊かれると思うから……ああ、そうだ」

忘れていた、と言って、御崎は鞄から俺のスマホを取り出して渡してくれる。買ったばかりのストラップもちゃんとついていた。これを買ったのが数時間前のことだなんて思えないほど、一日が長かった。

「ありがとう。俺も家に連絡しなきゃ」

「そうだね、心配してる。無事だっていう連絡は行っていると思うけど」

「え？」

「さっきの人がね。警備会社の人だって言っていたよ。山岸くんのお母様から相談を受けたって」

「……ああ」

俺はメッセージアプリを立ち上げて、母さんあてに『心配かけてごめん。ケガしてない。御崎くんといる。今から帰る』と打ち込んだ。電話にしようかと思ったが、御崎の横で母さんと話すのがなんとなく気恥ずかしかった。送信したらすぐに着信があるだろうなとは思ったが、こちらからかけるのとかかってくるのを受けるのとでは気まずさが違う。

送信ボタンを押そうとしたとき、

「山岸くんにはGPSを複数持たせているから、スマホがなくても居場所がわかるって、さっきの人が教えてくれたんだ」

御崎が言った。

俺は手を止めて御崎を見る。

「警察を引き連れていくと相手も意固地になるから、山岸くんを取り戻すには、警察なしのほうがスムーズだろうって。だから警察には教えられないけど、僕だけなら、連れていってもいいって言ってくれた。乗り込むのは僕一人のほうが相手も警戒しないだろうって、相談して決めて……話のわかる人で助かった」

御崎は俺のほうではなく、前を向いていた。

スピードを出した車が一台、目の前を通り過ぎていく。

「半グレグループが……今回の首謀者は鈴木弘明だろうけど、彼らがどうして山岸くんを拉致したのか、最初、わからなかった。桜龍会に脅迫の電話が来たと聞いて、組が真犯人を隠していると勘違いしているらしいのはわかったけど、それでも、どうして君だったんだろうって。校内での噂とか、斉藤の逮捕のタイミングとか、僕が色々と訊きまわっていたことなんかが重なって誤解されたにしても、どうして僕じゃなくて、山岸くんなんだろうって」

御崎はゆっくり首を動かして、スマホを手にして動きを止めたままの俺を見た。

俺は、御崎が何を言おうとしているのか気づいていた。

「君が本当に、額賀組の組長の孫だからだね」

時間帯のせいか、交通量は少ない。

たまたま二台が連続して通り過ぎた。

風を切る音が消えると、急に静かになる。

「うん」

大きな声は出なかったが、まわりが静かだったから、ちゃんと聞こえたはずだ。

車が通ってもかき消されないように、次の一言は意識して声を出した。

「いつか、御崎くんにはバレちゃうだろうなと思ってた」

御崎はじっと俺を見ている。怒っているようにも、悲しんでいるようにも見えなかった。ただ、俺の言葉を待っている。

車が通るたび、ライトで一瞬顔が照らされてはまた暗くなった。御崎の表情は、事件の真相を言い当てるときの凜々《りり》しい名探偵のものではなかった。

静かで、でも、ほんの少しだけ、不安そうに見えた。

「組長って言っても、本家じゃなくて、額賀組傘下の小さい組だし、お祖父ちゃんはもうほとんど引退してるんだ。母さんはとっくに家を出ていて、両親の仕事は二人とも組とは関係ないし、普通だったら、俺に護衛なんかつかないんだけど……お祖母《ばあ》ちゃんが経営してる会社が結構成功してて、組の資金源になってるらしくって。何かあったときにはさっきみたいな人が動いてくれることになってたり、GPSを持たされてたりするんだよね。組本部は名古屋にあって、こっちでトラブルに巻き込まれることなんて滅多にないから、これまでGPSが役に立ったことはなかったし、さっきの人にも会ったことなかったけど」

今回は助かった、と言って、スマホを持っていないほうの手で頭を掻く。深刻な雰囲気にしたくなくて笑ってみせたが、自分でもわざとらしいとわかる、乾いた笑いになってしまった。

確かめようもないが、御崎がどこかの組の組長の身内だという噂も、俺の存在が発端だった可能性がある。光嶺学園にヤクザの家の子がいると、どこからか情報が流れて、それが御崎の武勇伝と結びついて、いつのまにか御崎が組長の孫ということになってしまったのかもしれない。

「だから、今回のことは誤解は誤解なんだけど、なんていうか、まったく身に覚えもないのに巻き込まれたとも言えなくて……御崎くんには、ちょっと申し訳ないっていうか」

「関係ないよ」

御崎はすぐに否定して、俺から目を逸らさずに言った。

「無事でよかった」

相変わらずかっこいいなあと思うと、なんだか、笑いたいような泣きたいような気持ちになる。

噂はすぐに広まるから、母方の実家のことは周囲には秘密にしていたが、御崎にまでひた隠しにしていたというわけではない。祖父がヤクザの組長であることは、自分にとって重要なことではなかったし、こんなことになるまでは、わざわざ言う必要も、機会もなかっただけだ。

とはいえ、こんな形で知られてしまうのは不本意で、どうせなら自分の口から伝えたかったと、今さら思った。——伝えるつもりもなかったくせに。

御崎がどういう人かは、わかっているつもりだ。家のことを知って、彼が態度を変えるとは思っていなかった。

それでも、もしも、御崎の俺を見る目がほんの少しでも変わってしまったらと、まったく思わなかったわけでもないのだ。

きっと本当は、不安があった。考えないようにしていただけだ。

「隠しててごめんね」

笑みを浮かべたつもりだったが、たぶん、眉を下げた情けない顔になっているだろう。

御崎は首を横に振った。

「謝られるようなことじゃないよ。友達だからって、何でも話さなきゃいけないわけじゃないし、何もかも話していないからって、友達じゃないってわけじゃない」

友達、と当たり前のように言われたことが、じんわりと嬉しい。

作り笑いじゃなく、口元が緩みそうになったが、大事な話の途中だ。御崎はいつも通りの落ち着いた口調だったが、話しながら視線を下げてしまい、目が合わなくなった。

少しの間沈黙が続いて、不安になった俺が声をかけようとしたとき、御崎が口を開く。

「桜龍会は鈴木殺しに関係していなかったから、拉致の動機は誤解だったけど……山岸くんがその上部組織の額賀組の身内だってことだけは誤解じゃなかったんだってわかったとき、すごく焦った。拉致した対象が全く無関係な人間じゃなく、本当に組の身内だとなると、交渉がうまくいかないときに害されるおそれが高くなるから」

失敗したらどうしようかと思った、と小さく付け足した。

御崎が、こんな風に弱気なことを言うのは意外だった。倉庫の中では、あんなに堂々としていたのに。それこそ、名探偵らしく。あるいは、魔王然として。

何と言ったらいいのかわからなくて俺が何も言えずにいると、御崎はようやく顔をあげて、自嘲《じちょう》するように少し笑った。

「警察官や額賀組の組員が来る前に話したほうが穏便に済むと判断してのことだったし、それほど扱いにくい相手じゃないとは思っていたけど……それでも、相手が逆上して過激な行動をとる可能性もあったからね。情けないけど、緊張していた」

まだ手が震えてる。そう言って、自分の両手を見下ろす。

言われて見れば、確かに、その手は小さく震えていた。俺はそれに、初めて気がついた。

「友達の命が懸かっていると思ったら、怖かったよ。……がっかりさせたかな。魔王らしくも王子様らしくも名探偵らしくもなくて」

「そんなことない」

急いで言った。

「御崎くんはかっこいいよ。いつだってかっこいいし、さっきも、今も」

勢いで、震えている御崎の手をとり、右手に持っていたスマホを落としそうになる。ひやっとしたが、なんとか左手でキャッチした。危ないところだった。

「大丈夫？」

「なんとか。せっかく届けてもらったのに……母さんに連絡する前に壊しちゃうとこだった」

危なかった、と言って笑う。御崎も、ふっと笑った。

空気が緩んで、俺も御崎も、肩の力が抜けたようだ。

ヤクザの組長の孫なのも、それを黙っていたことも、謝る必要はないと言われるのはわかっていたから、スマホを持った左手と右手で御崎の手を挟むようにして、最後にもう一度だけ謝る。

「……心配かけて、ごめん」

「うん」

いいよ、と御崎は、俺の手を握り返した。

「友達だからね」

＊

鈴木弘明を含めた幹部二名と、倉庫にいた第二グループのメンバー全員が俺の拉致・監禁の容疑で逮捕された。余罪が山のようにあることはわかっている。そちらの捜査もこれから始まるはずだ。特殊詐欺をはじめとする犯罪で県内一の被害を出していた半グレグループは、ほぼ壊滅状態になった。

俺は、事件の翌日は寝て過ごしたが、週明けから普通に登校した。拉致のことはニュースになったが、未成年だということを考慮してか、警察が手を回したのか、俺の名前は出ていなかった。

俺の居場所がわかった時点で警察に通報せず、一人で乗り込んだことで、御崎は警察からも両親からも叱られたそうだが、本人はけろりとしていた。

叱られることは覚悟の上だった、想定していたとおりだったから平気だと、ストローで小さい紙パックの麦茶を飲みながら御崎は言った。

いつもの北通路で、二人並んで支柱にもたれている。

通路には屋根があるうえ、ちょうど校舎の陰にもなっているので涼しい。

数日ですっかり夏らしくなり、昼間日向《ひなた》へ出ると風さえぬるいのに、ここだけは、気持ちのいい風が吹いていた。

「叔父さんも怒られたみたいだから、それは申し訳ないと思ってる。当分おとなしくしていることにするよ」

「え、高峰刑事、警察に怒られたの？　お手柄じゃないの？　御崎くんに情報流したことはバレてないんだよね」

「いや、僕の母に。つまり実の姉に」

「ああ……」

高峰刑事の情報のおかげで俺は御崎に助けてもらえたので、申し訳ない気持ちになる。しかし拉致事件の被害者（俺だ）は無傷で保護されたわけだし、拉致犯人たちは全員逮捕できたわけだし、ついでに半グレの犯罪グループは関係者一斉検挙ということで壊滅に追い込めそうなのだから、刑事の戦績としては悪くないはずだ。せめて仕事で評価されてほしい。

御崎の横顔や、ぴんと伸びた背中や、紙パックを持っているすらっとした指を見る。木漏れ日の射す窓辺でピアノを弾いていそうな指だ。

この手が震えていたのを憶えている。

俺のために。

口元が緩んでいたらしく、御崎に「何？」と指摘されてしまった。

「助けてもらったときのこと思い出してた。っていうか、その後のこと」

名探偵を相手にごまかしても仕方がないので、正直に言う。

御崎が、その意味を吟味するように目を細めた。

「……情けない姿を何度も思い出されると……」

「いやいやそうじゃなくて！　そもそも情けなくなんかないけど！　……ごめん、怒らないでね。実はちょっと、嬉しいなって思ってたんだ」

慌てて弁明すると、御崎は目を瞬かせた。

嬉しい？　と不思議そうにするので、素直に頷いておく。

「御崎くんには、怖いものなんてないと思ってた。だから、失敗するのが怖いなんて思うくらい心配してくれたんだなって思うと……ごめん！　にやにやして！」

顔の前で両手を合わせて謝罪した。

怒らないにしても、呆れられるだろうと思っていたのだが、御崎は虚を衝《つ》かれたような顔をしている。

そうか、嬉しいのか、と呟いて、しばらく黙ってからストローをくわえた。俺も横に並んだまま、視線を御崎と同じ方向へ向けて、彼が麦茶を飲み終わるのを待つ。

御崎がこうして、黙って何かを考えているときは、彼から話し出すまで待つことにしている。

「……実は僕にも隠していたことがある」

飲み終わった麦茶のパックからストローを抜き、パックをきちんと端から潰して、御崎が、おもむろに口を開いた。

「山岸くんがそうやって正直に話してくれたんだから、僕も誠実であろうと思う」

「えっ何だろう。緊張する」

わざわざ宣言するので、何の話かと身構えたが、御崎は俺のほうは見ず、深刻な表情だ。

「僕は、自分で思っていたよりも、……何て言えばいいんだろう。受け狙い？　な人間だったのかもしれない」

思ってもみなかった告白に、一瞬、冗談を言われているのかと思った。

御崎が受け狙い？

何を言い出すのか。笑うところなのか。

しかし、御崎はいたって真剣な表情だ。

「中学時代のあれこれとか、先輩への対応でちょっとやりすぎたりとか、それは君に会う前のことだけど……会ってからのこと。学校での態度、橘田や竹内くんの前とか、映画館で絡まれたときとか……あれはちょっと、わざとだったんだ」

うん？　と、俺はわかったようなわからないような相槌を打つ。

わかっていなかった。御崎が何を言いたいのかも、何故こんな表情をしているのかも。

御崎は少しうつむいて、話し続ける。

「普段なら言わないで済ませるようなことを言ったり。頼まれたわけでもないのに、実際の殺人事件について推理してみせたのも、たぶん、名探偵なんて呼ばれて浮かれていたからだ。誉められたり、喜んでもらえたりするのが、嬉しかったから」

山岸くんは僕を、過大に評価してくれているけど、と、まるで罪の告白でもするかのように言った。

「僕は、かっこつけていただけだ。……君に好かれたくて」

一拍分の間があって、

「……な」

なにそれ、と思わず口から出た。

あんな深刻そうな表情をして、何を言われるのかと思ったら。

俺がヤクザの組長の孫でも御崎が関係ないと言ってくれたように、御崎にどんな秘密があっても俺は気にしないよと言うつもりだったのに、秘密でもなんでもなかった。

そもそも御崎は、知り合った瞬間からかっこよかったし、中学時代や入学直後のエピソードだけで十分魔王感が漂っていたし、親しくなる前から何でもないことのように推理を聞かせてくれて、何を装う必要もなく完璧《かんぺき》だった。

それが、俺に名探偵だと誉められたから、必要のない推理を披露したり、魔王様みたいだと言われたから、それっぽい言動で期待に応えてみせたり――何だそれ。

「すごいキュンとした！」

俺が胸を押さえて申告すると、御崎は不思議そうに俺を見る。

「山岸くんはちょっと変わっているな」

「それ御崎くんが言う？」

その言い草こそ心外だ、というように、御崎が眉根を寄せた。

橘田たちなら、魔王様の機嫌を損ねたと慌てるところかもしれないが、不満げな表情には人間味があって、むしろ親しみが湧く。

「俺にかっこいいところを見せようとしてくれてると思うとそれはそれですごくときめくからこれからも続けてくれてもいいけど、何もかっこつけなくても御崎くんはかっこいいし、かっこよくないところがあったとしても友達なのは変わらないよ」

誠意に誠意をもって応えるために思ったとおりを口に出したら、御崎は複雑な表情をしている。

喜んでいいのかわからないな、と小さく呟くのが聞こえて、俺は思わず笑ってしまった。

名探偵が自分の言葉で困惑しているのを見るのは、申し訳ない気持ちもあるが、少しだけいい気分だ。

これから先、御崎が一つも謎を解かなくたって、御崎といれば楽しいだろう。でも、できればまた何か事件が起きて、御崎の助手をやれたらいいなと、俺は、不謹慎なことを考える。

もうじき、予鈴が鳴る。

本書は、二〇二二年六月に小社より刊行された
単行本を加筆修正のうえ、文庫化したものです。

学園《がくえん》の魔王様《まおうさま》と村人《むらびと》Aの事件簿《じけんぼ》

織守《おりがみ》きょうや

令和7年 4月25日 初版発行

発行者●山下直久

発行●株式会社KADOKAWA
〒102-8177 東京都千代田区富士見2-13-3
電話 0570-002-301(ナビダイヤル)

角川文庫 24615

印刷所●株式会社暁印刷
製本所●本間製本株式会社

表紙画●和田三造

ISBN 978-4-04-115921-7 C0193

◇◇◇

角川文庫発刊に際して

角川源義

第二次世界大戦の敗北は、軍事力の敗北であった以上に、私たちの若い文化力の敗退であった。私たちの文化が戦争に対して如何に無力であり、単なるあだ花に過ぎなかったかを、私たちは身を以て体験し痛感した。西洋近代文化の摂取にとって、明治以後八十年の歳月は決して短かすぎたとは言えない。にもかかわらず、近代文化の伝統を確立し、自由な批判と柔軟な良識に富む文化層として自らを形成することに私たちは失敗して来た。そしてこれは、各層への文化の普及滲透を任務とする出版人の責任でもあった。

一九四五年以来、私たちは再び振出しに戻り、第一歩から踏み出すことを余儀なくされた。これは大きな不幸ではあるが、反面、これまでの混沌・未熟・歪曲の中にあった我が国の文化に秩序と確たる基礎を齎らすためには絶好の機会でもある。角川書店は、このような祖国の文化的危機にあたり、微力をも顧みず再建の礎石たるべき抱負と決意とをもって出発したが、ここに創立以来の念願を果すべく角川文庫を発刊する。これまで刊行されたあらゆる全集叢書文庫類の長所と短所とを検討し、古今東西の不朽の典籍を、良心的編集のもとに、廉価に、そして書架にふさわしい美本として、多くのひとびとに提供しようとする。しかし私たちは徒らに百科全書的な知識のジレッタントを作ることを目的とせず、あくまで祖国の文化に秩序と再建への道を示し、この文庫を角川書店の栄ある事業として、今後永久に継続発展せしめ、学芸と教養との殿堂として大成せんことを期したい。多くの読書子の愛情ある忠言と支持とによって、この希望と抱負とを完遂せしめられんことを願う。

一九四九年五月三日

角川文庫ベストセラー

ダリの繭《まゆ》　有栖川有栖

サルバドール・ダリの心酔者の宝石チェーン社長が殺された。現代の繭とも言うべきフロートカプセルに隠された難解なダイイング・メッセージに挑むは推理作家・有栖川有栖と臨床犯罪学者・火村英生！

海のある奈良に死す　有栖川有栖

半年がかりの長編の見本を見るために珀友社へ出向いた推理作家・有栖川有栖は同業者の赤星と出会い、話に花を咲かせる。だが彼は〈海のある奈良へ〉と言い残し、福井の古都・小浜で死体で発見され……。

朱色の研究　有栖川有栖

臨床犯罪学者・火村英生はゼミの教え子から2年前の未解決事件の調査を依頼されるが、動き出した途端、新たな殺人が発生。火村と推理作家・有栖川有栖が奇抜なトリックに挑む本格ミステリ。

ジュリエットの悲鳴　有栖川有栖

人気絶頂のロックシンガーの一曲に、女性の悲鳴が混じっているという不気味な噂。その悲鳴には切ない恋の物語が隠されていた。表題作のほか、日常の周辺に潜む暗闇、人間の危うさを描く名作を所収。

暗い宿　有栖川有栖

廃業が決まった取り壊し直前の民宿、南の島の極楽めいたリゾートホテル、冬の温泉旅館、都心のシティホテル……様々な宿で起こる難事件に、おなじみ火村・有栖川コンビが挑む！

角川文庫ベストセラー

濱地健三郎の霊《くしび》なる事件簿　有栖川有栖

心霊探偵・濱地健三郎には鋭い推理力と幽霊を視る能力がある。事件の被疑者が同じ時刻に違う場所にいた謎、ホラー作家のもとを訪れる幽霊の謎、突然態度が豹変した恋人の謎……ミステリと怪異の驚異の融合！

Another（上）（下）　綾辻行人

1998年春、夜見山北中学に転校してきた榊原恒一は、何かに怯えているようなクラスの空気に違和感を覚える。そして起こり始める、恐るべき死の連鎖！名手・綾辻行人の新たな代表作となった本格ホラー。

Another エピソードS　綾辻行人

一九九八年、夏休み。両親とともに別荘へやってきた見崎鳴が遭遇したのは、死の前後の記憶を失い、みずからの死体を探す青年の幽霊、だった。謎めいた屋敷を舞台に、幽霊と鳴の、秘密の冒険が始まる――。

教室が、ひとりになるまで　浅倉秋成

北楓高校で起きた生徒の連続自殺。ショックから不登校になっている幼馴染みの自宅を訪れた垣内は、彼女から「三人とも自殺なんかじゃない。みんな殺された」と告げられ、真相究明に挑むが……。

フラッガーの方程式　浅倉秋成

何気ない行動を「フラグ」と認識し、日常をドラマに変える〝フラッガーシステム〟。モニターに選ばれた涼一は、気になる同級生・佐藤さんと仲良くなれるのではと期待する。しかしシステムは暴走して⁉

角川文庫ベストセラー

ノワール・レヴナント　浅倉秋成

他人の背中に「幸福偏差値」が見える。本の背をなぞって内容をすべて記憶する。毎朝5つ、今日聞く台詞を予知する。念じることで触れたものを壊す。奇妙な能力を持つ4人の高校生が、ある少女の死の謎を追う。

六人の嘘つきな大学生　浅倉秋成

成長著しいIT企業スピラリンクスが初めて行う新卒採用。最終選考で与えられた課題は、「六人の中から一人の内定者を決めること」だった。議論が進む中、「●●は人殺し」という告発文が発見され……!?

いつか、虹の向こうへ　伊岡　瞬

尾木遼平、46歳、元刑事。職も家族も失った彼に残されたのは、3人の居候との奇妙な同居生活だけだ。家出中の少女と出会ったことがきっかけで、殺人事件に巻き込まれ……第25回横溝正史ミステリ大賞受賞作。

145gの孤独　伊岡　瞬

プロ野球投手の倉沢は、試合中の死球事故が原因で現役を引退した。その後彼が始めた仕事「付き添い屋」には、奇妙な依頼客が次々と訪れて……情感豊かな筆致で綴り上げた、ハートウォーミング・ミステリ。

瑠璃の雫　伊岡　瞬

深い喪失感を抱える少女・美緒。謎めいた過去を持つ老人・丈太郎。世代を超えた二人は互いに何かを見いだそうとした……家族とは何か。赦しとは何か。感涙必至のミステリ巨編。

角川文庫ベストセラー

教室に雨は降らない　伊岡　瞬

森島巧は小学校で臨時教師として働き始めた23歳だ。音大を卒業するも、流されるように教員の道に進んでしまう。腰掛け気分で働いていたが、学校で起こる様々な問題に巻き込まれ……傑作青春ミステリ。

代償　伊岡　瞬

不幸な境遇のため、遠縁の達也と暮らすことになった圭輔。新たな友人・寿人に安らぎを得たものの、魔の手は容赦なく圭輔を追いつめた。長じて弁護士となった圭輔に、収監された達也から弁護依頼が舞い込む。

本性　伊岡　瞬

他人の家庭に入り込んでは攪乱し、強請った挙句に消える正体不明の女《サトウミサキ》。別の焼死事件を追っていた刑事の下に15年前の名刺が届き、刑事たちは過去を探り始め、ミサキに迫ってゆくが……。

残像　伊岡　瞬

浪人生の堀部一平は、バイト先で倒れた葛城を送るため自宅アパートを訪れた。そこで、晴子、夏樹、多恵という年代もバラバラな女性3人と男子小学生の冬馬が共同生活を送っているところに出くわす。

虹を待つ彼女　逸木　裕

2020年、研究者の工藤は、死者を人工知能化する計画に参加する。モデルは、6年前にゲームのなかで自らを標的に自殺した美貌のゲームクリエイター。謎に包まれた彼女に惹かれていく工藤だったが――。

角川文庫ベストセラー

殺人の門　東野圭吾

あいつを殺したい。奴のせいで、私の人生はいつも狂わされてきた。でも、私には殺すことができない。殺人者になるために、私には一体何が欠けているのだろうか。心の闇に潜む殺人願望を描く、衝撃の問題作！

さまよう刃　東野圭吾

長峰重樹の娘、絵摩の死体が荒川の下流で発見される。犯人を告げる一本の密告電話が長峰の元に入った。それを聞いた長峰は半信半疑のまま、娘の復讐に動き出す——。遺族の復讐と少年犯罪をテーマにした問題作。

使命と魂のリミット　東野圭吾

あの日なくしたものを取り戻すため、私は命を賭ける——。心臓外科医を目指す夕紀は、誰にも言えないある目的を胸に秘めていた。それを果たすべき日に、手術室を前代未聞の危機が襲う。大傑作長編サスペンス。

夜明けの街で　東野圭吾

不倫する奴なんてバカだと思っていた。でもどうしようもない時もある——。建設会社に勤める渡部は、派遣社員の秋葉と不倫の恋に墜ちる。しかし、秋葉は誰にも明かせない事情を抱えていた……。

ナミヤ雑貨店の奇蹟　東野圭吾

あらゆる悩み相談に乗る不思議な雑貨店。そこに集う、人生最大の岐路に立った人たち。過去と現在を超えて温かな手紙交換がはじまる……張り巡らされた伏線が奇蹟のように繋がり合う、心ふるわす物語。

角川文庫ベストセラー

愚者のエンドロール　米澤穂信

先輩に呼び出され、奉太郎は文化祭に出展する自主制作映画を見せられる。廃屋で起きたショッキングな殺人シーンで途切れたその映像に隠された真意とは!? 大人気青春ミステリ、〈古典部〉シリーズ第2弾！

クドリャフカの順番　米澤穂信

文化祭で奇妙な連続盗難事件が発生。盗まれたものは碁石、タロットカード、水鉄砲。古典部の知名度を上げようと盛り上がる仲間達に後押しされて、奉太郎はこの謎に挑むはめに。〈古典部〉シリーズ第3弾！

遠まわりする雛　米澤穂信

奉太郎は千反田えるの頼みで、祭事「生き雛」へ参加するが、連絡の手違いで祭りの開催が危ぶまれる事態に。その「手違い」が気になる千反田は奉太郎とともに真相を推理する。〈古典部〉シリーズ第4弾！

ふたりの距離の概算　米澤穂信

奉太郎たちの古典部に新入生・大日向が仮入部する。だが彼女は本入部直前、辞めると告げる。入部締切日のマラソン大会で、奉太郎は走りながら心変わりの真相を推理する！〈古典部〉シリーズ第5弾。

いまさら翼といわれても　米澤穂信

奉太郎が省エネ主義になったきっかけ、摩耶花が漫画研究会を辞める決心をした事件、えるが合唱祭前に行方不明になったわけ……〈古典部〉メンバーの過去と未来が垣間見える、瑞々しくもビターな全6編！